U0594975

# 关东汉子

王小克中短篇小说集

王小克 ◎ 著

长春出版社

全国百佳图书出版单位

图书在版编目（CIP）数据

关东汉子：王小克中短篇小说集 / 王小克著.
长春：长春出版社，2025. 1. -- ISBN 978-7-5445
-7611-6

Ⅰ. I247.7
中国国家版本馆CIP数据核字第2024YS4839号

关东汉子——王小克中短篇小说集

著　　者　王小克
责任编辑　闫　言
封面设计　宁荣刚

出版发行　长春出版社
总 编 室　0431-88563443
市场营销　0431-88561180
网络营销　0431-88587345
地　　址　吉林省长春市南关区长春大街309号
邮　　编　130041
网　　址　www.cccbs.net

制　　版　长春出版社美术设计制作中心
印　　刷　长春天行健印刷有限公司

开　　本　880mm×1230mm　1/32
字　　数　232千字
印　　张　10.75
版　　次　2025年1月第1版
印　　次　2025年1月第1次印刷
定　　价　59.80元

# 目　录

# 梦幻人生

一

我托了最好的朋友，朋友又托最好的朋友，耗资四元九角，购一本内部发行的书。几十万字皆繁体并且小如蝇屎，一翻开犹似捅了蚂蚁窝。我还是高兴，台湾原版，只此便可以证明主人不凡。作者五十年阴魂不散风靡神州。

可惜我的高兴只持续了五分钟。

我遵照朋友的朋友的嘱托，窃书贼般溜出书店后门，发现路旁一书摊摆着这书无人问津。我上前一问，心凉了，价格相同。

他妈的这是何苦。

回到家中我把眼镜贴在书上正看得腾云驾雾，突然一只手抢过来吓我一跳。我一看，妻子回来了，急忙做出一副笑。

这笑是我刚当副科长时妻子教的，要我无私地奉献给所有大于副科级的领导。妻子演员出身，笑得真诚、含蓄，可爱至极。妻子很漂亮，于是这笑又平添几分媚气。因此，我常对妻子的

"关于笑在工作中的作用"的理论产生怀疑，妻子的笑威力无比，柳下惠当领导也会心旌摇曳。如果她的理论经过实践检验证明是真理，那么她用这笑能一直升迁，何必再教给我当作提升的灵通宝玉？

妻子不屑解释。我只好学，下苦功学。只学得我两颊酸麻，嘴角布了一片密密的泡，匀溜像一谷穗株搓下的米粒，晶莹饱满，隔薄薄的皮肤看得见充盈的黄脓。

"算了算了，明天去市医院看看，你面部神经麻痹吧？"

妻子终于想起生理和遗传的因素，失望地横陈床上，倦倦地展成一个"大"。鲜红的三角裤紧裹丰臀。

小学五年级时我们班换了个班主任，教语文，女的，就像妻子这么美丽。回想起来也就是妻子这般年纪。最爱穿一件红色的连衣裙，唱着一支外国民歌在校园里飘来飘去。

这年夏天没过完，"文革"爆发了。第一次揪斗老师是一个炎热的下午，太阳把空气弄得十分干燥，一根火柴就能点燃。操场上尘土飞扬秩序混乱。她披头散发，脸色苍白，胸前挂一块小黑板，上面写着"特务"，两边垂着几只胶鞋的鞋底。

第二天早晨，人们从学校的鱼池里捞出了她的尸体。我闻讯赶到时，一辆毛驴车已经把她运到火葬场里。

我哭了，哭得昏天黑地。我往孙大头家的大门把手上抹了三泡稀屎，用两块砖头把他家的玻璃砸得粉碎。孙大头慌里慌张跑出来摸了一手屎，还问我看没看见是谁。

我轻松了一些。我的年龄、我的阅历决定我采取这种方式。我还不会放火也没有乘黑夜把砖头直接砸到那个大脑袋上的勇气。我认定孙大头是杀害老师的凶手。我亲眼看见孙大头扭我老师的胳膊使她弯下腰去，然后把一只脏手伸进她的裙子里。

后来我梦中常看见那条红裙子。

"你怎么了？"妻子用眼神询问，以为我练笑练得疲劳过度，便以给十分刻苦天资却不高的学生打上带感情的61分的口吻说，"还行，没白练。不过，还有点儿不对味儿。假，像苦笑，无可奈何的笑。"

我说："要像讥笑、嘲笑、冷笑、哂笑可糟了，还不如哭。"

妻子说："哪能，笑比哭好。"

很久以后的一天下午，我在走廊里碰见了院长。天色阴沉，灯光暗淡，我面对那和蔼慈祥的脸庞猝不及防。过后与我同行的祝子说："你这一脸谄笑，我在旁边都不好意思。"

我急急抓住他手，做出刚才的表情："这是谄笑？"

祝子一扭脸："'谄'不忍睹！"

祝子年纪比我小，级别已是正科，深得领导重视，早就有风声说还要提拔。他都为我的笑做羞涩状，可见我的笑的质量已属最佳。真真令人怅然，此时此刻，我不是副科长好几年了，而且实践证明了今生今世再也不用负这级别以上的任何责任了。

事后诸葛亮。孩子死来了奶。雨后送伞。贼走关门。妻子穷尽了辞典。

我不能付出代价学门手艺再束之高阁。我就时常对妻子做这种笑。我一笑她喉咙里就咯咯响，怀孕似的。

妻子这次没咽酸水，因为她没看我，正在翻书。"哪儿来的？"

我刚要说"买的",一想那四元钱,一看妻子脸色,就说:"借的。"

"借谁的?"

"同志的。"

"男的女的?"

"男的。"

妻子勃然大怒,把书摔到我脸前:"不是!女的!恬不知耻,到底哪个骚货给你的?"

我说:"有话好说,别骂人。"妻子横眉立目:"骂她?找着我还扇她嘴巴呢她个第三者。你嫌弃我嫌我没文化只念五年书嫌我白字先生。"

我说:"拿证据来,你凭什么……"

妻子冷笑一声。我立刻想起"贼鸠山你等着吧"。妻子说:"你为什么闻那书?"

我说:"我哪闻那书了?"

妻子说:"闻了。你醉翁之意不在酒。你装作看书其实是闻书。你装作闻书其实是闻那股味儿,那股骚味儿!"

妻子推理完毕,书杵到我鼻子下。我一抽气,可不,一股香气,淡淡的。不错,女人的,还挺熟悉。我没有一个女同事、女领导,更没有女朋友。就是有,味儿也不会这么熟更不会沾到书上。帮我买书的朋友和朋友的朋友以及售货员都是男的。我亲眼看见那个浑身醋精味儿的家伙从书捆里抽出一本,通过朋友的朋友、朋友,交到我手。我再没让任何人摸。证据确凿,我有口难辩,只好说:"别胡扯了,这书是我买的,香味儿也许是售货员拿书时沾上的。新华书店那些小姑娘个个像面粉厂的……"

妻子号啕起来，一把鼻涕一把眼泪四面八方甩。"你哪有个准话，你说！啊……，又买的了。刚才还借的呢，话没凉，就拉屎往回坐。告诉你，那书上根本没什么味儿。你做贼心虚、狗急跳墙经不起诈！啊……这……日……子……可……怎……么……过……啊……"

我说："对！这、日、子、怎、么、过、啊！咱们，干脆离婚！"

妻子止住哭，正气凛然："你休想，我知道你早有狼子野心。告诉你，别看你法律系毕业，我就是不给你手续，你就黄粱美梦！"

我说："婚姻法第 × 条第 × 款规定一方不离一方坚决要离，法院可判离。"

妻子立刻悲痛欲绝："啊！连这你都打听明白了，你蓄谋已久啊！"

妻子一个饿虎扑食来夺那书。那香味儿倏地变得极浓。我全明白了，哈哈大笑。

妻子见我笑，便住手，问："你笑什么？啊，你希望我毁这证据，我偏不！"

我说："你好好闻闻那骚味儿。"

妻子说："我不闻。"

我说："那骚味儿是你的。你刚才抢书，我闻着了。"

妻子破涕为笑，打情骂俏地拍我一掌，说："你骂我！"

我说："你呀，整个儿一大醋缸，以为我相貌堂堂风度翩翩一表人才才华横溢。其实，除了你这傻瓜不长眼，好胳膊好腿的谁嫁我？"

妻子响亮地咂我腮帮一口，说："不是！情人眼里出西施。"又恍然一笑，十分妩媚，"我恨你！"

我问："恨我？"

妻子做一兰花指，指向七岁的儿子，说："没有你，能有他？"

儿子久经战火的锻炼和考验，对我们的争吵打骂视而不见，挥舞马刀，催促胯下的被垛呐喊、劈杀。

我说："没有你，就能有他了？照这逻辑，普天下女人都该恨男人。"

妻子说："差不多。"

儿子一声惨叫：从战马上跌下来，手捂受伤的胸口，一动不动。

二

朋友给我讲故事：

　　德法战争中一次炮战，德军一发炮弹钻进了法军大炮的炮膛，居然没炸！战后两国修好，于是法国把这门炮送给德国。德国准备了回礼也是一门炮，膛里也有一发炮弹也没炸。举座俱惊。一问时间、地点、场合、大炮口径、炮弹号码，原来是两门炮同时开炮同时把炮弹送入对方炮膛同时没炸同时被保存起来同时作为礼物送给对方！你说偶然不偶然，凑巧不凑巧，简直是偶然之最凑巧之最！

朋友一口气说完，怡然吸烟，等我惊愕。

我不惊愕。我不屑。于是他惊愕，问："难道世界上还有比这更凑巧更偶然的事？"

<h2 style="text-align:center">三</h2>

我给朋友讲故事：

> 一个人结婚后老婆怕怀孕影响体形，就一直采取措施。一天，那透明胶皮用光了。时值晚九时，去计生办已来不及。那人让妻子管妻妹要一个以解燃眉之急。妻子说那多不好意思。那人说这怕啥，人之常情你不去我去。妻子坚决不依，拿出计算器算了足足一个小时，证实排卵期已过绝无问题。结果怀孕仅此一次。

<h2 style="text-align:center">四</h2>

我受过高等教育，相信科学，安全期内精子碰不着卵子就像太阳撞不上月亮。我和妻子研究受孕原因，认真回忆最近一时期的每次房事。妻子说："木已成舟还有什么意义？"我说："知

道哪次能准确推出分娩日期。"妻子大哭。

"你醉翁之意不在酒！"

"我醉翁之意不在酒？"

"你装什么糊涂！"

"我装什么糊涂？"

"你清楚！"

"我清楚？"

周而复始这么几句话，语气越来越令人兴奋。简言之，我们决定用离婚来结束战争。我安排日程：明早起床后各自去单位开介绍信，再去街道办事处，肯定不批再去法院起诉，理由性格不合感情破裂。

妻子问："复杂吗？"

我说："复杂。关键没证据。"

她问："什么证据？"

我说："比如打架。我打肿你眼眶，你挠破我脸。头破血流，伤口还在已经化脓感染有市级医院的诊断书。"

她问："在这儿，怎么打？"

也是。我住岳父家一偏厦，真打后果不堪设想。岳父出身贫农体质好，三轮上载三十个煤气罐能一气蹬到南岭。老人家膝下五个儿子号称李家五虎，三个待业两个"少管"刚回来。虽说我是司法干部理应优先受法律保护，可没离婚就是家事，老丈人打姑爷只要不打死司法部部长也没辙。

我提议："要不砸东西！"

她环视了一下小屋，只镜子属于我们可以砸碎。她说："我第一次去你们单位，不能披头散发影响不好。"

我再提议："要不你下毒。给我煮一碗面条，拌上敌百虫敌敌畏敌杀死敢灭亡敌断子敌绝孙敌……"

她冷笑："这怕是预谋杀人罪吧？"

我一哆嗦。妻子何时懂得刑法了？

妻子柳眉突然倒竖："姓王的小子你痴心妄想，我拌了毒你拿法院去当证据好离婚我能上你那个当？"

我说："最终目的不就是离婚嘛！再说没造成药死我的后果，你不会受法律制裁。我再出字据证明是为了离婚。"

妻子怔怔望着我，咬住牙根："那也得光明正大。"

我说："光明正大人家不给离。"

妻子说："那也得光明正大。"

我理解。真用这办法离婚，日后只怕药检所的打更老头都不敢娶她。我灵机一动，说："咱们模拟个法庭，像电视里那样。"

妻子来了兴致。

我说："鉴于人手，陪审员及书记员和法警和辩护人和诉讼人和代理人和证人就都免了吧。旁听也不要。离婚案一般不公开审理。我是法官，你呢，是被告。"

妻子不干。我说："我也是被告，身兼二职。"

妻子勉强同意。

于是开庭。

我问："你知道原告为什么提出和你离婚吗？"

妻子说："知道。"

我说："陈述一下，就是说说。"

妻子说："我不说。"

我说："请你尊重法庭。"

妻子说："这不是法庭，是家庭。"

我无奈，只好换个角度："原告王李氏，你为什么要和被告离婚？"

妻子脱口说："他怀疑我……"

我好像看见鱼漂蹿了一蹿，心怦怦跳，追问："怀疑什么？"

妻子说："我不说。"

我又问："你怎么知道被告怀疑你？"

妻子说："我不说。"

我很泄气："什么也不说起的什么诉，离的哪门子婚。"

妻子说："我没要离，是你要离。"

我说："我是法官。"妻子不服，要做法官。我觉得好笑："你是法律系毕业的吗？"妻子说不一定毕什么法律系的业，她在单位没事净看别人订的妇女杂志，那上面净是打离婚男的甩女的，女的吃了大亏。

我想妻子的法律知识可能由此而来，心里的石头落地一半。我想一切偶然都有必然因素，怎么妻子怀孕就找不到呢。几年以后我有时想起来还要看儿子的耳朵、头发、眼睛以便找出根据。

我说："算了，没意思，法律一样但具体法庭不一样，模拟有个屁用！"

# 五

我瘟头瘟脑爬上七楼。昨夜没睡好。

进了办公室，同事们呼地转脸向我行注目礼，眼神很怪。有人挤着笑说："来了？"

我在这儿工作除了星期天天天来，还头一遭有人向我招呼："来了。"我说："来了。"

科长过来拍拍我肩，也说："来了？"

我说："来了。"

科长说："快去，苏院长找你。"

我看看科长，科长笑得高深莫测。我想起我曾经对他不很恭敬，背后说他芝麻大官西瓜大脾气，还说他沐猴而冠没啥了不起，还说八抬大轿请我也不干我嫌小。苏院长管政工、人事、监察。难道妻子把离婚的事闹得满城风雨？

苏院长正等我，给我让座、倒水，说："我代表院党组正式和你谈话。"

果然！

他问："你说，'四化'建设的基本保证是什么？"

我说："党的领导。"

他摇摇头，说："对，还有呢？"

我说："坚持社会主义道路。"

他又摇头，说："也对，还有呢？"

我说："经济体制改革。"

他还摇头，说："也对，还有呢？"

我知道他想让我说"安定团结的局面"，然后引到家庭安定团结与社会安定团结的关系再引到离婚与家庭安定团结的关系。我偏不说。我惭愧地说："不知道了。"

苏院长语重心长："还要有一个老中青三结合的领导班子，符合革命化知识化年轻化专业化。"

我说："对。"

苏院长把手很有力地一推："第三梯队要跑步上岗。"

我说："对！"

苏院长盯住我，说："对这个问题要有个正确认识！"

糟了，不是离婚这类个人生活琐事，事关改革事关"四化"。我觉得有凉冰冰的东西顺脊梁慢慢爬……

那是一个十分晴朗的下午，太阳把人们晒得如刚栽上的茄子秧。电风扇摇头晃脑喷出一股股热，催得人眼皮发沉。我婚假才过正度蜜月，晚上睡眠自然就少，坐在椅子上四处磕头。张科长李科长赵科长和加上我四个科员都在看报、喝茶、忍受着酷暑的折磨，我也不能明目张胆趴桌子。

小孙突然说："小王，注意点儿身体，晚上要适当休息。"

没容我精神，小钱接过话："那是，别忘了你是第三梯队，到时候身体不好可提不起来啦！"

我打了一个舒适惬意的哈欠，伸展懒腰："第三梯队？我？"

小刘说："千真万确。"

我说："那自然你们先是喽！"

张科长说："都是。'杠儿'内的嘛。你看，年龄、学历……"

我信了，但并不为此高兴。小孙爸爸是检察院的副检察长，我们苏院长的千金在他麾下做秘书。小钱的岳父是政法委书记，时常到院里来检查工作。小刘的爸爸更了不得，一千二百平方米高标准院长宿舍他一句话就批了计划拨了钱。虽然他们都是"业大"，文凭也好使，年龄与我不相上下。俗话说：年龄是金牌，文凭是银牌，水平是铜牌，关系是王牌。孰优孰劣，阿Q的秃疮，遮掩不住。

我说："既然大家彼此，干脆，做俯卧撑排出座次，如何？"

大家一笑，没人反对。

我在地上铺几张报纸，代替垫子。"来吧，健儿们，决一雌雄！"

大家一笑，没人响应。

我说："这就别怪哥们儿不客气，到时候我当了院长你们可别后悔！"

我一、二、三地做起来。数到三十，屋里静了。我很得意，喘喘地爬起来，自我解嘲："昨天晚上做多了，不然的话……"

神色不对！我一回头，苏院长盯着我看，严肃中含着不解："你这是干什么，伸腿拉胯的！"

猝不及防，我就使劲儿喘气："俯……俯卧撑……锻炼锻炼。"

苏院长说："再锻炼把门关上，来人办事看见了像什么话！"

记得苏院长走后我又说要不咱们比喝啤酒吧，谁喝得多谁上。回想起来是有人把这些汇报上去了。

我一下回过神儿来，连忙说："对，对！是要有个正确认识。我以前对这问题没有正确认识。今后我一定要有个正确认识。"

苏院长原谅我，说："好，知错就改，很难得。如今的年轻人，你批评他，他驳你一百条，狂妄得不知天高地厚，就缺少你这谦虚谨慎。"

我忙说："对，对！"

苏院长的脸上慈祥起来，说："所以，党组从'四化'出发，从事业出发，从实际出发，决定提你为科长。当然是副的。你们科，列赵士明同志之后。"

我说："对！对！"

苏院长双手按在我肩上，说："好好干，别辜负党组对你的破格提拔。"

我说："对。"

苏院长说："表表决心，下午大会宣布任命。"

下班回到家，妻子说："你当上科长了？"

我说："你怎么知道？"

她说："我们单位都知道了！"

我说："副的！"

她说："没副就没正。"

一股菜香酒味使我想起吃饭，就问："来客人了？"

妻子说："没有呀！"

我大小舅子伸进一颗刚长出半寸头发的脑袋："姐夫，吃饭。"

我一怔。

妻子一推："叫你吃饭。"

我说："叫我？"

妻子说："嘿，不叫你叫谁，莫非他还有个姐夫不成？"

我的眼睛湿润了，嗓子有些紧，忙过去。桌上摆了酒，几只酒盅。岳父拍拍身旁的虚席叫我，亲切地、暖融融的。

酒至半酣，岳父齐齐地撂下筷子，左手自嘴髭至下巴一抹，啧一响，说："我早知道你有出息。你看你这耳朵，活脱一双帽翅；你这头发，贵人相！"

妻子毫不客气："爸，你喝多了。"

我摸摸耳朵，可不，真像。妻子一定早看出来，不然不会对我的耳朵和头发格外重视。想到早晨苏院长找我，还以为是妻子告了状，便觉得有些对她不住。

酒喝得快活，晚上也快活，像新婚之夜。洞房花烛金榜题名是一级。

## 六

天大亮时就被妻子揪着耳朵弄醒了。

"快起来别迟到，刚当了科长给人家留个好印象。"

我脚高脚低走进政法大楼，忽听有人喊："王科长。"

我照旧走，背上挨了一掌，挺疼。

"嗬，官升脾气长，不认识老同学了？"

我一看，可不，大学的同学老弼嘛。一个系一个年级一个班一个寝室还是上下铺哩。这小子精力充沛聪敏异常，只可惜天性顽劣学习不上心，每日里干一些有害无益的事：办报。自费，油印，二分之一市报大，名《刺猬》。自任主编、编辑、印刷、校对、发行，稿子都是自撰所以省了稿费。筹备一学期，吃两个月咸菜吐两个月酸水，印了二百张还没发行就被学校根据文件精神劝停了。组织社团，取名"创新"，自任社长兼秘书长。发展一个社员，女生，很漂亮，后来成了他的未婚妻。后来又不是了。后来创新社被学校根据文件精神劝散了。这次经济上没损失，政治损失却大大的。小子让公安局传讯了。说来惭愧，他每日里跳迪斯科踢足球吹牛皮打桥牌下围棋上天入地，我每日里捧书本晕头涨脑晚上睡不着。平常我们平等互利，但每逢考试前几天我都要卑躬屈膝。吃饭时主动让他夹楔或者干脆替他买。他洗完脚两脚一缩爬到上铺我去倒洗脚水。考试我早早就去占个好位置。他则一边嘲笑我一边展开卷子让我尽情地抄，绝不怕监考老师。我适可而止。我不是傻瓜，论述题我一个字不抄。这小子好发挥，总和老师的有出入甚至相悖，观点很绝我也同意。但我不想写上卷子让老师以为我们同伙，所以每次我都比他多十几分。小子还纳闷，你抄我的，怎么可能？他还有提问的爱好，专问秃顶的、留胡子的、戴花镜的、挂棍儿的副教授、教授。往往问住。教授多么虚怀若谷，说这问题能提出来就不简单以后我答复你。我劝他不听，说一看他们玉皇大帝似的就生气。结果毕业时他分到郊区中学了。

　　我说："我就是不认识丈母娘，也认识你个弼马温。"

　　他说："那喊你怎么不应？"

　　我说："喊我？"

　　他说："喊王科长你不吭声。"

　　我说："你也知道我当科长？"

他哈哈大笑，说："老同学，这下你可领先了。我惨了，你看——"

我顺他手指看窗外。驴车，和院长的皇冠拴在一起。我问："谁的驴车，放在那儿要罚款的。"

他说："谁敢上政法大院来罚款？"

我一想，也是，就问："你赶那玩意儿干什么，标新立异？"

他说："中学不开法律课，我就在总务处干。食堂管理员。两天进一次城，买菜。比在学校还降了一格，'弼驴温'了。"

我说："啊……"

他说："你科长了，想招儿给哥们儿安排个位置，再混下去，几年大学全就饭吃了。"

我顿时高大，想起曾受恩于老弼，慨然允诺："包在我身上。"

他拍拍我肩，说："贵不易交，够哥们儿。我得赶紧走，天热，肉会臭。"

## 七

妻子的肚子一天天丰满茁壮。我说："你别骑车子上班了，你不撞别人别人还撞你呢。车多人多你那技术。"妻子当然不听。她有句口头禅，是专门给我的劝告、指点、提示、批评之类预备的发语词，很简练：不是。

比如我说："头锅饺子二锅面。"那么她一定说："不是，二锅饺子头锅面。"

妻子回来了，一瘸一拐像一只受伤的袋鼠。我很生气："怎么样，我说别骑车别骑车，你不撞别人别人还撞你呢！"

妻子说："不是！"

我更生气："不是你撞人家就是人家撞你，还能不是？"

"不是！"妻子带着胜利的微笑，徐徐脱下膝盖破了的裤子，"拐弯儿太急，我自己滑倒的。"

## 八

我发现我是笨蛋。我对付不了妻子，更对付不了那一摊工作。

举一个例子：

张科长把大副、二副和我召集一起，说："咱们科人手少，小王已经是科长了，他那摊工作得有个人接，院里同意咱们进个人。"

大副、二副都说："是该进个人。"

我说："进不进都行，我这摊事不多。这科长也没啥事，捎带就干了。"

张科长说："那哪能呢！你还是分工负责这一摊，科长嘛。具体的要有个人干。"

大副、二副都说："就是就是。"

我想起弼马温，就说："那就进个懂业务的吧。"

张科长和大副、二副都说："对！"

我又说："我有个同学……"

张科长马上说："懂业务不一定非得有文凭，对吧？"

大副、二副都说："对，对！"

我又说："又有文凭又有专业能力又年轻最好。"

大副说："我看，这工作选个女同志干蛮妥当。"

我反对："不行，就这么几个人，第八个再是铜像，下乡不能下，出差不能出，生孩子怀孕休产假……"

张科长笑了："你这个年轻人，重男轻女的思想可要不得哟！"

二副说："我看双玉那个小单就不错。"

张科长说："可以考虑。"

我坚决反对，举了理由，很激动。

科长说："这样吧，把我们的意见向党组反映一下。"

第二天科长领来个姑娘，长得不错，打扮得也不错，口红眼影睫毛油蝙蝠衫牛仔裤高跟鞋挺苗条。科长说："来，认识一下，这是咱们科新来的小单。"

我目瞪口呆。

事已如此，我这个领导也只能强装大度。我没话找话："小单，在县里哪个单位工作？"

小单没听着。

二副替她说："在县……所。"

我说："啊，那你一定认识秦鸣了。你们副所长，我们同班……"

小单眼皮一翻，眼影凝重了许多："我们所长没姓秦的。"

我讨个没趣。

研究她工作时，大副说："小单刚来，接王科长那摊有困难，先打字吧，熟悉熟悉。"

我反对："院里有打字室，科里再设打字员，不合理，院里不会同意。"

科长说："我向党组汇报一下。"

汇报回来，他扛着一台崭新的打字机，满腔热忱帮小单放在光线、通风都符合打字标准的临窗位置。

我又目瞪口呆，只好把一份材料交给她。下班前拿来一看，天哪，八百字的材料错了足一半，涂涂抹抹乱七八糟没个格式，所有的"卷"都打成了"券"。券宗、第×券、阅券。

我去找她。她说："一样吧？"我说："不一样。"她又把蓝眼皮堆成黑色，说："差不多能看懂就行呗。"我急了，说："不行，要存档要进档案馆。"她也急了，说早知道我不同意她来，所以鸡蛋里挑骨头！

我气得眼冒金花，好歹是个副科长。我就去找苏院长。他很惊讶，说："是吗？那她不对，要教育、批评，不要留情面。"

我说："不同意调她的意见我是在科长会上讲的，她怎么知道？"

苏院长说："你刚当领导，要注意和同志们的团结，说话要谨慎。"

我不摸头脑。

苏院长说："你说最好要一个有专业文凭的年轻的？"

我说："这有什么。"

苏院长说："你想想，你们科几个领导，只有你年轻，有专业文凭。我们是有文凭论者，但不唯文凭论。"

我只能点头，党的政策嘛！

苏院长语重心长："小王啊，一个单位能否搞好，团结战斗的班子是关键，这是为历史所证明的。你今后的路还长呢，要注意团结同志，注意尊重老同志。要善于发现别人的长处，从正面调动大家的积极性。"

我哑口无言，虽然隐约听出这教导并非完全谆谆。

再举一例：

双玉县出了一件事，很简单又很复杂又很严肃又很可笑：法院一位审判员把被告的辩护律师逐出法庭，还骂律师是驴尿是帮狗吃屎还要操律师的妈。律师给报社写了信，报社把信剪成小样寄给院里，院党组把小样批到我们科。科长血压高，大副爱人出差，二副要在家主持工作。责无旁贷，我去，带着小杨——孙、钱、刘早已是一科、办公室、人事科的副科长、副主任、副科长了。小杨高考落榜考了一个什么"联合大学"，毕业后也算本科法律系分到我们院。科以上干部除了我都是他老相识，叔叔阿姨哥哥大爷满走廊喊，不知内情的人还以为到了幼儿园。

双玉县一位副院长对等接待我，他的级别与我相当，至于对等接待小杨的科长是什么级就不清楚了。下了车我了解情况，副院长说别急别急住下再说。坐到县招待所房间的沙发上我又问。副院长说别急别急吃完饭再说。我是第一次以副科长的身份下到基层,此情此景终生难忘。餐是高餐,山珍海味自是不缺。劝酒水平亦属高档，尤其那位科长，荤的素的软的硬的，说得你心里像有个熨斗在来回熨。别说一杯酒，就是一杯氰酸钾铝，你也会心甘情愿毫不犹像一饮而尽。

回到房间的沙发上我又问。副院长说："别急别急你们慢慢唠，我有事先走一步。"

科长剔完牙，给我给小杨给他自己各倒一杯茶，说："那小子太不知趣，常委定妥的事，他横拨拉竖挡胡搅蛮缠，我把他撵出去了！"

酒变成冷汗唰地遍布全身。我想起景阳冈的武二郎。我追悔莫及。闹了半天就是这老兄，刚才还交杯换盏舍命陪君子呢！我底气怎么也攒不起来，说："你怎么把律师给撵出去了？"

他有些奇怪："这有啥值得大惊小怪，又不是第一次。"

天！"你为什么？"我舌头发短。

"不撵他出去案子审不下去。"

他倒天经地义！我说："准备不充分或者出现新情况，可以宣布休庭，这权力你还是有的。"

他摆摆手："休什么庭。只一个小时，下个案子等地方呢！"

我哭笑不得："人家把你告了！"

他毫不在意："我知道。"

我打了个酒香浓郁的嗝。我想我得做出一副山羊般的老练："那好吧，咱们研究研究如何解决吧。"

他点头。

我说："赔个礼、道个歉，承认错，估计差不多了。又没什么后果。"

他不很情愿："行吧，便宜他！"

我一阵反感，这不是不知好歹吗！我说："还是大事化小，小事化了吧。这事性质也很严重，你就是赔礼道歉承认错误，也不一定过关。"

他一怔："谁赔礼道歉？"

我也一怔："还能是谁？"

他噌地蹦起来："我赔什么礼，道什么歉？我代表法律。我有权力！"

我也火了：你小子捅了这么大的娄子，让外界知道得笑掉大牙，还有理了，还代表法律。但我想起我是副科长，新提的，还是第一次单独处理问题，就冷静下来。也许那律师真有问题。我说："这样吧，我和那个律师谈谈，全面了解一下情况。"

他余怒未消，勉强说："行。是带他到这儿来，还是咱们上看守所去？"

"看守所？"

"他被拘留审查了！"

"为什么？"

"诬陷司法干部，干扰司法工作。"

"是不是写给报社那封信？"

"对。"

"还有别的吗？"

"这还不够？"

我倒吸一口冷气，哭天抢地都顾不上。

"马上放人，马上。一分钟也别耽误。放了人以后再说。"

他说："我没权。"

我说："那你赶快去找，谁有权找谁，就说我说的，放人。"

他起身走了。

谁知这一去杳如黄鹤，我急得死了老子娘似的。我看看快下班了，只好给法院打电话，报了家门字号。人家说管事儿的都不在，要我明天再打。晚上也没人来。辗转反侧我一宿没合眼！第二天我一早赶到县法院，一问，院长出差的、下乡的、开会的，都不在。我问那科长，说有病了，请了半个月的假。

无奈我只好打长途给苏院长，苏院长一听是我就说你和你们科长汇报我正忙。我只好再打长途给科长。科长说你不是打电话给院长了还找我干什么？我火了，都他妈什么时候了还挑这个眼！我说我找院长了院长让找你，你要不管我放下电话就回去！科长这才找院长，回来说："你回来吧！"

我回来了如丧家之犬。县招待所离火车站六里路，来时坐在吉普车前座很抖气，去时坐在驴吉普后座，小杨头一回说挺有意思。

我当然把情况汇报得一清二楚实事求是，还谈了我的处理意见：这种人绝不能继续留用只能调离。

苏院长很生气，说真不像话岂有此理！我这才舒了一口气。

谁知许久无声无息。我一打听才知道早已处理完毕谁也没事。

我他妈扮演了什么角色，真是糊涂！

我把这些事讲给妻子、朋友、同学。他们说我会及时总结经验知错就改前途无量真是聪明。

我到底是聪明还是糊涂？

# 九

我决定去找老粥。

夕阳西斜，办公室里只有老粥。他脚放在桌子上身体后仰，椅子不堪他屁股的压迫痛苦地呻吟着。屋里洋溢着一股臭气，热烘烘无与伦比。这气味儿与我亲切得情同手足，我年轻了好几岁。我没时间品评这味儿有否发展创新，抓起电话拨个号，把话筒塞给老粥，说："我老婆，告诉她我在你这儿。我上厕所，拉屎。"

老粥说："我不认识你老婆。"

我说："头回生，二回熟。"

我没容他再说，走出来。

厕所在操场另一边。砖瓦结构，比我老丈人的房子雄伟多了。教育真是大大发展，这儿只不过是所郊区中学。

回来老粥已把脚装回足球鞋，臭味儿也装回去许多，使之不很亲切了。他问："你干什么去了？"

我说："上厕所。"

老粥说："对不起，我这个证人没当成。"

"什么证人？"

"她不在，回家了。"

"谁？"

"你老婆。"

"你认识我老婆？"

"当然。"

"什么时候认识的？"

"很久以前。"

"怪，没听她说呀！"

"怎么能说呢！"

妈的！女人哪，女人的心哪！

老弼哈哈大笑："士别三日，刮目相看，没想到老兄学会幽默了！嫂夫人一定看得很紧，早请示晚汇报吧？"

我于是想到电话，心里便十分惭愧，给妻子平反给老弼平反。

老弼说："你吃饭了吗？"

我说："没有。"

老弼说："正好，我和我的驴都没吃，咱们一起吃。"

我说："你还没结婚？"

老弼说："发昏吧。找市里的，人家怕我调不回去；找郊区的，人家又怕我调回去。"

我想起他求我的事，挺不好意思。想到为此连他的终身大事都耽误了，更难启齿。我说："那事，没办成。"

他安慰我："办不成就算了。如今办事，难！"

我就把如何当了科长是副的，又如何搞得焦头烂额，又如何到这里来说了。

老弼沉吟片刻，把脚和臭味儿拿出来，杵到我鼻子底下，一边抠脚丫巴一边凑到自己鼻子底下细细地品味一边慢条斯理地说："很自然，很自然。"

我不解。他说："你这样的当官很自然，当不好也很自然。现在感到不自然也很自然。只要你自然而然，将来就会自然的。"

我愈发不解。这家伙好为人师，我决定拍拍他的马屁。我说："跟我这样的说话意会不行，得言传。"

老弼眼睛一亮，坐起说："好吧，我帮你好好分析分析。"

我洗耳以待。

老弼手指我万分委屈的鼻子："你们院长是双玉县人。"

我说："是吗？"

老弼连连摇头："这你都不知道，真是！你们苏院长是双玉县人。他去双玉县开会，住在县委招待所。他住的房间是小单负责……"

我一激灵："小单，哪个小单？"

老弼马上闭目合眼，参禅打坐的模样。我忙赔笑："说吧，说吧。"

"他向县法院的人打听小单。县法院的人知道苏阮长有个儿子是小儿麻痹后遗症，走起路来左肩在前右肩在后侧身前进。还知道苏院长这儿子至今没有婚娶，自然也就知道苏院长打听小单的目的。后来小单调到贵科当打字员了。小单在双玉县委招待所怎能认识律师所的秦鸣？"

我恍然。

"你们科张科长平常血压不高。"

我刚要插话问"你怎么知道"，想起刚才只好点头表示。

"大副老婆真出差了？哪个文件规定这种情况只能三副处理而二副主持工作？你们逢年过节总分大米、豆油、鸡蛋、鱼吧？那都是双玉县法院送货上门服务到家。你打电话给苏院长，苏院长不好表态让你找科长，科长也不愿表态问你为何找了院长又找科长。"

我渐入佳境:"闹了半天人家都是隔岸观火,只有我傻狗不识臭!"

"那科长为啥敢拿你这个钦差当儿戏?他是咱市委书记先房儿子,随娘改嫁也改了姓。如今亲爹当了书记他又改回来了。他不愿在县法院干正闹着要到市里来,你这下起了催化作用没准明天就到你们科管着你!"

我默然许久:"他管着我倒不怕,可千万别让我管他。只是那律师白受了一场苦,不会善罢甘休。"

老弼一哼:"你呀,那律师蹲了三天拘留。他的职业是小学教师,律师是业余,只有咱们系函授的文凭,一直想调律师所却没有门路。这件事闹大了是个机会,他同意私下了结撤回所有上告上访上诉材料还向那科长赔礼道歉,条件是调他到律师所正式编制。"

我说:"我天生糊涂搞不清这些事,看来不是当官的料。"

老弼哈哈大笑:"看你吓得那个熊样,'当官不与民做主,不如回家卖红薯。'真理正义在你手里你怕个屁!"

我心乱如麻:"老弼你他妈别给我吃宽心丸,咱们面对现实吧!"

老弼依然笑:"你既然有面对现实的勇气还来找我干什么?"

我火了:"老弼你他妈不够意思,大老远我专程找你,你看我笑话!"

老弼愀然作色:"那么你认为你是聪明还是糊涂?"

我不知道。

老弼说："聪明与糊涂是相互依存的一对矛盾，实质是个哲学问题。"

哲学！我想起在学校时有个《哲学研究》给老弼退过稿。

"有人认为聪明或糊涂是人判断事物时其结论接近事物的程度，根据程度的深浅判定人是否糊涂，懂吗？"

妈的老弼！还那样，懂吗懂吗，我挺不舒服。这口吻毕竟生疏了。

老弼手一劈，断喝道："错了！请注意！你问我是聪明是糊涂，而不是根据判断事物的准确程度，由此可见聪明与糊涂是客观评价，否则自作聪明这句话就毫无意义懂吗？"

我不懂。

"知道郑燮吗？"

我不知道。

"就是郑板桥，好画竹子，写字伸腿拉胯还自称一体……"

"那我知道。"

"难得糊涂呢？"

"不知道！"

"大智若愚呢？"

"那我知道。"

"你知道个屁！看一个人聪明不聪明就看他会不会糊涂。"

求知心切，我要求理论联系实际。

老弼说："哲学这东西是纯理论，高度概括高度抽象，所以不能联系实际。联系实际就庸俗，就不是哲学，就不准。"

"我到底聪明还是糊涂？"

"当别人认为你糊涂时，你很聪明；别人认为你聪明时，你很糊涂。"

"我明白了：当我饿的时候，应该做出快要胀死的表现……"

"你看你看，庸俗了不是！"

"是庸俗了。可我觉得矛盾……"

老弼惊喜地把脚收回去，问："你感到矛盾了？"

我说："可不！"

他把喷发脚臭的手拍在我肩上："你懂哲学了。矛盾就是哲学嘛！"

哲学竟如此容易。一位大文学家一再说：最深奥的道理总是用最浅显的语言来说明，比如苹果和万有引力。

老弼依然兴奋："关键是尺度，尺度准确，判断自然准确！"

我大叫："云开雾散！尺度，对！客观，对！你看，别人说我糊涂，我就以为我糊涂，其实我不糊涂，不然如何当了副科长？别人说我聪明，我就以为我聪明，其实恰恰糊涂。不然如何连第三副科长全中国最小的官也当不好？"

老弼叫好："你毕业了。走吧，我们去吃饭。我想你和我和我的驴都饿了。"

我反对他把我与他的驴相提并论："驴能聆听你的教诲并成为哲学家吗？"

他不以为然："也许驴的哲学意识比我们强得多呢！"

我说："看完病了，给开点儿药。"

老弼不肯。我说："你怕我竞争？"

他说："我想写一本书呢，题目叫《怎样当上领导与怎样当好领导》。属于专著，从哲学的高度论述，出版后奉送一本，如何？"我说："那就晚了，冲这题目就能畅销，一印几千几万几十万几百万，我得到别人也得到，竞争得过吗？"

他说："也是，你提醒了我。我应该先捞个最大的官再出版。"

我说："不和你争最大的官，给出个主意，渡过眼前的危机。"

"哪他妈来的主意，吃饭去！"

"你不给主意我是不去。"

他叹口气，无可奈何扯下一张纸，背过身奋笔疾书！折成蝴蝶状塞进我上衣口袋："锦囊妙计！回到家中方可拆看，且不许沾染脂粉。走吧，这回该吃饭了吧？"

告别老弼我克制自己，车上没看纸条，下车往家走的路上也没看。进了家门，妻子劈头问："才回来？"

我说："可不。"

妻子又问："上哪儿去了？"

我说："老弼那儿。"

妻子又问："老弼是谁？"

我说："同学。"

妻子又问："男的女的？"

我这才发现妻子脸色难看，鼻子缩上去两眼凑到一起中间堆了横纹竖褶。我顿时生气，就说："男的！"

妻子白天鹅一样向我舒展长臂，一下掏出纸蝴蝶："这是什么？"

我说："信。"

妻子又问："谁的？"

我说："老弼的。"

妻子又问："你不是刚回来吗？"

我说："不是信。"

妻子轻蔑地说："你哪有个准话，刚才还信呢。男的女的？"

我说："男的。"

妻子更加轻蔑："胡扯，男的信有折成蝴蝶的吗？"

我说："老弼是男的不信你就去调查核实，工作单位一二三中电话四五六七八地址郊区拉拉屯找孙新！"

妻子双脚一跳："你看你看一句一个谎，刚才还老毕呢现在就孙新了！"

我也双脚一跳。我当副科长后每次吵架老丈人都骂他闺女。我说："孙新就是老弼老弼姓孙名新外号弼马温简称老弼！"

妻子要打开纸条。我忙去抢："那是锦囊妙计女人不能看。"

妻子一闪身，边看边说："女人还能看化了不成？说你一句一个谎你还报屈，这是锦囊妙计？这是暗号！"

我想起老弼临行前的嘱咐中似乎有一股狡黠。莫非这小子写了什么鬼话开我的玩笑？妈的老弼你可把我坑苦了，怎么说得清！

我接过纸条：

一张白纸。

# 十

我记住了儿子的生日，但这不证明我的记忆力。我强调这点只能证明我的记忆力乱糟糟像罢园的西葫芦地。况且我记住儿子的生日是因为我记住了那天看电视。记住看电视的原因是我要看七频道的足球妻子要看二频道的音乐会。

妻子的理由是"不是我非要看我看不看其实都行是孩子要看胎教呢。"

我完全赞同"不是我非要看我看不看其实都行是孩子要看胎教呢"。

妻子问："要生个女孩儿呢？"

我反问："要生个男孩儿呢？"

妻子说："男的可以当歌唱家。"

我也说："现在女子足球方兴未艾，没准当女足明星比男的容易呢。"

妻子说："你看，多野蛮。哪是运动，是残酷的屠杀。"

我说："我一看见挺大个老爷们儿拿话筒摇脑袋晃屁股就恶心。"

妻子说："我有儿子宁可让他掏大粪也不让他干这个！"

我说："我有女儿宁可扔了喂狗也不让她干这个！"

妻子就换频道，腆着肚子拧旋扭啪啪连发，好像电视是旅店的。我生气又不能去抢，只好她拧完我再拧也拧连发。她再再拧我也再再拧。球赛和音乐会被我们的漫骂切割得支离破碎：前锋一脚射门踢到一个硕大的乳房上，守门员鱼跃扑救抱住麦克风……

我们谁也没料到这胎教真是科学真的起了作用，善恶有报几年后见了分晓。

## 十一

妻子给儿子买电子琴（儿童玩具）小提琴（也是儿童玩具），每晚临睡前都持一柄笤帚或擎一杆掸子，倾听儿子哭诉般的歌声和胡乱弹拉出的刺耳噪音，那认真和自信和虔诚和期望使我不忍心躲出去也不忍心捂耳朵。

一天，儿子从幼儿园回来，无论妻子如何威逼利诱也不肯摸那玩意儿不肯唱。妻子问为什么，儿子说："我五音不全。"妻子问谁说的，儿子说："今天电视台去幼儿园选儿童演员，大家都唱了，阿姨说的。"

妻子大怒，积蓄了一夜的仇恨和阿姨大闹一场。园长请了音乐学院的副教授，妻子以奶油冰激凌巧克力为诱饵，以打屁股不要你把你卖给收破烂，好不容易让儿子喊了几声，然后杀人犯等宣判一样战战兢兢。

教授笑笑，说："这孩子身体真棒，学点儿别的会更有出息。"

妻子当即晕倒。

我不能幸灾乐祸。我给儿子买了全套的足球衣足球袜足球鞋，只是都稍大。一百零五厘米和二十厘米，不是玩具是真的能穿到二十岁。同时买个标准足球也是真的。对妻子说六元钱对外人说三十六。

训练开始了，很难，很艰苦。场地不理想。一条马路，很窄，经常过汽车马车自行车。左边垃圾堆，右边厕所，都很臭。我就要分很多心，首先不能让车撞了儿子，自行车也不行。其次不能让球滚进厕所。当然就是撞了儿子球滚进厕所我也绝不回头，治愈儿子洗净球以示我的决心。

儿子很高兴，大喊大叫地和我踢。第二天就不和我踢和小朋友踢。我发现儿子很胖跑得很慢，一般大的孩子他跑不过，比他小的孩子他也只能跟在人家屁股后。我着急："现代足球要求技术、体质、速度三结合。这怎么行！"我鼓励儿子快跑、抢球、发扬拼搏精神。儿子反而不跑了，说让他玩吧，我看他玩儿也挺好玩儿。

我说："这意味着进球意味输。"

儿子说："输输吧，反正是玩儿。"

这种孔融让梨的温良恭俭让和舍己为人使我绝望，我坐在厕所旁边号啕大哭像个迷路的孩子。

儿子跑过来把球放到我脚下："爸爸别哭了你踢吧。"

我十分感动，儿子有同情心，将来会有孝心。我更起劲儿地哭起来。

回到家我把来龙去脉学给妻子，妻子也哭起来。

一天下班，妻子怒冲冲儿子哭泣泣地回来了。我一问原来儿子把半斤大白兔分给了班车上的人。我说："儿子你怎么能这样，咱家不是百万富翁不开糖果厂。"儿子抽噎着："妈妈还告诉我张叔没有李叔没有王叔没有。"

我说："这就不能怪孩子了，你怎么不说说？"

妻子说："我怎么说，我一个大人还能教儿子那样吗？"

我一想也是，妻子在那种情况下不那样还能哪样？

妻子越说越气，咆哮道："你说我们费了这么大劲儿把你生下来把你养大为啥？"

儿子说："不知道。"

儿子说的是实话，他不可能知道为啥生他。从哲学的高度看，他的出生于他是完全被动的，不管他愿意不愿意都得生出来。我们是主动的，责任在我们。我们完全可以不生或者不生他生个别的儿子。但我们是彻底的唯物主义者不是先验论者，无法在儿子肉眼看不见时就断定他现在。然而经过实践证明他现在之后我们又无能为力。所以这责任也不在我们，但根据一分为二的原则我们也不可能一点儿责任也没有。我们就回忆，于是想起那次胎教和因为胎教引起的一系列。

# 十二

电视放在一个七歪八斜的木架上，我和妻子轮番拧来拧去突然掉到地下砰一声随后更响地砰一声。屋里漆黑。

我刚要去扶妻子，忽然想到万一妻子触电呢？我去拉我也就完了。我完了妻子也完了孩子也就完了。我必须冷静。我是男子汉是丈夫是父亲我有责任。我在一刹那相信了关于英雄成为英雄的瞬间会想很多很多的电影和小说。

应该先确定妻子是否触电，再决定去找一根木棍必须是干燥的，或者切断电源。我急切地问："你怎么样？"

妻子哭唧唧的："完了。"

我放下一半儿心："什么完了？"

妻子说："电视。"

我放回全心："没关系，人是世界上第一可宝贵的，只要有了人……"

我忽然想：妻子那么久不吭声，莫非与我一样心思，以为我触电了？心里便不很舒服。妻子是女人，女人不该这么冷静，应该感情丰富易冲动！

妻子一头扑过来抱住我的胳膊连连摇着你怎么了你怎么了，你要有个三长两短我也……我心潮澎湃热血沸腾抱住妻子连连亲吻妻子泪水涟涟的脸，亲爱的亲爱的我也一样，你要有个三长两短我也……

可惜，这都是我想。

黑暗中妻子说："什么人不人的都怨你，白瞎了电视机！"

两天以后，妻子肚子疼。

# 十三

双玉县那个科长坐在张科长的椅子上，腿翘二郎抽一支烟，见我进来还微微一笑。我心一沉身上有些冷。

张科长从我的椅子上站起来："双玉给咱送西瓜来了，你的在这儿。"

原来如此。我没理他。你就是当了院长又奈我何？

"这西瓜沙瓤挺好的，一袋子才八角钱，便宜，你留下吧。"

我知道科长的热情介绍是怕我给双玉科长下不来台。我当然不。他亲爹是书记管政法，我不溜须也犯不上得罪他。我说："要！便宜是明摆着的，今年西瓜丰收可也不能一分钱一斤。等于白给，傻瓜才不要呢。"

科长都笑了，笑得有点儿干。

## 十四

座右铭：

祸从口出

语多必失

贵人话语迟

话到嘴边留半句

嘬嘴骡子驴价钱

尿罐儿镶金边——嘴好

啄木鸟打前失——嘴支着

灶王爷升天——好话多说

十句话难交一个，一句话得罪一群

## 十五

哲学家费尔巴哈招待客人要伊索去买世界上最好的东西。伊索打电话要一辆出租机动三轮去农贸市场买回一条北来顺五香舌头。

哲学家费尔巴哈十分满意要伊索去买世界上最坏的东西。

伊索又打了一个电话又要了一辆出租三轮又去农贸市场买回的又是一条舌头又是北来顺的五香产品。

## 十六

那天我回来得挺晚，十分高兴也十分疲倦。妻子脸色难看我知道她不满意。

她说："怪，肚子有点儿疼。"

我问："一阵儿一阵儿疼？"

她说："不是，疼一阵儿歇一阵儿。"

我问："能坚持吗？"

她说："试试吧。"

凌晨三时，歇的时间短了。妻子开始呻吟。丈母娘十分着急，老丈人不让姑娘在家生孩子，虽然姑娘是副科长夫人。

我决定回我的父母——妻子的公婆身边去。

## 十七

我毕业分到省城工作，每年几次回故乡。五一、十一、春节和远在蜀中读书的弟弟放暑假。我喜欢快车，人不很多，望车窗外一闪而逝的春华秋实，优哉游哉。倘若碰巧一个姑娘做邻居，我会把活了几十年好不容易积累起来的知识在四十五分钟的时间里毫不吝惜地挥霍一空。时间正好，我能在最恰到好处时戛然止住，告别。彬彬有礼，潇洒有风度。

当然这类事极少，很难找到合适的表现对象。年龄职业性格谈吐还其次，关键是容貌不够录取线。

后来我结婚娶了妻子，她是演员她爸爸是蹬三轮的。但省城马路平所以她瞧不起我尘土飞扬的故乡、我抓蝈蝈摔泥炮的朋友和生我的母亲养我的父亲。虽然我的父母她的公婆是教师，塑造灵魂，近几年地位又提得很高。要不是这年头文凭像君子兰一样一夜之间值了大价，凭我这长相，我这一米六八的个头儿，我的父母以及我两位数的存折，判她无期徒刑她也不会与我结成伉俪。这一点她没说我心里清楚。

我之所以娶她是因为观点与她完全相反：没有文凭可以通过努力通过奋斗取得文凭，没有好的工作可以通过努力通过奋斗通过送礼通过托人调个好工作，没有一副好面孔和好身材努多大力奋多大斗托多大官送多大礼也得不到。这一点我没说，但我认为妻子心里清楚。

一次妻子为没文凭受歧视自卑时，我亮出观点详而细地阐述一遍:完全不必。你双眼皮，腿长而直，乳房丰满，臀部结实，多少人妒忌你。文凭算个屁，不能成天拿在手里也不能像运动员的号码印背心上。你没看眼下嫁不出的老处女都有文凭还有硕士博士?

妻子激动万分，扑过来拥抱我，一手薅我几个月没理的头发一手揪住我生来就比别人大的耳朵，一边咬牙切齿。

我疼痛难忍。我不能用阿Q对付小D的办法也去薅她的头发揪她的耳朵。她是妻子，头发、耳朵于女人的容颜之重要我刻骨铭心。

为了分散疼痛我强迫自己努力去听妻子的咒语：

你这个狼心狗肺的东西你没有心肝不是个东西人老了眼皮松弛生孩子肚皮松弛过了三十五全身皮都松弛就一钱不值文凭不怕老越老越有价值评职称涨工资提拔分房子我早知道你爱的不是我是我的容貌我的身体我的大腿我的……

我忍受不了这下流的语言，想拍案而起痛打她屁股，那部位肉厚有弹性一般打不坏也不会有碍观瞻。然而错误和挫折教训了我，使我比较聪明起来。我不能蛮干必须冷静。待如泣如诉如歌如吟的咒骂使她疲劳使她放松警惕，一个狮子摆头像头球攻门那样迅猛有力，使头发耳朵摆脱控制。

果然我又一次获得成功。

我说："我无意说的，逗你玩儿！"

妻子大叫："不是，无意吐真言！"

我也大叫："你也不是爱我这个人，你是爱我的头发我的耳朵，说什么贵人不顶重发耳大如轮大富大贵！"

妻子大叫："不是。爱你的耳朵你的头发实际是为你好！"

我大叫："为我好实际是为你好！"

妻子只会说："不是！"

我得意地理理乱如麻团的头发，突然发现妻子脸上没有泪水，我被愚弄了。我又大叫："原来你没哭！"

妻子仿佛帮一位九十老妪背了一袋米，带着助人为乐之后的疲倦说："不是。我为你强忍泪水，哭会使眼皮过早松弛。"

我每次回故乡妻子都反对，或有理由，或没有。我要自己回，她又非陪我，假惺惺说她想念公婆、妯娌。我不信她的鬼话又猜不透她目的，只好假惺惺把这些话转给父母兄弟。他们也不信也做出假惺惺的感动。我明知这一切但还是被感动，眼睛有时候湿。

# 十八

我的故乡位于松嫩平原边缘，靠着长白山的余脉。县城，医院自然县级，没什么产院，有个产科和妇科在一起叫妇产科。病房里摆四张床，大家同病相怜，一会儿就熟了。

一床初产，孩子大，老秤十斤十两，于是一刀切开。

二床也是农村的，第四胎，头三个挨肩丫头。字据立好，生完就结扎，也要挨一刀。丈夫公公均系独子单传，所以压力颇大，肩负重任有些战前的紧张。丈夫信心百倍，将剥去壳的煮鸡蛋一只只递上去。鼓励。吃，再吃，生时有劲儿。二床便吃。仰在肮脏已极的被上，怯怯地望四周。一下床，丈夫对我说："你看你看，左脚先着地。男左女右，没错。多少人算过。"

三床的情况就不清楚了。她年轻，很漂亮，肚子比妻子和二床都逊色很多，弓着腰，一脸痛苦，对周围的寒暄视而不见。我就不便问，把怜悯放在心里。

下班时分，几个女人一齐闹起来，你一声我一声大叫不止，病房里恐怖异常像纳粹的集中营。医生来了，听诊器挂在胸前双手背在身后，对一床二床妻子也就是四床没说什么，恶狠狠说三床：“别叫唤，能不疼吗，早干什么来？”

护士进来说：“一床二床三床四床，打针！”声音职业型，脸蒙一块大口罩，所以没表情。

于是几个人都艰难地翻过身，褪下裤。护士将针头一举刺入高高的屁段，单手擎注射器，闲出另一只手指指点点，说要接班了赶快收拾卫生这儿那儿。

天将黑，情况大变。一床疼得以头抵墙，按也按不住。二床则安然入睡。三床依旧不吭声，只是从痉挛地握住床栏的手上看得出她忍受的痛苦。妻子平静。

一床叫声极惨，像有人用刀慢慢割她的肉。她年轻的丈夫一言不发地握她手。我受不了妻子也受不了。我就去找大夫。大夫伏桌上睡得正香，我扒门缝喝一声：“呔，一〇六死人了！”就赶紧溜回去。

大夫一阵风刮进来，先看一床，再看二床，又一阵风刮出去。再回来带了女护士。她态度挺好：“一床打针！”

一床的丈夫说：“还打？”

她说：“对，两针。”

他说：“刚才一针就疼这样……”

她说：“放心吧，这是止疼的，进口药，你看，英文字，打上就见效。”

他只好同意，按住没杀死的鸡一样乱扑乱撞的妻子。

她给二床号脉，说：“这样生不了，剖腹吧。反正结扎，躲不过一刀。”

二床男人说：“没事，我们经着过，刚才她还说孩子往下走呢。"

"刚才是刚才，现在是现在。必须马上手术，否则一切后果自负。给你一分钟时间，考虑好了在这儿签字。"她把一张纸递过去，又看三床，摇摇头，对护士说："给她拿点儿纸，拎个废料桶，要消过毒的。"

她转到我身后："四床怎么样？"

我不能不抬头了。我想只要我少说话，她听不出来，刚才我用假嗓。

她叫一声："是你！"

我细一看，也叫："是你！"

她问："你爱人吗？"

我说："可不。这是我的老同学，从小学到中学，一个班呢。"

妻子审视地点点头。她就给妻子检查，也不管屋里还有两个男人，把妻子剥得像二床吃的鸡蛋。我尽量去挡他俩的视线。后来才发现他们对妻子的裸体不感兴趣，只顾忙自己的事。

二床男人问："往哪儿签？"

她说："等等。"给妻子盖好，"不会很快生的，别急。住着吧，有我呢。"拿了那本子，她又说："回头唠，我得上台。"

二床男人把沉睡的二床抱走了。

一床睡了。一床的男人偎在床脚趴着。这情景使我想起茫茫旷野里的夜行列车。

三床身子一拱一拱的，发着"嗯，嗯"的声音。我凑过去问她要不要找大夫。她突然爬起来扯掉裤子，赤裸着下身，蹲坐在护士送来的桶上，双手拉住床沿，"哦——哦——"长吟两次，头一下子中弹般垂在胸前，沉思似的。许久，才挣扎上床，斜仰着一动不动。

我惊得目瞪口呆。妻子说太可怜了要去帮她。我说我去吧。妻子点头。我就照妻子的吩咐，给她擦净下身，垫上厚厚的纸，穿上短裤，盖好被子。

我做完这一切，心底兀地生出一股凉气。

她死了吧，怎么毫无反应。我伸手试试鼻息。她慢慢睁开眼睛，对我笑笑。从这笑里我断定她不超过二十岁，只有十六七的少女才用这真挚的笑来谢帮她的人。

事情过去好几年了，想起来我还奇怪，我怎么能在一个女性裸体前无动于衷，充满了神圣感责任感，况且那女性很年轻又漂亮。

我低头看那桶，一团粉白浸在红色的鲜血里。我不相信这些东西是从她充满青春活力的身体分裂出来的，不相信这些东西几小时前还能发育成像我、她这样的人。

二床回来了，哇哇地哭。男人放下她，双手揪头发，呼哧呼哧喘。一种不祥的预感袭来，我怕妻子紧张，就去劝。

二床唱一般哭，翻来覆去只一句："我可怎么办哪，我可怎么办！"

护士来了，拎起那桶，说："二床，把孩子抱回来，着了凉算你的还是算我们的。"

# 十九

我无法入睡，在走廊里转。值班室开着灯，我想起同学。

她抬起疲惫的眼睛看我，前额现出几道纹。老了，女人可真不抗老。她对着镜子说长大了一定找个解放军叔叔就像昨天的事。我们一起回忆过去，她告诉我说："咱们学校盖大楼了，全县最好，设备都是进口的，有电子计算机呢！"

我问："成全国重点了？"

她说不是。"记得赵老师吗？"

怎么不记得！

她说："应该记得，她最喜欢你！"

我不信。"真的，跟我们说过许多回，说你聪明、坦诚，有才气，能成大器。我们都嫉妒呢。女老师都喜欢男生，对吗？"

我说："男老师都喜欢女生。"

她说："去年她母亲来了，新加坡的大富翁。省政协主席陪同，要看赵老师骨灰。没骨灰呀。又要看遗物。还好，找到一条红裙子。老太太一看就哭了，说是女儿回国前特地做的。临走，捐了一大笔钱给学校。"

我问："孙大头呢？"

她问："哪个孙大头？"

我说："那个代课的，教过几天体育，叫孙什么来？男生叫他孙大头。"

她说："他呀，县教委副主任。"

我说："不会吧？那不是他。"

她说："还有哪个？赵老师的裙子就是他保存的，为县里立了大功，县委书记们都夸他，任命他为教委副主任。老太太还送一台东芝给他。"

妈的，一定是他。我不愿再说这个。我说："你还那样，没变。"

她说："老喽！"

我说："也是。没黑没白，够你受的。你挺负责，一床二床，换了别人不会这么认真，他们很感激。"

她苦笑："不骂我就行了，一床二床的针——"她两个食指交叉。

我后脑勺一麻：肚皮和子宫需要镇静却打了催生针，让子宫、腹肌不停地收缩蠕动；需要兴奋收缩蠕动的却打了镇静剂。我问："你是说一床不必打针二床不必剖腹？"

她说："那药真是进口的，陈书记得癌花外汇买的，高效。剩几支我一直没舍得用。"

我说："得花钱呗？"

她说："除非确定是医疗事故。意义不大，没有后果，二床产后也要手术。还有两支药，我交班再给一床打上，估计就没问题。钱么，早算到陈书记账上报销了。"

我说："责任不在你。"

她说："一样，我这个科主任，脱不了干系。"

我问："你当科主任了？"

她说："我这个科和你那科不同。"

我忙说："我不是科长了。"

她说："你是科长了？"

我更正说："曾经是过，副的，现在辞掉了，从昨天起。"

她十分不解也不信："辞了，怎么会呢？怎么能呢？我这个科主任辞了不下十次，一次也没辞掉。"

我就解释。

我繁重冗长的解释工作开始了，此后相当长一段时间我得把这当上再辞掉的过程讲给别人。搞得我口干舌燥，一想这事、一听到别人叫我王科长就恶心，就眼前发黄。

门悄然开了。妻子披着肥大的条纹袍子飘进来像幽灵。她两眼放出激光，仿佛要看穿我的狼心狗肺驴肝马肠。"你……真的，辞职了？"

## 二十

我顿悟了哲学，把哲学作为解剖刀剖析自己。我发现我这个官实在无关紧要，每次科长开会人们都要我发言说我说得很对很重要，每次决议我的意见都没算数。我又发现群众对我十分尊重十分热情实际是十分讨厌我，因为我就是对讨厌的人做出热情。要命的是我这张嘴，眼睛看见了它自作主张就说，全不经过大脑的思考。这注定了我官至副科已是最高。我还破译了老弼的妙计：白纸者，白痴也。

客观上我得罪了苏院长的儿媳、市委书记的先房儿子，弄得我非常紧张，党组一开会我就以为是研究我的问题。对上级要尊重对下级要尊重对同级也要尊重，否则就骄傲就狂妄就人前人后挨指点。还要控制声带放松面部肌肉多笑少说累得整天晕头转向。

我想来想去，觉得实在不合适，决定辞职。苏院长说："你要顾全大局，改革嘛难免有阻力。工作也确实难开展，党风啊党纪啊你是个党员，不要闹情绪，有什么想法，可以提。"

我说："我想辞职。"

苏院长说："算了算了，你的房子院里已经考虑，千万别提辞职，造成影响就不好了。这次分房方案照顾科级。"

我说："真的，我要辞职。我拿我扛着一杆洋炮钻深山老林后来被当胡子镇压了，后来又平反的爷爷起誓。"

苏院长脸色严肃："这是组织安排，个人不能随心所欲。"

我说："我不称职，于'四化'建设于体制改革有害无益。"

苏院长说："不仅仅是称职与否的问题，组织路线是'四化'建设的保证。你代表登上领导岗位的青年干部，破格提拔你是党组的一个具体措施。"

我有些慌了。副科长是领导职务最低的一级，我是三副。破格？我以前是什么？这事至关重大，涉及我辞职后的待遇。我问："不是说，大学毕业，就算国家干部吗？"

苏院长说："对。"

我明白了。我于标准差很多格，提拔时破了。这更证明我不称职辞职是对的。我说："我立个字据，没人打击、排挤、报复、诬陷，我因不称职而辞职。"

苏院长来摸我的头，看我是否发烧。

我知道这番话白说了。我懊丧，感叹人生不易。辞职比当副科长还难，我有点儿心灰意冷知难而退不再辞。可是想到人生、哲学、剖析，想到当副科长的难就又想辞。

我再去找苏院长。我说："我大学毕业，党龄十年，没犯过任何错误才是副科还是三副，还是破格提拔。我有意见，我希望马上提我正科，否则我就报考研究生，请您放行。"

苏院长怒其不争地看我："你呀你，真让我伤心，一个劲儿辞职闹得人人皆知。好吧，我不耽误你前程，党组马上研究。"

我有些紧张，就喝水。一杯水没喝完苏院长回来了。我如愿以偿。

我来到阳光明媚的院子里，即兴创作一首歌，借用"两只老虎"的曲调，是这样：哲学哲学，哲学哲学，真管用，真管用，一学就会一用就灵真管用，真管用……

我承认我的思想观念有点儿封建。一个人取得了成绩不管这成绩重于泰山还是轻于鸿毛，不该忘记老师。

我去找老弼。

我说："老弼，我辞职了。"

老弼说："扯淡！"

我说："真的，用你教我的哲学，一切问题迎刃而解。"

他奇怪："什么时候教你哲学了？"

我说："就那天。"

老弼全忘了。我只好讲述一遍。他一拍大腿："可他妈糟了，我哪知道你们院长儿媳妇姓单姓双，更不知道市委书记的儿子先房后房。我看你傻巴呵呵挺好玩儿，吓唬你的！"

我说："你想给我一剂后悔药？我没病。"

老弼猴子似的蹦到椅子上："你有病，大笨蛋，糊涂虫！

封建知识分子还学而优则仕呢，你装什么假清高？不让你干你抱怨怀才不遇，让你干你又嫌这嫌那干不了。当官要像你想的那么容易，'四化'早实现了！搞学问？你这个熊样的什么也干不成！"

我说："我用你给我的哲学，可以得出完全相反的结论。"

老弼说："去他妈的哲学。我懂什么哲学，都是顺口胡诌。你又不懂足球我和你唠什么！"

我说："这恰恰说明你懂哲学而不懂足球。如同你给我的那张纸，虽然空无一字却包含万象万义！"

老弼更火了："你是疯子。你是副科长我是弼驴温，却非缠着我要锦囊妙计。你不吃饭也不让我和我的驴吃饭，为了支走你顺手扯了张纸哪来的万象万义！"

他把我带去的罐头、酒一股脑儿推到地上扬长而去，去看他的驴。

我心安理得，把东西装起来。老弼没送我，我不意外。望着璀璨的星空，我哼起"哲学哲学……"

## 二十一

我本想告诉妻子，可妻子肚子疼了。我想来想去决定等她生完孩子满月，奶水什么的都正常再说。没想到她听见了。

妻子慢慢闭上眼睛，顺着椅子像一摊稀泥软软地滑到我同学桌子底下去了。

我要去拖。同学拦住我，说抬桌子。我俩合力抬起沉重的

桌子,高擎着放到一旁。我同学扼住妻子的手腕,旋即果断地说:
"急救室!"

<h1 style="text-align:center">二十二</h1>

　　我本打算给这篇小说搁个引子之类。现在许多文学大师都这样。我归纳出这么两种:一、抄一段名人名言,斯基、斯坦、斯夫、斯泰的,人生、社会、爱情、生命、死亡等等,极富哲理。二、写一个古老美丽的传说,最好是少数民族,特点强。或悲壮或苍凉或浪漫或诗意,象征、隐喻,穿透历史而影射现实,增加作品的深度。

　　为了避免与大师们重复,我决定这么写:

　　　　妻子打开红色的包,抓起那块药布连带一截白,妻子从容地一边拽一边缠成一个团。我挣扎着想起来,身体即沉得如浸透水的棉絮。我拼命喊却没有声音。

　　　　"你干什么你疯了?那是脐带!你怎么把孩子的肠子拽出来了!"

　　这个梦是真的。我是说我真的做了这梦。

　　梦是不能两个人商量做的,不必担心雷同撞车,我很得意。我更得意的是我自己至今没弄明白这梦意味什么象征什么,写到小说里起到什么作用。从哲学高度看,这意味着什么都意味,什么都象征,什么都作用。

# 二十三

我的同学呼哧呼哧往血压计里打气，问："有心脏病吗？"

我说："没有吧？"

她说："奇怪。强心剂！"

妻子慢慢睁开眼睛，四处寻找。我顿时陷入悲哀和恐惧。她在寻找我。这绝不是好兆头。我凑过去。她音弱如蚊："我若不行了，你就再找一个吧。只是，看在夫妻一场的份儿上，照顾好咱的孩子。我这辈子……算完了，就看孩子的了。"

我意识到后果严重，不由大放悲声："可别的，你有个三长两短，扔下孩子和我可怎么办哪！"

妻子慢慢闭上疲倦的眼睛。

我的同学说："强心剂！"

我盯着那空瓶。我要留着它，没准儿是弱心剂呢，这是证据。万一出了事故，我要维护法律的尊严，不能讲什么同学之谊，倒不是为经济索赔。

我同学说："上产床！"

半小时后我把妻子抱回病房。一床、二床四个人争着问："男孩儿女孩儿？"

我忘了问！我同学抱进一个包包："胖小子，四千克。"

于是人们就去看，说像我或像妻子。我同学说："像谁都漂亮！"

妻子叹口气，说："你看人家，这一句话够你学三年！"

我发现三床空了。一床告诉我，三床走了。临走，撕碎了床头卡揣口袋里了。

我安顿好妻子，回家报信。同学在医院门口等我。她脱了白大褂，梳洗好了。初升的太阳光线柔和，洒在她白皙的脸庞显得她很年轻，很有朝气。我说："你还那样，没变。"

她说："老喽！"就问妻子的情况，年龄、职业、性格什么的。我一一回答。她说："怪呀，临床诊断认为得拖几天呢，可她生了。从破水到分娩完又那么快，那么顺利，何况又是难产体形。"

我心一震："你的意思……"

她笑了："别胡想，她是初产。她怕怀孕吗？"

我说："有点儿怕。怕体形变了不能上台演出。"

她说："也许是心理压力造成内分泌紊乱，使产妇迟迟不能进入分娩期。可又是什么原因使她突然顺利分娩呢？"

我似乎明白了，但我不说。

她说她想写一篇关于产妇心理对产程的影响方面的论文。我祝她成功。

临分手，我问她爱人在哪儿工作。她盯着我，眼圈一红，骑上车走了。

我挨到家，父亲正依门而望。我说："生了，男孩儿！"

父亲说："好哇！我昨晚做梦，一列火车自西向东，轰隆隆飞起来，落到咱家院里变成了一条龙。"

我想问父亲，生我时爷爷梦见火车变龙什么的没有。一想父亲没结婚爷爷就死了，便没问。

我一头栽到炕上，稀里糊涂地睡过去，好像也做了梦。梦见什么可记不清了。

# 轰然倒塌的脚手架

一

她说："把这个拿去吧。现在正时兴，又不惹眼。"

我想说"不"。这两个戒指是我们赚到第一笔钱时买的。

她看出了我的心思，说："搁着也没有用，不当吃，不当穿。办事要紧。以后愿意买，再去买几个就得了。"

以后可以买，但绝没有第一次买时的兴致了。我不想回忆我们握着两个金店里最贵重的戒指时的心情。我把沉甸甸的塑料包装进上衣口袋。

金店设在繁华的西安大路路口，是个"独生子女"，全市再没有第二家。黄金国有，换个地方买卖这玩意儿，抓起来就判刑。

墙壁的镜子迎着我推开一扇门。小姐们来了，高高矮矮排出参差的队形鱼贯而入。我想起古装戏娘娘贵妃出场前跑龙套的丫鬟侍女。

我上前喊了几声"同志"。没有同志。一位秃了顶的老头看我可怜相，直截了当告诉我，金银首饰一概脱销，什么时候有货不一定。

我说不买首饰。我掏出那两枚戒指。

他说："你要卖？"

我说："不卖。"

他说："你鉴定？"

我说："不鉴定。"

他不高兴了。"那你干什么？"

我摸出烟盒，推到他手边。

他说："三五牌，洋烟。这玩意儿太冲了。我不会抽烟。"

我说："没关系，抽着玩儿吧。什么会不会，又不是鉴定首饰成色。"

他脸上的肌肉松弛下来，说："这是四年前我们出的，第一批。怕不好卖，下了大功夫，铸龙凤呈祥的图案。那时候没人买，少数有钱人结婚订婚做纪念。现在根本不用，是圆圈套手指头上就抢着买，谁还费那个劲！"他压低声音，"千万别卖。马上又要涨价，这不货都收起来了，等上头来文呢。"

我感激地点头。我说："对，不卖。金子到啥时候都是金子。我想配两个首饰盒，要好的，不怕价钱大。"

他摇头。"我们这儿没有。全是内销。中国人买这玩意儿，交完钱就戴上了，用不着盒，还增加成本。"

我想也是。他又给我出主意，让我上文物店看看，他们那儿卖工艺品和文物，没准有。我谢过他，顺手抓回烟盒装进衣兜。

文物店比金店还要萧条冷落。偌长的柜台只一个服务员，呆呆望窗外的红男绿女，车水马龙。眼神不济的人会以为那儿立着个高档模特。我知道这儿的东西都是唬老外的，包装十分精美，里面的工艺品却低劣粗糙，所谓文物也都是仿制的冒牌货。他们以为洋鬼子都是些买椟还珠的傻帽儿，不识数，掏他们兜里的洋钱像拿糖球和小孩儿换猪鬃马尾废铜铁那么容易。

我一眼看中两只漆盒，就敲敲玻璃，说："同志，这个看看。"

她拿眼皮夹我一下，说："六十六元，交款看货。"

我掏出一百四十元放到她面前。她无可奈何，只好拿出两个。我一试，合适得好像专门定做的。我很满意。我想把里面两个假玉石戒指送给营业员以示感谢，又怕她往派出所打电话，就打消这个念头。

出了门，我就把那两个玩意儿扔马路旁下水道的铁篦子里去了。

## 二

我没去聚宾楼，虽然在那里我可以吃到难得一吃的山珍海味、猴头鱼翅、熊掌燕窝之类。这儿的经理、上灶的、服务员我全认识。我估计他们也一定认识老杨。我就上这儿来了。

我讨厌这儿的幽暗和门厅那串明明灭灭的彩灯。我坐在玻璃格子里喘不上气，看见不锈钢刀叉嘴里就一股铁锈味儿。半生半熟、甜酸混杂的西餐我一点儿也咽不下去。包装华贵的白兰地一股包脚布的邪味儿，但总还爽口。我一杯接一杯地啜，尽量不看那些红鲜鲜、黏糊糊让人联想无穷的玩意儿。我可以忍受而且必须忍受，我到这家酒吧来不是吃西餐。菜是老杨点的。

老杨对西餐馆、西餐餐具及西餐的看法同我完全一致。他说外国人最高明的烹饪技术就是把所有东西——从非外币买不到的名贵龙虾到五分钱一斤的西红柿搅在一起弄成一个味儿。而吃又集中体现各民族的文明程度。

我同意，说："可不，人活着嘛！"

他又列举中餐在国际上处于领先地位，中餐馆在美国及世界各地如何吃客盈门，开餐馆的中国人都成了百万富翁。他说假如我和他去了也会被聘当厨师，工资按小时算，给美元。

他最后得出结论："中国人别的不行。吃，外国人三十世纪末也望尘莫及。"

我知道他只去过一次深圳，站在一条什么街上往香港那边巴巴瞅了好一会儿。我认真点头，信服他身临其境、有声有色地描绘。

但强烈的民族自豪感并不影响老杨的食欲。他吃相文明，和他的长相及谈吐谐调，左手操刀，右手持一柄叉，将盘子里奇形怪状的食物切割成大小适中的三角形、四边形，从容放进嘴里，动作娴熟。

女招待眉梢一挑，可爱又单纯，对老杨说："噢，您来了。"

老杨说："来了。"眼睛斜着追踪过去。

我知道老杨看什么。女招待脸蛋黑的黑，白的白，逗人心疼。体形苗条而丰腴，腰肢细软，腿长且直。弹力裤是白色的，很薄，紧箍腿上，臀部饱满像成都七月的水蜜桃。我隐隐看见她的三角裤是红色的。我移开目光，喝了一大口酒，立刻就饱了。

我越是呕——呕——地咳，酒就越迅猛地往气管里钻。

烤仔鸡模样、颜色颇似烧鸡。我扯下一条腿，白白的，肉丝纤细如毫，靠骨头的地方渗出红。我只好慢慢转动，把我认为熟了的一层啃下来，没滋味儿地嚼。

"你怎么了？"老杨停止嘴嚼，一脸关切，"脸色不好啊！"

我连忙给自己倒一杯，说："喝得不太对劲儿，刚才又呛了一下。"

老杨说："那就别喝了。白兰地，国外算烈性酒呢。"

我胡乱抹了抹脸，淋漓的冷汗立刻搞得雪白餐布污秽不堪。

老杨擦擦手指，取下一只鸡翅，嘎嘣嘎嘣嚼。"我吃鸡是从来不吐骨头的，除了嘴尖儿、爪子。鸡骨头的营养价值比鸡肉高几倍。"

我说："对。但牙得好。这么好的牙，我还没见过别人有呢。"

他补充说："还有胃。要有极强的消化能力。小时我含了一个铜扣玩儿，不小心咽进去了。家里人吓坏了，送到医院，大夫说得手术，可透视照相就是找不着。消化了，多快！"

我根本不信。我说："对，能。我们有个邻居，咽了一个烟袋锅……"

老杨对我的邻居和邻居的烟袋锅不感兴趣，摆摆手，自叹弗如地说："美国，有个人，什么都吃，电子表到冰箱。当众表演，钱挣海了。听说最近和政府签了合同，吃一座核电站废弃的原子反应堆。十年内吃完，报酬七千万！"随后谴责，"资本主义社会，五花八门，无奇不有，腐朽透顶。"

我说："对。"

他说："尤其美国。时兴同性恋，还可以登记结婚受法律保护，结果弄出了艾滋病。"

我说："可不，男的和男的，女的和女的，违反自然，怎么能弄得出孩子来？早晚自取灭亡，根本用不着咱无产阶级去解放。"

他笑着又用那把带锯齿的刀背打我："你呀你呀，太粗俗了。真是江山易改，禀性难移，还农民企业家呢。"

我尽量笑得很傻。我说："我算哪门子企业家。如今是一靠党的好政策，二靠你们这些党的领导大力扶持。"

"别给我戴高帽儿。我算哪门子领导，处级，还是副的。全省我这样的得有几万。"

他说的是实话。可我也说实话。

"处级和处级不一样。你这处级，管全公司的外包活儿，面儿多大，责任多大！像我这样的，不得靠你扶持？"

他很严肃，说："谈不上，谈不上。你我是一个共同目标——'四化'！"

这鬼东西居然还清醒。是唱高调还是提防我？我没有更多时间，箭在弦上，只有按预定计划往下发展。

我掏出首饰盒，打开。

"真的？"他漫不经心瞟一眼躺在绿色绒线上闪闪熠熠的戒指。

我说："刚在金店买的。我是外行。你给我看看成色怎么样。"

老杨说："我哪懂这个。金店是国营的，估计差不了许多。"

我说："这年月，没准。"

他小心地取出来，冲亮看看："嗯，24K，足金。"又掂掂，"有二钱多吧。"

我说："十克。"

"还得你们呐，这一个就是八百多元。"他把两个戒指戴上，在衣袖上蹭，伸开，缓缓变换角度，让光芒射到四面八方。"嗬，珠光宝气，有点儿大亨的意思吧？"

我说："够派，够派！"

他说："戒指，最讲究的是钻戒，这么一转，屋里人都得闭眼。"

我说："那玩意儿那么厉害？"

他说："啊，激光，激光你懂不？就是红宝石发出来的，能击落原子弹。"

我说："一两得不少钱吧？"

他笑了："一两？宝石论克拉，一克拉零点一钱都不到，价值连城。别看你有钱，买不起，也没地方去买。"

我有点儿灰心。我决定单刀直入。我问："听说你女儿要结婚了？"

他一怔："谁说的？"

我说："嗨，跟我还保密。"

他大笑不止："你这个人精。这回的信息可是假的。我女儿今年考高中，还没发榜呢！结婚？哈哈哈……"

我他妈没弄懂。我打起精神："你还愁她不长？我小时候光腚在河沟摸泥鳅，卵子皮让马蜂蜇了，肿得像个紫茄子。我妈——"我顿了一下。我妈死了，我出狱前的两个月。我哥说是想我想死的。我嫂子说是我气死的。我怀疑是我嫂子虐待死的。我接着说，"哭得鼻涕一把泪一把，说怕是将来打不成种了。我疼得不敢迈步，整天叉着卡巴裆躺着，根本没在乎打种不打种。那年我才七岁。一晃儿，三十年过去了，想起来，就像昨天！"

老杨"你呀你呀"的挺不自然。我想起拿这件事比喻他尚未成年的女儿即将成年是不很恰当不很礼貌的。我有些尴尬，索性发起最后总攻。我说："儿大当婚，女大当嫁。早早晚晚。这两个小玩意儿，权当兄弟我送给大侄女的礼物。"

老杨勃然作色："这是干什么？你找我来，我就来了，是不见外。你这么干，不是存心让我犯错误吗？"

我也作色："大哥，我一片真心，你想到哪儿去了？没有你，有我今天？有朝一日，我回家撸锄杠，求借到你门上，还能不认我这个兄弟吗？"

老杨依旧推辞："两码事，两码事，咱们之间，用不着来这个。"

我信心十足："大哥，你是信不着我？你跟我外道？你可……"

老杨说："你再提这个，咱们俩今后就阳关道独木桥，各走各的。"他一招手，女招待就过来，"算账！"

女招待在一只电子计算机上戳戳点点一阵儿，说："九十七元三角。"

老杨就去掏兜。

我知道我必须以为他真要掏钱。我按住他的手，把票子塞过去。

女招待数两遍，从腰间的小口袋里掏出找零，放到桌上。我仔细点点，揣起来。

老杨说："我记得你在外吃饭从来不要找头儿。"

我的确时常不要找头儿，但不"从来"，要看在哪儿。我有钱，可我没有印票子机器。这鬼地方不要钱我也不会再来，凭什么给她找头儿。当然，这也不绝对。我说："你跟她有过码吗？"

老杨不高兴："别开这个玩笑！我是万元户？是贩子？是你们那些乌七八糟的人？"

我连忙解释："我哪能有那个意思！我的意思是你和她挺熟。"

出了门，我想再垂死挣扎一次，就讪讪跟着他到了无人处，快走几步。他回身按住我的肩膀，像我亲哥那么慈祥，那么真诚地嘱咐我，缓慢低沉："你脑袋聪明，是块料，可千万别这么干。歪门邪道，早晚捅大娄子。市长树你的典型，你算这行里的出头鸟，多少人盯着你。好自为之，别辜负领导的期望。"

我说不出话，只有用力点头，做唯唯诺诺状。

他又说："那件事，我一定给你办。还是相当困难。八十元一块，顶天的价了。"

我说："大哥，我能压你的相眼吗？下边那帮人实在不好办。一个屯儿的，都沾亲挂拐，说深了不是，说浅了不听。"

他说："唉，农民意识！"

我说："你心如明镜，这活儿，玩儿命。捞一把是一把，特别像我们。"

他说："我理解，我理解。我再做做公司的工作，争取再加一点儿，明天听我回信。"说完，用力握握手。

我望着他魁梧的背影，直到他敏捷地跳上一辆刚停稳的无轨电车，直到那电车甩着两条直不愣愣的辫子消失在马路的拐弯处。

我像一只头场雪过后的兔子，蒙得分不清东南西北。难道他真是个死性人？那帮王八蛋故意让我喝酸泔水。

我走一程，歇一程，推着那辆盒子炮顶脑门子也不会有人要的自行车，天黑透了才看见我们那栋一头亮着灯的工棚。

和往常一样，我来到门口，门就开了。她能分辨出我的脚步。她不问，看到我这副未决的死刑犯模样，就知道事情没有办成。我掏出首饰盒递给她。我说："去他妈的，谁也不给，咱们自己留着。"

我瘫在板铺上。她脱我的鞋。我闭住眼睛控制着不把脚收回来。我知道她在控制着不把手缩回去。她抖起被子盖在我身上，随着闭灯，窸窸窣窣脱衣服。

小屋和大工棚只一板之隔，指头宽的板缝怎么也糊不住，三天两头就被捅开，像男女便所间的隔板。我曾经想弄几块马口铁皮封上这面墙，后来因为没有心思也就算了。她不想让我看她脱衣服，我也不想看她脱衣服。

我不知道她什么时候上床的。


三


我记得在哪张报纸，要不在哪本刊物看过一篇资料，只有豆腐块儿大，说其实每个人睡觉都要做梦。说只不过有的人做完梦记得清楚，有的人做完梦记不得了。有的梦连贯，有的梦不连贯，时序颠倒、关系混乱，死去的人复活而活人死去等。我连看好几遍。因为我做梦，因为上述情况没有一条符合我的实际。我天天做梦，奇怪的是我的梦千篇一律，像滑铁卢那家小电影院周而复始只演拿破仑惨败那场世人皆知的战争。毫无疑问我是梦中的一个主角，同时我又是导演。我知道每一个细节，稍有差缺我就立刻纠正。我还是观众，在梦中我心平气和地看我的表演。

沉入地狱的夕阳把天空布满火烧云。云霞映红萋萋荒野。风吹束束苇花片片香蒲丛丛三棱草火焰般跳跃舞蹈。

这就是我的梦的开始。

我浴在红色的风中。我的对手是个瘦矮干瘪的老头，大脑袋圆乎乎婴儿似的笨拙。右手握一柄匕首，乌涂涂的，像我小时用镰刀削出的木头刀那么丑陋可笑。我怜悯他，实在下不得手。我和他本无冤仇。我说："你放了女人，我放了你，行不？"大脑袋笑出一脸哭相，嗓音洪亮如钟："放了我？嗬嗬。好。多个朋友多条路，承情承情。放她，得问问我的宝贝。"他煞有介事往刀吹口气，"听听。不，它不答应。"

我说："那就来吧。"

大脑袋迈动钻得过二百斤肥猪的罗圈腿，一蹿一跳。我只觉得眼前飘过一团黑影同时掠起一股风。

我这才发现大脑袋不老也不笨，我低估了对手也低估了那把刀。

　　接下去是云霞脱去炫目的红衣变得漆黑。四野茫茫枯草瑟瑟响，看不见荒原边际何处。身旁的女人气息暖暖微芳。我相信总有一天会走出去。一个男人加上一个女人，这世界就什么都有了。

　　也许被洞穿的右臂失血过多，我头晕、腿软，脚步有些踉跄。她半扶半拖着我，突然停下。她说："狼。"

　　是狼。一双眼睛蓝幽幽宝石般晶莹，对准我们一动不动。

　　草原的狼雄健美丽，头大如斗笠，鬃毛、颈毛坚硬如针，绒毛厚实光滑，颜色与草原一起回黄泛绿。秋天狼很肥，吃饱黄羊、野兔极少伤人。我从狼蹲坐的姿势和距离断定它不怀好意。我将她揽到身后背靠背，左手抽出刀。

　　那家伙盯着我俩，以草原狼特有的光明磊落飞跃扑来直取我喉咙。我喝一声蹲下，左手随之一挥却扫了空。狼掠起腥热的风从头顶卷过。没容我转身面对它，它又高高跃起扑倒了。

　　我听说过狼装死的故事。我等了一会儿慢慢过去，借弱弱的天光看见狼把脑袋委屈地窝在身底。我踢翻它。狼的喉管齐斩斩断了，脖子只剩一点儿皮连接狼头。

　　我看看刀，乌涂涂的滴血未沾。我脊梁沟哗哗淌出冰冷的汗水。我差点儿死在这刀下，像狼一样葬身荒原。

　　她说："走吧！"

　　我说："走！"

　　她说："不回头。"

　　我说："永远不回头。"

　　荒原广漠，夜色黏稠。天底下，地上头，只有我和她。四面八方远远近近双双对对的眼睛像满天的星星。我惊惧地往后靠，寻找那温暖的背。

到这里我准时醒来。不用看表，时间一定在两点四十分到三点之间，像钻石牌闹钟，误差绝不会超过十秒。

我望着尺半见方的夜空，灰蒙蒙掺进一些蓝。有一颗明亮的星突然耀眼地亮了一瞬就划出去了。都市的夜空不似荒原那么清晰明丽，看到这情景我还是第一次。我无法确认它是否属于我的那些星。我只能记住那颗极亮的星。我想明亮的星和不明亮的星准是在宇宙天体形成时就确定下来了。按固有的轨迹运行，想不切实际地改变自己的命运明亮起来或者暗淡下去，只有毁灭。

我知道她和我一样，也睁着眼望那扇窗。她对屋里所有值钱和不值钱的东西视而不见，唯独珍爱这块玻璃像新娘的梳妆台，每天早晚各擦一次，总有湿抹布留下的痕迹。夜晚，十五瓦的白炽灯放出末日的昏光，飞蛾们就舍生忘死扑撞得劈劈啪啪地如急雨抽打破旧的纸伞。

我觉得我应该十分厌恶这似有若无的玻璃。它与我记忆中的一扇窗极其相像，只少几条间距相等的铁筋。它使我联想许多往事。

我第一千次回忆那天白天我都干了些什么。

我参加了一次表彰会，坐在主席台上。炽热的灯光烤得我满头大汗。一只独眼闪烁紫光盯了我老半天。我看着台下黑压压的人头神情恍惚。我记得市长说我在彩电中心的建设中做出了巨大贡献，说我在进口机械无能为力的情况下用于"四化"的拼搏精神显示了中华民族的智慧和力量。他还亲自把一张装进镜框的奖状和一张红塑料皮的本本交给我，还亲自握住我汗湿的手，握了半天，语重心长叮嘱了些什么。我只记得市长的手胖胖的、软软的，很亲切。

散会后我走在斯大林大街（编者注：今人民大街）上。初放的华灯像一朵朵绚丽的花。

## 四

我在天亮时再次醒来。我的脖颈僵硬、冰冷、麻木，仿佛一根铁棍从后脑勺下面那个窝窝捅进去，沿脊梁捅到尾骨。嘴里像刚嚼完一大口盐，苦、咸、涩，舌头撒了松香似的翻转不过来。

杯子里照例有水，微温发着茶香。我呷一大口，喉咙一紧，把水硬挤出来。我知道这水是她特意给我倒的。我就再喝。喉咙痉挛得几乎窒息。我只好泼了水，细心揩净杯子。寻找暖壶时，我看见那双眼睛看着我极为平静。杯子像一条鲇鱼滑溜溜钻出我手，"砰"一响炸得我眼冒金星。

我下意识蹲下去接玻璃碎片，想掩饰我的惊惶。我发现碎片中间渗出一点儿红，血一般鲜艳凝重，润散开酷似一束花蕊，令我惊奇的是碎片熠熠而动，拼摆成一朵莲花。我以为我的手指割破了，我的血赋予碎玻璃以生命的活力。我仔细察看，两只手竟没有丝毫伤痕。

我站起来。太阳爬上窗棂。我第一次在她的脸上看见了浅浅的皱纹。

我说："买套房子吧！"

她说："买吧。"

我说："西朝阳桥外有商品房，三室一厅，六万元就能买下来。"

她说："挺便宜。"

我说："再买一套组合家具，彩电冰箱什么的，全都买！"

她说："行。"

我说："咱们就结婚，登记结婚。"

她说："结吧。"

再没话说。

我知道她的心境。我知道她没钱时的难处。现在有钱了，可是没有了花钱的兴致。我没有。她也没有。我给她买的衣服加上她给我买的衣服全摆出来，红旗街市场卖服装的贩子都得收摊。可那些衣服连试都没试就塞进墙角的破木箱了。

这日子过得累。我们知道得这么过一辈子，可不知道为什么。

我拽过胶皮水管，连头带脸冲洗一通。刀剜似的疼痛消失了。我胡乱抹抹前胸后背，觉得有些不对头。我拉开大工棚的门，脊梁尖起一层鸡皮疙瘩。工棚里空无一人，飘出阵阵阴风使我想起狐狸掏空的坟墓。

拐过电报大楼，我看见工地前极狭的空场。空场中一只瘦长的脑袋在众头之上摆来摆去。老杨坐在一块木板上，膝上放一只黑色的皮夹。

我猜对了。老杨在昨天和我去东方酒吧之前就把事情弄妥当了。他把我当狗熊耍了。

　　我挤进人群，没有说话的力气。我疲惫难耐，累得想死。我抬脚踢倒人们团团围住的铁桶。豆浆"咕咚"蹿起老高，泼洒出一片惊叫，浮载着木屑草棍，试试探探四处流淌。

　　我说："谁让你们来的？"

　　没人吭声。

　　我知道人们的目光溜向三老冤。我谁也不看。我说："回去。"

　　没人吭声。

　　"三老冤！"

　　"二哥，今个儿没活。大晴天在家晒卵子皮，不如出来捞几个宽绰宽绰。你何必呢。"三老冤左眼飞快地眨巴泛出乞求，右眼一动不动咄咄逼人。

　　我说："我正和他们讲。"

　　三老冤："我知道，没讲成。"

　　我说："给你多少钱？"

　　三老冤说："四十元一块。现钱付。干完就算账劈红。出多少力得多少。别看我搭勾的活，一个子儿不多要。谁他妈也别占便宜。"

　　我闻出话里一股酸烘烘的臭气，我指指老杨："他给八十我都没应。"

　　"你是挣大钱的人。"

　　"我是不图那几个钱。"

　　"我图！我舍家抛业苦熬苦煎连老婆那块地都撂荒了。不图钱，图他妈那胯骨轴！"三老冤像一条夹住尾巴的狗。

嗤嗤窃笑钻透我的耳鼓。我当然知道这话冲谁。三老冤的爹和我爹是亲兄弟呀！我想不出那钩鼻子塌陷下去挂着两筒血黏黏糊糊是什么模样。我不能动手。我必须用别的招数。这招数费力又不熟练。也许我就是被这一套折磨得骨酸肉麻。说话是我最讨厌的事。我就斟酌着，一字一顿，说得尽量慢，尽量简洁。

"这活儿，省建筑公司包的，给省建委的头头住。没料到场地小不能用吊车，误了工期，急红了眼，找到咱头上。咱拿他一把，半新的搅拌机、提升机一样给一台。过年咱就自己包活儿，不啃人家碗边子。"

"过年，嘿嘿，敢情！"有人讪讪地搭一句，气氛远不如分红时热烈。

"打开被窝来明的。大伙是怕过房儿子——指不上。眼下你就这么豪横，过年能把老少爷们儿当回事？置办设备，万一有个长短，不干了，咋办？"

我瞅瞅围观的人，心凉透了。三老冤这回说的是实话。我早就看出他脑后的反骨，没相信他能成气候，提防他我觉得耻辱。

人们望我身后，三老冤不眨巴眼了。我知道她来了。

"工程队是我们的，过年干不干得到时候看。总不能像分生产队那样分了吧？愿干的，回去；不愿干的，咱不勉强。"

"嘿嘿，说不说的，照着来了。"三老冤笑嘻嘻递过一支烟，"嫂子，话别说绝。咱们是红花绿叶，谁靠谁心里都有数。"

她没接烟。"三兄弟，当初你穷得老婆光腚，磕头作揖要参加进来。如今怎么讲起红花绿叶来？"

"嫂子别生气，你兄弟不是势利眼。和二哥回屯招兵买马那阵儿，你兜里有几吊钱哪？"

她说："看样你是想拆台散伙拉单帮？兄弟，看花容易绣花难哪！"

"那是，那是，我有几两骨头。"三老冤兀地一变腔，激昂起来，"可我能对得起老少爷们儿。我有一口干的，就不让大伙喝稀的。这二年大伙倒是得了点儿，可你那几十万就没老少爷们儿的贡献？"

我累极了。我说："说那些没用。还想跟我干的，现在就跟我回去。"

我身后响起了脚步声。轻快、敏捷，只一个人，是她。只有你和我。只有你跟着我。不回头，不回头，咱们一直到死。我转过来，看见那双眼睛，那丰满的唇，拥抱的欲望骤然消失。我做出笑脸，目光越过她看身后嘈杂的人群。

四条壮汉。一千斤的预制板。两根木杠抬上楼顶。是我从高墙里带出来的。那儿修摩天大楼也不用起重机。浑身气力无处发泄的男人像春天草原上的公马，不干活儿就会闹出五花八门的事。我把这手绝活引进省城举市皆惊。我靠这个吃饭，又靠这个拉起一支队伍站稳脚跟，现在却只能在一旁冷眼相向。我不知道三老冤用什么办法使几十人幡然倒戈。我瞥一眼老杨。老杨不动声色。

一声号子，预制板缓缓离地。我听见撕心裂肺的号子中有尖细绵长的吱吱呀呀，连续不断，老鼠咬架似的。我皮肉一紧，七年前的荒原上，二十米高的瞭望塔上预制件时，就这么响了一阵，脚手架轰然倒下。

我循声望去，问："这架子，谁干的？"

三老冤说："我！"

我说："行，看不出你这两下子。"

"这玩意儿，又不是人造卫星。比着葫芦画瓢，将就事儿。"三老冤脱下鞋，啪啪把沙子和臭气拍打出来。

我心里泛上软乎乎的喜悦。我想起留在荒原上的师傅，想起师傅讲的猫教老虎学艺的故事。我看看吐出一串串烟圈儿的老杨：你别忘了姥姥家哇，到时候有账算，看你吃下去的多，还是吐出来的多。我也点上一支烟，烟从嘴里出来变成一团乌黑的云，浓浓罩住我，黏腻而富有弹性像清晨的蛛网。直到指尖刺疼一下，黑云才散去。我不解地扔掉烟蒂，看见大桩子宽厚的肩背躲躲闪闪。

我问："你怎么没回家？"

"车票退了。钱，在这儿。"大桩子怯怯递过五元钱。

我说："我问你怎么没回去！"

"我，想多得几个。再说，这样回去……也……"

大桩子的脸凸现着青紫的伤痕，像个遭了雹子的倭瓜。十天前这一杠子打不出个屁的庄稼汉偷偷溜到南湖游泳场看了一下午女人的胳膊大腿，神差鬼使爬上女更衣室的窗子，被人抓住讹去一个月的工钱还挨了毒打，送到派出所拘留了七天。我理解年近三十的光棍儿对女人的渴望。我请客送礼把他提前弄出来，买了车票让他回家去看看，趁手里有几个钱说个媳妇。

我没料到他竟退了车票。我必须把他拉住。

我说："大桩子，你过来，我有几句话。"

三老冤尖下巴翘向老杨的黑皮包："大桩子，一趟一笔账，干完就分红啊！"

大桩子说："活儿紧呢！"

我拽出一把票子："我掏！"

大桩子拃挓着手躲闪："不，不，活儿紧呢。我干活儿，我干活儿。"

我毫无办法。我后悔不该找自己的乡亲。两条腿的人有的是。我只好放弃我刚萌生的计划。我说："你想让你老娘给你送殡？那架子说倒就倒！"

一阵骚乱。人们面面相觑，伸长脖子看那架子道。三老冤直愣愣没了主意，左端详右打量地找毛病。

老杨悠悠插出一句："能倒吗？干了一早上了，要倒，许早倒了。"

我说："大哥，这是人命关天的事。你能负责，咱们签字画押。"

老杨说："我的队长。合同签好了。我的责任是楼板上去，就付工钱。"

三老冤定下神，说："你，少唬庄稼人。"

我说："唬你不算好汉。架子工大劳金不白拿，担着人命呢，得科班出身。你有金刚钻吗？就揽下了瓷器活儿。"

"我他妈没蹲过笆篱子，哪儿学去？"

"三老冤！"我牙根又痒又胀。

"哎哎，像咱们这样的人，活是命，死也是命。有命没钱和有钱没命差不了啥。"大桩子见势不好过来劝。

"钱没了能挣，人死了可不能活！"

"生死有命，富贵在天！"三老冤益发坚定，杠子指向大桩子。

"好小子。话，我说明了，你看着办。大桩子，你下去！"

"我……"

"大桩子，走留随你。丑话说头里，半道走，算白干！"

大桩子哀哀求告："二哥，几趟就完了。一百多块钱呢。下晌我就回家，东西都给我娘买了。"

我说："只怕你到不了家。来吧，我替你！"

她上前拦住我："眼瞅要倒架子，你找死？"

"死？没那么容易。倒架子事先有动静，我会跳，一节一节往下跳，明白不，就这样一跳到地。"

三老冤脸色渐褪，青灰色从眼窝溢出来，布满额角、两颊。老杨若无其事。这狗东西每块至少赚去四十元。知道这把戏的不是我自己，我不明白为什么他们心甘情愿让别人喝血吃肉而不跟我走。我使劲儿想也想不出怎么把大伙伤害这么苦。

她说："你跳不了。那个瞭望塔倒架子，我知道。九个人，六死三残。还没看明白？他们不是不怕死，是根本不信你。大桩子也不信。"

我心中油然悲愤："倒了，不就信了。"

她说："那又何必，倒了，死了，残了，就是信你了又有什么用？"

我有些凄凉："人生在世，最难的就是让人相信了。"

她神情也忧伤，说："你非要上，我跟着你。"

我的心抽成一团。那些眼睛已经由惊愕变成不屑和冷漠，像看一场不高明的杂耍。我为自己羞愧：想用这个打动人们，太无能太窝囊。三老冤说得对：生死有命，富贵在天。

我说："大桩子，出了事，别怪我。"

大桩子忙活绳索，头也不松。"哪能呢，哪能呢！"

我没弄清他说"哪能出事"还是"哪能怨你"。

咯吱咯吱的声音越来越急。我认出左前面是大桩子，到四楼拐角最危险的地方他在最外面。我知道晚了什么也来不及了。我暗暗祷告大桩子这趟不要倒。

预制板爬到四楼拐角，响声消失了。架子极缓慢地离开楼墙，倾下来。三老冤最先撒手，想爬上一根脚手杆，另外两个甩了出去，中弹鸟儿似的坠落下来。大桩子和水泥板依偎着，不知是要拥抱还是要推开它，双手不停舞动，双脚用力蹬踹。

架子还斜在空中，大桩子怪模怪样地翻了个身，负着预制板扑到地上。

# 五

我得把大桩子送回去。那年我和她两手空空从荒原回到家乡，全村人都避邪一样躲着我们。我的亲嫂子竟连门也不让我们进，是大桩子娘收留了我们。别人我不管，他们信三老冤的生死有命，富贵在天。三老冤跟他们一齐死了，他们也就不冤。

我不能就这样把大桩子送回去。我包租一辆车跑遍市里所有医院的停尸房，甚至火葬场，毫无结果，没人干。

我坐在殡仪馆前的水泥阶上，脊梁骨被人抽去了似的瘫痪一团。暮色中街灯相继亮了。人们或匆匆行走或悠悠漫步。

我对面的树影里有一对男女紧紧搂抱着，没头没脸地互相啃咬，使我想起春天嬉耍村头的狗。

"喂，您就是那个倒霉工程队的队长吧？"

我抬起头。一个年轻人，牛仔裤绷住两条麻秆腿，花格子衬衫肥大窝囊，赛过刚下完十二个羔的老母猪肚皮。赤脚跐一双红色拖鞋，一头长过女人的短发，烫了卷。

我没心思搭理他。

"四条人命，真够说的！"他甩下肩头塞得圆滚滚的马桶包，坐在上面。"不过，我听说没您的责任。"

我想一脚踹折那双支到我脸前的腿。我不想惹麻烦。

"听说还有你个弟弟，亲的？"

我说："我一分钱没有。什么也不买，忙你的去吧，别耽误事儿。"

他说："嘿，您把我当倒儿爷了？倒爷儿也不倒寿衣呀！"

我站起来。

"别走啊您哪！"他也站起来，"实话跟您说，我是来帮您的！"

我想不出他能帮我什么，他是干吗的。我就停住了脚步。他把一个红皮本本递到我眼前，说："我是大夫，胸外科的。您不信，给您看看工作证。"

我不看。我没病，我的人死了。没病的人和死人都不需要大夫。

"我能让您那兄弟恢复原样，只要这个数。"他伸出巴掌，"五百元，一分钱不多要。您看公平不公平？"

我说："五百，少点儿吧？"

他拍拍我肩膀："当然，放到您身上，九牛一毛而已。实话跟您说，我找了个女朋友，妈的她怀孕，不给这数她不做人流，非要结婚……"

我不明白他怎么能像和知心朋友唠家常那么坦率从容地讲这种事，一件件脱光衣服赤条儿站在我面前，好像我也赤条儿似的一点儿不避讳。我一拳砸在那张英俊白净的脸上。

他踉跄几步站稳，揉着脸颊走过来，心平气和地说："我是该挨揍，可您他妈跟我是一路货色！"

我根本没看见他怎样出拳，下颏就重重挨了一下，牙齿"嗒"地撞合震得耳朵嗡嗡尖叫。我四脚朝天倒下了。锐利的疼痛沿两颊切穿进太阳穴，弥散在麻木的后脑，产生了电击般的快感。我爬起来，浑身紧巴巴的僵硬竟然消失了。

他说："您相信我了。成交吧。"

我在他纤细的手上拍了一下。

我塞给独眼老头五十元钱，打开殡仪馆的停尸间。一股逼人的冷气立即扑出来，席卷我的全身。我领他走到一个水泥台前。

他的马桶包七凸八鼓有十几条拉链。他逐一扯开拉链，嗤嗤的摩擦像一把刀刮在我身上。他先小心翼翼把一头卷发塞进一顶大夫帽，套上一件奇怪的白坎肩，嘴巴蒙上一个打着红十字的大口罩，两只透明胶皮手套紧紧箍到肘尖。一个从头到脚冒着匪气的小地痞眨眼变成名副其实的大夫。他打开一个小布包，刀剪钳锤，应有尽有，在惨白的水银灯下放出瘆人的光。他两手一摊，说："标准的解剖室！"

我掀开白布单。大桩子依然躺在那里，胸腔扁平，显得上体极宽，像一只惨死的汽车轮下的过路蛤蟆。

他按按大桩子肩头，含混地自语："咦，不错，没有腐败现象。这个殡仪馆的停尸间设备是进口的，在全国也属一流，专门接待市局省厅的干部。看来他们也搞承包了。"

他唠唠叨叨看了大桩子一圈，手一划，大桩子从颈下到肚腹就无声地裂开一条笔直的伤口。白里泛黄的肉向外翻着，绿色的肠子慢慢裸露出来。他摇摇头："咦？怎么能保持这么好的弹性。不错，肠胃没坏。死者生前似乎没进食，要不可麻烦多了。"

我突然看见大桩子睁大眼睛，恐惧地盯着我。我扑过去扳住他的手："别拉，别……他……"

他沉着地推开我，说："他死了。我碰了他一根神经。他死时一定没闭眼睛，是后来按摩合上的。这情况解剖时常发生。我老师都说不清怎么回事儿，到底是哪根神经。我毕业论文的题目就是……"

我的头皮钻进了无数的蚂蚁，爬抓蠕动，两扇肋骨像树脂胶粘到了一起。我好不容易做了一个深呼吸，喘出气。

他手伸进大桩子的胸腔掏摸起来。"看，肝粉碎性破裂，心脏扁了。死亡在瞬间发生，无痛苦。"

我咬住牙根。"你他妈别叨咕行不行？我让你做实验呢？"

他说："对不起，习惯了。再说，我当初就有这个意思，解剖这样的胸外伤尸体，挺难得，对提高我的手术诊断水平有很大好处。"

我说："妈的我揍你个小犊子！"

他说："你不愿意就算了。尊重死者亲属的意见是医生的法规。"

他嘴不闲手也不闲，又撬又别，时而剪断，时而对接固定，把砸塌的肋骨一根根腾起来，汗水浸湿了他的口罩和大夫帽。

大桩子身体基本复原了。他扔下钳子、锤子，拿起一只弯弯如月牙的针，熟练地缝合伤口。随后拿起大幅绷带，涂上凡士林油，紧裹住大桩子的胸腔。

"这样，万一内脏腐败，脓水不至于淌出来，也不至于崩开伤口。"他解释说，"再来点儿福尔马林！"他打开一个上下一样粗的玻璃瓶，淋了些黄水，满意宣布："手术完全成功，穿上衣服，就和死人一样了。这个温度，七十二小时内不会有变化。"

我不满意。我不想苛求。他实在也不容易。除了他，我跑遍全中国找不到第二个外科大夫给大桩子手术，在阴冷湿臭的停尸间。

"有吃的吗？饿坏了。"他把东西收拾好，塞进马桶包，问我。

我说："没有。"

他说："那就给点支烟吧。"

我点燃一支烟塞到他嘴里，掏出五百元递给他。他吹了声欢庆胜利的口哨，揣起钱，拎起马桶包："这些宝贝还得带回去，要是扔垃圾箱里，没准公安局怀疑杀人碎尸立案侦查呢。"

我告诉他，门在外面锁着呢。老头回家了，明天早晨六点钟来。

他一屁股坐在包上："还他妈一个半小时呢。这鬼地方是个冷冻库，没准儿门开了成冰棍儿了。真是人为财死，鸟为食亡。"

我想把大桩子的眼睛合上，可是没行，抬手眼皮就缩回去。我心里一阵阵发毛。

他头也不抬地说："别白费劲儿了，除非拿线缝上。嗬！还死不瞑目！"

我又想揍他。


# 六


我知道人死了不能复活，应该尽早处理。三伏天，又是这样的死法，但我也知道死人在这件事上举足轻重。葬了就意味了结，没了结就不能葬。

没了结，人不值钱命值钱。我不能让我的人白死。我要按照我预定的想法了结此案，虽然很棘手，但我有把握。

我先到律师事务所。一个二十多岁的小伙子听我讲完来意和事情的全部，很热情很兴奋，给我讲了许许多多的条文和规定，然后主动要代我打官司，起诉，并且保证我胜诉，只要我说的是事实。

我没有必要欺骗他。我细细听他讲完，觉得我已经顺利通过了急流险滩。我问他如果起诉，最后的结果怎样。

他沉思片刻，说："老杨可能被判刑，很短，还可能缓刑，最起码要行政处分。他们的领导嘛，也有责任，通报批评是少不了的。"

我不能让老杨受到任何刑事处分和行政处分。通报批评老杨的领导对我毫无益处。我付了咨询费，记下他的电话号码，说我回去商量一下，决定之后再给他打电话。

建筑公司接待我的是个经理，副的，首先关切地告诉我说我的脸色相当不好。我表示同意。我两天两夜没合眼，没吃饭甚至没喝水，只抽了八包烟都吐出去了。脸上的晦气不是装出来的。不过这也需要。

他又安慰我说事情已经发生了，就要正确对待，要想开，要节哀。我也表示同意，说死人毕竟不如活人重要。

接着他告诉我说老杨不在。我问老杨干什么去了。他说老杨的女儿今天结婚，他不能来了。我埋怨老杨把这件事瞒得严实。我听到信儿问他好几次他就是不告诉我，喜酒也不给喝。

他问我还有什么事。我说我和老杨没事。我说："四个死者的家属和亲戚来了，七姑八姨的好几十个。他们要上这儿来找老杨。我来报个信儿，让他有个准备。"

他怔了，赶紧从各个角度全面地说明这件事和老杨和公司都没关系。

我说："我也说了。他们不听，还要抬着死者的遗体来。"

他笑了，想笑得轻松，结果极不自然。他说："我们之间是甲乙双方的关系，签了合同的。这类事按规定是应该乙方负责的。"

我说："对！"

他又说："现在是讲法治。安定团结的社会局面，公检法机关很重视维护，到机关企业闹事，后果难以设想。"

我说："我也是这么和他们说的。可死者有个亲属是法律顾问处的，说这合同没有甲乙双方单位的印记，双方签字人也不具备法人资格，相当于口头合同，不构成甲乙双方关系。"

他说："我们公司早就改革了。老杨一级的干部，尤其是他负责的那个部门，有权签合同。"

我说："我告诉他们了。可他说没有单位的印记。"

他说："我们公司领导都知道这件事。合同生效。"

我说："我也是这么说。可他说如果合同生效，就涉及个什么甲乙双方财务往来是属于工资支付的形式，从而证明他们是公司雇用的临时工人，劳动保险什么都得公司负责。还说公司属于违反劳动部门有关规定，私自雇用临时工。还说合同上关于工资支付那项好像有什么出入。他们还怀疑老杨签了三角合同，属非法活动，要负刑事责任。"

我注意到我说话期间他的脸变了好几种颜色，渐渐沁出一层细密的汗珠水汪汪的。我把刚抄下来的电话号交给他，说那个人就在这个单位工作。我说这事与我毫无关系。我来报信，是因为我还要吃这碗饭。多个朋友多条路。我和老杨是朋友和公司也是朋友。

他要我先回去，劝劝家属别来，他们开个班子会商量商量。我说我可以回去，不过劝不了。我说："我的人倒是听我的。可现在人死了，家属用不着听我的了。"

他待一会儿，问我要什么条件。

我重申说不是我要条件，是他们要条件。我说出他们的条件。

他像蛇咬了脚后跟似的蹦起来："不可能，绝不可能给这么多钱。再说，我们怎么出这笔钱？又不是我们单位的职工。"

我说："我也和他们说了。不可能。他们不干，说人死了，不行也得来个鱼死网破！"

他说："你先别走，等等。"

我仰在沙发上，闭目养神。我不断压下滚滚翻翻的思绪。

我警告自己不要胡思乱想，什么也不想，想眼前。

他回来得比我预料的要快。领了三个人，最后是老杨，一身笔挺的毛料西装，头发抹得铮亮，面带酒意。

沉默半晌，还是老杨先开口："咱们谁也别绕圈子。我们领导商量过了，给你一台搅拌机、一台塔吊，八成新，按报废设备收百分之三十的钱。死者的善后由你负责，条件是不得到公司吵闹及上级部门乱告状。"

我说："我来不是为了这个。这么干不仗义。我主要也不愿掺和，都是本家和亲戚，多了少了，我不想拿这个脸。"

老杨现出一副鄙夷，看着我。我就一脸真诚地望着他。

老杨说："就算我们请你帮助我们解决问题。这回名正言顺了吧？"

我说："我为朋友两肋插刀。可我没那么多钱，真没有。"

一个大胖子喘了几口粗气，说："加两台振捣器，新的，一律按百分之十五收费。再不干，那就法院见吧！"说完，他使劲儿把屁股从沙发里拽出来，步履沉重地走了。

我说："签合同吧。"

# 七

汽车穿行于即将成熟的青纱帐。红高粱黄苞米的枝叶恨恨抽打车窗，一条灰尘翻卷在清晨微微潮湿的乡路。

天很晴，蔚蓝透明深不见底。我看见村头的老柳树，枝条无力披散着。接着我就看见大桩娘，竹竿长长握在手中，与两腿支成很大的三角，撑住深驼的身体，伫立树下。我完全麻木了。我把她唯一的儿子带到城里是为了报答她，谁想到竟坑害了她。

太阳蓦地从柳树后跳出来，耀眼的光刺得我眼前一黑。

我没觉察到风。坟前的纸灰倏地旋转起来飘舞，像着野地里的蝴蝶。我小时候就喊"旋风旋风你是鬼，三把镰刀砍你腿"。现在自然不喊了。我知道鬼是人变的，没有人就没有鬼。

我想我该走了，她在市里等我呢。和老杨新签的合同很紧，明天就得把那幢新楼的预制板全部上完。

汽车在村头柳树下等我。我对车上的四个人说："回去吧。我不能带你们。"

四个人坐在各自的行李卷儿上，互相瞅瞅。小五说："二哥，我们信着你了，跟你走。我三哥死了，不怨你，怨他自己，村里老少都这么说。"

我什么也说不出来。我钻进驾驶室，对司机说："开车。"

# 寻找你的鸽子

## 一

我选中美尔美发厅。它招牌之大气，装饰之华丽，于我的见识中是空前的。

我郑重坐下，在队伍的最末处。我叮嘱自己不要东张西望漫不经心，被人是认为乡巴佬，按乡巴佬的标准理发就亏了。摆成一个圆圈的椅子难分首尾，使我精神紧张。发蜡、头油、香水热烘烘地撩拨我。

随一声清晨蛛丝般黏黏的呼唤，身后有人捅我。我茫然站起。

一个理发师向着我，大口罩薄而洁净，上至下眼皮，下至下颏，都被遮住了。我镇静地走过去，身体轻轻地放进皮椅。奇异浓烈的气息立时拥抱了我。从鼻腔钻入，沿脑门儿、头皮渗进大脑麻醉了中枢神经。我如腾云驾雾。

后来我才知道，女人的狐臭和西施兰夏露混在一起发生化学反应，就会有这种效果。

她持一柄毛刷，捣蒜般在一只玻璃杯里杵出许多泡沫洁白丰厚，滑腻腻湿乎乎抹我脸颊、下巴、嘴唇，还翘着兰花指。

我难受和舒服同时到达顶峰。我呼吸急促，胸腔紧巴巴的，身体各部纷纷造反。情况十万火急。

她停下来，问："你怎么了？呼哧呼哧的。拉了口儿你流点儿血不要紧，可得扣我的奖金呢。"

我急中生智。我说："我擤鼻涕。"

肥皂沫伺机而动。我不能大张嘴，话便不很清楚。

她咯咯笑了，隔了一层口罩，还是清脆娇媚。"你到这份儿上了，又想不剃？早干什么来着？"

我窘迫万状，顾不得嘴里咸滋滋。我说："我不想不剃，我擤鼻涕！"

她一抬手，毛刷钻进一米开外的玻璃杯。突然、准确、姿势优美。丛学娣投三分球也不过如此。且她动作迅速，玻璃杯尚未稳定，人已扑到屋角抓起了电话筒。

我抓住天赐良机战胜了我的本能。五分钟后她喜气洋洋地回来时，我脸上的泡沫和内心的涌动变得凉冰冰紧巴巴的。她忘了"擤鼻涕"和"想不剃"，操起刀刮得我脸皮嚓嚓，嘴里唱着"小妹妹唱歌郎拉琴"。

"票！"我从那把前仰后合左旋右转的皮椅里爬出来，她问。

我这才发现我犯了个极大的错误。这里理发是要钱的。我的钱在外衣兜里，外衣有补丁我把它塞行李里了。我嫌行李破旧沉重不方便存在车站小件寄存处了。

"我……没票。我……"

"去买。"

"我……没钱……我……"

"没钱？"她又笑了，"没钱你大模大样坐这儿干什么？"

"我……是外地的。"面对戏谑味儿十足的质问，我嗫嚅。

"我们美尔美发厅的宗旨是为您服务，可也没外地人理发不收钱的规定。"她嗓音甜润，话像秋后的烤地瓜那么噎脖子。

所有人都盯着我。我无地自容。我颠三倒四说明了情况，又可怜巴巴地掏出那张寄存单以资证明。

理发师拿过去瞄一眼，顺手插在一根铁签上。"拿钱来换。"

我啄米般点头，逃出膨胀着嘲笑的美尔美发厅。

这都是很久以前的事，说来怪不好意思。那时道德、文明、人的尊严以及诸如此类的玩意儿我还有存货。若是现在，你尽可以想这结局。

二

路灯早早放出谄媚的光，伙同五颜六色的霓虹灯吞噬了都市的黄昏。夜晚骤然降临朦朦胧胧。也许是刚刚理发，我跨进东北大学的校门意气风发。我不知道我拉开了我悲剧的最后一幕。我走向陷阱。我把一盆稀屎扣在我头上。

我最崇拜具有职业敏感的人。我刚在人流如梭的学生宿舍露头，就被一位严厉的大婶揪住了，上上下下打量一番，问我找谁。我忙回答说我找谁。她把一个本子翻得哗哗响，又问我是谁。我忙回答说我是谁。她说："四五六。"我默数一二三爬上四楼找到五十六号，敲门。屋里说："进。"我就进去了。

这是我平生第一次进大学宿舍，也是最后一次。房间不像我想象中那么宽敞，挤挤巴巴。床摞床，都用白纱帐围着，衬得挂在晾衣绳上的乳罩、三角裤红红绿绿，分外耀眼。几张桌椅很凌乱，堆满了书。

我猜不出那声"进"是哪个帐里发出的。我问我找的人在不在。

一个帐帐说："上阅览室了。"又告诉我怎么怎么走。

我依了指点，左拐右弯，上上下下，推开阅览室的大门。

迎面是一排屏风，不见深处，内里寂静无声。我怀疑走错了。绕过屏风，我呆了。大厅灯火辉煌，摆了上百张写字台，大而厚重，紫檀色。每边都坐了人，看、写。

我猥琐地缩在屏风后，一股泔水味酸溜溜地拱到喉咙口。我一眼看见了她，和三年前比，文雅而漂亮。她身旁坐一瘦瘦的男生，不时歪过头，笔杆在她的书上指来点去。

不时有人悄悄进出。有人审视我。我只好退出来。为能在她出来时看到她，我躲在路灯下一簇丁香树影里。

这是我最冗长最不幸的夜晚。我呆呆数天上的星星。群星若明若暗，忽多忽少。风把渐枯的树叶摇出撞击的脆响。校园幽静如眠。我毛发直直立起如旗杆般。水银灯阴着惨白的脸，时刻有出卖我的可能，一股莫名的恐惧从脚底浸遍全身，犹如三伏天拽井绳缓缓沉到水里。面临深渊黑暗无边我有一种绝望的快感，支撑我心胸宽阔如海也如海波涌浪翻。

后来我才知道这是死的一种预兆。

死神隐在爱神之中翩翩而来。我做出一副大丈夫状沉稳地走出阴影。心咚咚擂着肋骨，等待令人惊喜晕厥的呼唤。

"啊——是你！"

我迈进一步，使自己完全现于灯光之下。我觉得这样比回答一声效果要好得多。我甚至微微张开双臂挺起胸，准备迎接炮弹一样射来的身体。

"你来干什么？"她颤声缩到瘦子的身后。小白兔遇到了大灰狼。

我脑浆凝固了。我来能干什么？或者我能来干什么？你都知道。

瘦子挺身而出，正气凛然，舌根安了轴承般吐出一串软绵绵的话："您干吗呀您哪！"

我说："我不干什么。"

他说："您不干吗这是干吗您哪？"

我说："滚你妈的您哪吧！咬草根儿找个凉快地方玩儿尿泥去。小心我骗了你这个大刀螂。"

瘦子勃然大怒，拉下书包交给她："拿着。"

她一把掳住他的胳膊："别惹他，他是杀人犯！"

## 三

我想，大家可能早就怀疑我的身份了。以我对女人那种下流无耻的心态，绝不会是浴血边疆的新一代最可爱的人，也不会是在旷无人烟的戈壁寻找矿藏的勘测队员，我是一个劳改释放人员。

我没先交代这段经历绝不是想造成悬念。我不是杀人犯。

我是以防卫过当罪被判处有期徒刑四年的。虽然我原则上不同意防卫过当这个罪名，可也没依法向上级法院申诉。我服从判决。如果世界上的人可以分成傻瓜蛋和聪明人，那么我相信所有的后者都会赞成我的选择。

事情的全部经过如下：

我和她依偎在荒凉破败的公园里默默无语。仲秋的月光撩拨我们的情欲。我用十九岁的还不健壮的胸膛去拥抱挤压她十九岁的丰满乳房。她发出一声声叹息寻找我的嘴唇。

我们不是第一次。初中高中我们都在一个班，阶级敌人一样度过了五年。我们见面不说话，背后互相攻讦。一个偶然的机会使我们的关系发生质变。十九岁青春如火。我们每周都要幽会。性知识我可以拿到与语文政治数理化相等的分数。她妈妈是县医院妇产科主任，家里许多精装平装的书里有许多彩色的女人生殖器。计划生育是一项基本国策，避孕常识便和办事送礼那么风靡。她的身体极好，月经准确，误差不超过十分钟。科学使她一次也没躺在那个奇形怪状的床上去任人羞辱。

双重的幸福使我们忘乎所以。当一道白光扫过来时我们还沉溺于爱河之中，根本没听到什么脚步声、没看到人影。

我们完全丧失了反应能力，直到那柱亮光里出现一柄匕首。

"别动，别叫唤！宰了你们！"

我没敢动。我从那柄匕首上看出我们遇上了歹人。不是什么治安巡逻队，我心里萌生出一线侥幸。事后我觉得怪，苦苦思索，始终没弄清我究竟基于哪种原因产生了这样的心理。

"并排站着！"

我只有顺从。

"脱光衣服！"

我一下子明白他要干什么，扑通跪倒，叩头如捣蒜，嘴里叨咕"大哥饶了我们，再不敢了"等，还哆哆嗦嗦地把手表褪下递过去。"大哥你留着吧，我妈今天给我买的。"

他一把掠过去，看看，揣进口袋。我心轻快了。谁知他把刀对准她的鼻子："脱，让他先脱！"

她两个眼珠聚到一起，鹦鹉学舌："脱……你先脱……"

我悲痛欲绝，想大哭一场。可我没时间。我得脱衣服。我赤条条站在那儿，不停地哀告求饶，并且把对方的辈分从大哥提升为大叔。我当然知道，叫他祖宗也无济于事。不过，即使现在我也不觉羞惭。在这种情况下我还能做什么呢？

大叔毫不动心，说："把衣服卷上！"

我照办了。大叔并没有因为我服从命令原谅我，突然而果断地向侄儿赤裸的裆间踢一脚。我惨叫一声摔出去。大叔没有踢中要害，确切说踢到了我的耻骨上，像被插进一把钢刀。我有一次被足球打了个正着，那疼痛沉闷、缓慢、有力，一路沿尾骨上溯直抵大脑，另一路渗进小腹使五脏痉挛。我透过眼睑看到手电筒对着我的脸，就认真做出上次的惨状，咬紧牙关，屏住呼吸，一动不动。

大叔哑哑嘴表示满意。"小崽子，让你尝了鲜！"他弯腰把我的衣服拾起，夹在腋下，说："走吧！"

我悄悄睁开眼,她已经顺从地和大叔拐过墙角。我有些愤怒,后来就消了。她和我一样,在这种情况下,还能做什么呢。

我爬起来,把头探过墙,看见她背倚一棵杨树,两手反抱树干,身体紧张得像一张弓,月光夸大了她各个凸起凹下的部位,将她妆成受难的维纳斯。大叔脱了裤子,一边用手电筒照着她,一边持刀拨弄她的乳房,嘴里得意地吐出最肮脏的字眼。

我眼前迸放无数小星星。我宁愿去死也不愿让这情景发展下去。我双手扒住墙,想纵身跃过,却不料墙被扒下一大块石头,险些将我闪倒。我冷静了,极小心地攀上去,抱起西瓜大的石头,捕食豹子似的接近大叔。

大叔把刀子叼在嘴里,再回身去搂她。我抓住时机,腾空而起,把全部力量全部仇恨倾注到手中的石头上,砸向大叔的脑袋。

我曾经无数次回忆这个场面,都忍不住哈哈大笑一番。想想看,一个赤身裸体的男人,站在一人高的墙上,举一块石头,奋勇扑向武装到牙齿的歹徒,为了营救同样赤身裸体的情人出虎口。多么滑稽,多么浪漫。我敢说,只有中国的男子汉才能做出这样崇高的抉择,为爱奋不顾身献出一切。

当时我可不觉得可笑,只觉得一个东西在手下粉碎了。由于惯性我打了几个滚儿,爬起来费了好大劲儿才辨清东西南北。

大叔像我刚才那样瘫倒在地。我急忙拽她:"走,快走!"

她依然死死抱住树干:"别杀我,别划我的脸,我……"

我抬手给她一记响亮的耳光,说:"我,是我!"

她噩梦初醒,睁开眼,"哇"地扑过来紧紧抱住我。我拖着她踉跄跑过大半个公园，一下子认识到我们两个人身上没一丝遮挡。这副模样跑回家去是绝对不合适的。县城小得东头放个屁，西头能闻出吃的是萝卜还是黄豆。我们这样回去的话，明天就会被演绎成一个绝妙的传奇故事。作家也会写成文章发表在发行量最大的杂志赚稿费，使我们名扬四海。我这才明白大叔为何要我脱光衣服并且带走。大叔是个老手。

我说："走，回去。"

她问："干什么？"

我说："衣服。"

她看看我，同意了。我们像电影里侦察兵叔叔干掉敌人的哨兵那样，猫着腰，撅着腚，隐在树影里，半跪半爬地匍匐前进。

一切顺利。我找到衣裤，胡乱套在身上，她在身后急切地小声喊："我呢，我呢？"

我说："你也快穿。"

她说："我的裙子。"

我这才想起她的裙子在那边，那边有大叔。她迟疑一下，悄悄凑上几步。大叔原封不动躺在那儿，姿势很别扭。我决定过去，她这样也是不行的。

墙根有一团亮，竟是手电筒照着那刀。我抄起这两件法宝，勇气倍增，把光投到大叔身上。奇怪的是大叔的脑袋完好如初，只是灰头土脸的。我的武器不是石头而是土块。我惊出冷汗浃背，想：若早知是土块，会不会有无畏精神了？我不愿往下想，从大叔身下拽出裙子，扔给她。

大叔一哼，晃晃脑袋坐了起来。吓我一跳。我刚要拽着头套裙子的她跑。大叔哼哼唧唧地说："大叔，饶命。饶命，大叔。放了我，再不敢了。"

我先被辈分的颠倒弄得一怔。原来刀把子在谁手攥着，谁就是大叔。

侄儿紧闭双眼，浑浊的泪水冲得脸上一条一道，嘴里不停把大叔和土坷垃吐出来。

我心中充满快意。既然大叔有踢侄儿胯裆的权力，我也得珍惜。投桃报李——大叔照侄儿的那地方狠狠踢一脚。

侄儿像没杀死的猪一样叫得四野回应："杀人啦……救命啊……"

蛮像那么回事，好像是我们劫了他而不是他劫了我们。真是个难解之谜，他敢大喊大叫，我们不敢。我们怕什么？

这前后总共几秒钟，我的思绪万马奔腾，想了很多很多，事后却记不得了，只有结论烙在记忆里：我必须杀死他。对，杀——死——他！

我毫不犹豫，把匕首送上那张咧开的大嘴。锋利的刀刃切断了呼救声。侄儿倏地睁圆双眼，看着我，神色困惑。旋即他响呕一下，似要把吞到了柄的刀子吐出来。鲜红的血顺我的手臂喷涌。我感到那血很烫，就和侄儿一齐倒下了。

这就是全部经过。公安局预审我时，我省略许多：我们两个一起上初中一起上高中，又同一天收到同一所大学同一个系的录取通知书，所以十分高兴，谈理想谈前途谈到很晚。这家伙持刀强行非礼被我一土块砸昏杀了。

预审员比我大不了几岁，大盖帽下一副宽圆的面孔，不谐调，我的关于圆脸人戴大盖帽不好看的结论由此得出。

他问："你知道死者是谁吗？"

我说："不知道。"

他问："你知道老九吗？"

老九是个流氓头子，因一次和九个女人睡觉而得名。虽然没到用来吓唬孩子，但一般人也是不敢惹的。

我说："知道。"

他问："他就是老九。他能那么老老实实地让你杀了？"

我说："是。他迷了眼睛，看不见，一个劲儿讨饶，我就……"

他打断我，问："他有没有扑过来抢你的刀的企图？"

我说："刀不是我的，是他的。"

他说："对，他有没有要把刀抢回去的企图？"

我说："没有。"

他说："好好想想。"

我说："肯定没有。"

他扔给我一支烟。我谢绝了。他怜悯地说："连烟都不会抽。"

审讯和会不会抽烟有什么关系？

他对记录的说："注意，三个当事人，一个死了不能说话，一个晕了什么也不知道，就看他的了。"

他问："你为什么要杀死他？"

我说："我想杀死他。"

他问："你当时是不是神志不清，糊里糊涂一刀捅了过去？"

我说："不是。我对准他的嘴，就这样一下子……"我尽量回忆当时的姿势。"那把刀，真快！"

预审员摇摇头："法盲！"

我到了劳改队就赶上扫法盲，才明白预审员"法盲"的真正含义。

开庭前他们又给我找了个律师，很年轻，白白的脸。律师说对我的案子很感兴趣，要我原原本本讲出来以便帮助我。律师反复问我为什么在老九丧失伤害能力后还杀死他。

我说我恨他要杀死他。他问我为什么恨他。我说他扰乱社会治安。他说光凭这些不足以杀人，还说要用什么"义德理论"分析我的心理、潜意识。

我说："滚你妈的'义德'吧，老子一人做事一人当，不用你来唬详情。"

他伸出食指捅捅眼镜梁，带着胜利的微笑走了。

后来审判，也是这一套，反复问我为什么杀死他。我意识到这大概是案件的焦点，坚决不说，用老一套之以不变应万变。审判长无可奈何。

后来宣判：有期徒刑四年，防卫过当罪。我服从判决，怀揣东北大学的录取通知书去瀚海的劳改农场报到。两个警察叔叔陪我坐软席车厢，一路风光。

我如释重负。

一个警察叔叔说我是傻瓜，天字号的，一句话就无罪释放却偏偏不说。

我说杀了人怎么会没罪？一个人一岁一岁活到那么大，吃了多少粮食用了多少棉花，"哧"一刀捅死了，不是浪费？贪污和浪费是最大的犯罪。

另一个警察叔叔说："你懂个屁！照你这狗屁逻辑，就得取消死刑了。"

石破天惊！我顿悟。我有个堂叔，在看守所还是在公安局我弄不太清楚。反正凡毙犯人都由他来打枪。他毙人的水平相当高，子弹从脖子根儿打进去，从眉心钻出来，犯人当场命丧九泉。他不用炸子尸首就很完整，犯人和家属就都很高兴，就来谢。人家送一些香烟、糖果，偶尔也会有两瓶白酒。那时生活困难不像现在，托人办事送这些就很不错了。后来发展到执行前人家就到家来，带很多东西和很多好话。

也不是人人高兴。看热闹的几乎都不满意。因为三叔不要把犯人的天灵盖儿打得呼啸着飞向空中，也不拉弓射箭瞄很久，把犯人和观众的神经引而不发得一碰就断。三叔随随便便一举枪，当，犯人就无声无息地栽那儿了。枪声也不炸得清脆。刑场设在鹰窝山脚炼人炉旁的石硫子下，离镇里足有十里路。看热闹的跑了这许多路，早早候着，只听这一响，看到一仆，不过瘾。不过倒没人因此要求撤换他。

最看不上他的是我奶奶。据说我没满月时他曾来看过我，带了三十个红皮鸡蛋给我妈下奶。糟糕的是他竟摸了我的后脑勺儿，惹得我奶奶大发雷霆。我奶奶三十岁守寡，守着我父亲熬日子。我爷爷排行老七。七老太威震我的老家小河沿。如今四十年过去了，还使她的同龄人闻风丧胆。但愿她老人家身体安康，每年都收到我清明和八月十五烧的那几刀纸钱。

七老太当即骂得三叔狗血喷头，将三十个红皮鸡蛋一股脑儿摔出门去流黄淌清。七老太耿耿于怀，直到我记事，提起来还气得直打饱嗝。我那和我奶奶一样苦命的妈妈偷偷告诉我，说生我那天，三叔崩了个杀人犯。我是正晌午时呱呱坠地的。

正晌午时，开刀问斩！我奶奶一口咬定，所以很是忌讳。由此想到那鸡蛋也一定是杀人犯家里送的。我就明白了一个道理：把一个人杀死和把一个人生出来，物质待遇是相同的。

三叔很久没说上媳妇。奶奶咒他绝户。我认为原因不在于职业，而在于三叔一脸麻子。

后来，三叔说上媳妇并且生了一个小子。奶奶又咒他不得好死。谁料竟说正了。那年秋天，三叔当了什么司令，不崩人了。他屁股后别一把枪，骑一辆前后无瓦盖儿的破车，威风凛凛逡巡于小镇唯一的街道。一天清晨抓赌回来，他将手枪皮带扔到炕上，撅屁股洗脸。三岁的儿子抽出枪，扑哧一响，三叔应声而倒。三婶赤条条蹿出被窝扑过去，却没见伤，骂一声恶鬼踢一脚屁股。谁想三叔脑袋动也不动，三婶方觉不妙，一摸他手脖子，没脉！三婶立刻哭天抢地招来一大群人，乱哄哄抬到医院，左看右看，无伤无血。大家忙找来正扫厕所的老院长，当即破案。原来那子弹正从肛门钻进，准准打中心脏。

那枪是小日本的，叫什么牌撸子，我忘了。没多大劲儿，老掉牙且打铅弹，出膛便化得稀软如鸡屎，没穿透力，打脑门儿上至多烫五分钱大个疤。这次偏偏找了最薄弱的部位。

一时传闻四起，八方震动。有人说："要是打狐狸有这枪法，皮子可就值钱了。"

我想：三叔的死法堪称一绝，没遭罪又得了全尸，很不易的。尤其令人羡慕的是在不知不觉中。这可能和他崩人时积了德有关。七老太见了他，是骂他呢，还是劝他呢？

警察叔叔说得对，杀人不一定有罪，有罪不一定是杀人罪。这要看被杀的是什么人和杀人的是什么人，杀人时的具体情况和杀人后怎么说。

三叔杀人，无罪。三叔的儿子杀死三叔，无罪。我杀老九，似乎也应无罪。我一度产生了上诉的念头。

## 四

杀——人——犯。

三颗货真价实的子弹击中我的要害。我的心把血一滴滴挤出来，我渐渐变成一个空荡荡的躯壳。

我说："对，我是个杀人犯。"

刀螂迅雷不及掩耳，突然启动狂奔而走，一路高呼："杀人啦！"

前后左右立刻响起一片怪叫："杀人啦，救命啊。"一阵大笑。

她说："别杀我，别……"

我说："我杀你干什么？"

她说："那你来干什么？"

我知道她真不知道我来干什么。既然她不知道我来干什么，我还说我来干什么又有什么用？我承认我故意杀人不肯说全部过程。我宁肯判四年徒刑。我在劳改队积极肯干，立功受奖地减了一年刑。我千里迢迢赶到这儿还理了发收拾得干干净净，她竟以为我是来杀她。

灯光照得她脸色惨白如纸。我觉得好笑。我说："你怎么不晕过去？"

她一怔，说："我说我晕过去是想让你自己说，省得咱俩不对茬。谁知道你说不明白，怪我吗？"

难为一位纯洁善良的姑娘，三年前那个夜晚那么冷静，三年后的这个夜晚又这么冷静。她上大学我去劳改是公道的，结局合理。我说："我不怪你，你说得对。我是个杀人犯。"

她捂住脸，抽泣得十分伤心，说："三年了，我几乎天天晚上做噩梦……"

我说："真对不起你，影响你学习。我走了，你不用做梦了。放心！"

# 五

我想我应该去取行李，又想到取行李的票在美尔美发厅铁签上饱受耶稣之苦呢。没有它我绝不可能取出行李。我必须先用钱把它赎出来。可我的钱都在行李里，不取出来就没钱。我想起舅舅给我做的九连环。九个死环一环扣一环，连在一起，稀里哗啦鼓捣半天，弄一手锈臭才解得开。我没有耐心坚持一次。

我想得很累。

我想我想也没用。

我想我想什么也不想。

我想妈妈。

# 六

我敲开家门是正午。充满凶兆的时刻。镇广播站的大喇叭忠诚如既往，惊天动地的开始曲勾起我无限的思绪。

我徘徊许久了。我心里空落落的。我想见妈妈，非常想。我害怕。

我对父亲没有印象。我还蜷曲在妈妈的子宫里时，父亲就死了。他偷了公家的雷管和炸药去水库崩鱼。结果没有崩着鱼倒把自己崩得血肉横飞。妈妈凭仅剩的一只胳膊认出了他。他的其余部位都葬身鱼腹了。倒不一定是鱼恨他恨得啖肉寝皮，那时鱼的生活也十分困难，没吃的，还遭到空前地、灭绝性地捕杀。1960 年或者 1961 年，具体我记不清了。我不知道我是哪年生的，所以推算不出来。妈妈和奶奶很忌讳这件事，不跟我说。户口本上的生辰八字我也因此而不大信。

偷公家的雷管和炸药，用公家的时间去炸公家水里的鱼，这就使他死得极不得其所且极不负责。刑事责任倒是免予追究了，抚恤等等一应事项也随之免予办理。只给了一口棺材装上那条胳膊草草把他埋了。扔下孤儿寡妻六十多岁的老母亲，还有作为妈妈嫁给他的唯一条件——只比我大三岁的舅舅。

一老一小两个寡妇勇敢地挑起担子。妈妈收破烂儿，奶奶拾破烂儿，供我们吃穿，供我和舅舅小学中学地念。

我曾经和妈妈说我恨他，妈妈呆了半晌，叹口气，说："孩子，他炸鱼是为了你呀！"我就不恨他了，我相信妈妈。

我走时，妈妈攀住高高的车窗，努力伸那已经不能很直的腰背。我坐在两个警察叔叔之间，看着妈妈深深陷下的双眼满是忧伤。车开时，警察叔叔允许我探出去。我看见妈妈伫立站台，风吹动她的头发像一株秋天的蒲公英。我这才发现妈妈的头发白了。

开门的是我舅舅。见了我，他惊喜交加，堵在门口忘了招呼我进屋。"你……你回来了？"

我说："回来了。"

舅舅指指身旁挤出的女人，说："这是我……你舅妈。"

我看看女人，很漂亮，年纪不会比我大。但是舅妈。我就说："舅妈。"我又说，"我妈呢？"

舅舅说："你妈……咳，你还没吃饭吧？"

我说："从昨天早上。"

舅舅对舅妈说："去，买点儿菜什么的，再打点儿酒，我们爷俩好好喝几盅。"

舅妈说："菜饭都现成，酒也有。"

我说："算了。有啥吃点儿啥，我饿了，又困。我妈呢？"

舅舅说："你妈……出去了。哎，你去找找姐。"

舅妈一翻眼皮说："你是犯病了咋的？我上哪儿……"

舅舅勃然大怒，扑上去揪住舅妈衣领，举起拳头，回头看见我瞅着，才饶了舅妈，咬牙切齿低低咒了几句。

舅妈吓得愣眉愣眼，连声说："我去我去。"一溜小跑出了门。

舅舅不好意思，笑了，说："这老娘们儿，就是欠揍。"

我觉得同意这种看法不好，不同意这种看法也不好。我躺在炕上，迷迷糊糊要睡过去了，妈妈回来了。

我赶忙坐起来，说："妈，我，我回来了。"

妈妈把我揽在怀里，粗粝的手掌抚摸着我的脸、我的头发。我积蓄了三年的泪水如泉如雨。

妈妈说："孩子，你回来了。你把妈想死了。"

我说："妈，我回来了。"

妈妈说："孩子，看不见你，我死了也不闭眼哪！"

我说："妈，我回来了！"

这是我一生中唯一一次梦见妈妈。我是被舅舅从妈妈的怀抱里拉出来的。我听见舅舅说："你可回来了，在屋里躺着呢，八成睡了。"

我就醒了，才知道刚才是梦。我坐起来。谁想进来的是警察叔叔，四个。四支黑洞洞的枪口对准我，如临大敌。

我懵懂。究竟刚才是梦，还是现在梦中。我揉揉眼睛。

"不许动！"

我终于明白了。我不动。我有经验。你最好别犯到警察叔叔手里。当然犯到了最好是听他的。我伸出双手接受不锈钢的手铐，低眉顺眼无限服从。手铐不像因衣分大中小号，它们只一个规格，松紧的随意性却极大，取决于警察叔叔对你态度的评价。

警察叔叔说："走！"

我问："上哪儿？"

警察叔叔说："你装什么傻？"

我说："是，我装傻。"又说，"我不明白咋刚放了又要抓回去？"

警察叔叔回头看看舅舅，说："放了？你有释放证明吗？"

我说："有。"

警察叔叔伸过手："拿来。"

我想说释放证明在衣服里，衣服在行李里，行李在寄存处，取行李的收据在理发店的铁签子上。那店叫美尔美发厅，坐落于重庆路口。要先花五毛钱买另外一张票，才能换回取行李的票，拿着票才能取出行李，取出行李才能找出衣服，找出衣服就能拿到释放证明了。在上边那个兜里还包了层塑料布。又一想这太啰唆，我都不耐烦说，警察叔叔怎么会耐烦听呢？听了又怎么能信呢？我就说："丢了。"

警察叔叔非常熟悉地冷笑一声："那就跟我们走一趟吧。"

我老老实实地点头同意。我说："舅，告诉我妈，我一会儿就回来。"

舅妈撇嘴，说："你妈早死了，快烧七七了。"

我看舅舅。

舅舅悲戚万分，嘱咐我："你可别再这样，要认真改造，重新做人，对得起你那死去的妈妈。"

我心里顿时轻松。我说："舅，我对不起你。本来大义灭亲要得奖金上电视登报纸的。因为我的缘故怕是都不行了。连累舅妈大热天跑一趟派出所。几位警察叔叔做证，这房子若是我有继承权，就无偿送给舅舅舅妈住。"

我还想说点儿诸如镇上住房比较紧，舅舅理所当然不用客气，何况我还是舅舅的外甥之类。

警察叔叔把我领走了。

# 七

我走投无路了。我把我从八百里瀚海放回来，让我上东北大学找我先前的女朋友。我又让我的女朋友变心不爱我了，或者说我让我当时就搞错了，这姑娘当时就不爱我现在也不爱。我自作主张让我处死我。结果我陷入困境。我为了让故事继续下去只好让我回家。结果我让我的家让我的舅舅和舅妈住了。我没办法我也没办法。我让我同意我的舅妈和舅舅住我原来的房子。我认为我一个人住一间房不符合我国基本国情。况且我还让我把释放证明弄丢了。我的舅舅是我的亲娘舅。娘亲舅大。我懂我怎么不懂。

我怎么办？我上哪儿？

我的小说卡壳了。我吃饭不香，喝酒不醉。和老婆孩子发脾气，尽量做出一副为伊消得人憔悴的模样，东奔西走，丧胆游魂。

我家是个小镇。这地方出煤，历史很久远。火石岭。名字足以证明，在煤不叫煤叫火石的年代，这儿就是煤矿。我了解它的过去是小学二年级。矿里有阶级教育展览馆，镇上最好的房子，庄严肃穆。玻璃柜里陈列血衣，把儿头打人的十字镐。墙上挂图画。大厅里一群人，或做反抗状，或做挨打受压迫状，自然是泥塑的。解说员清一色漂亮的姑娘，嗓音和表情催人泪下。要不是后来我发现我的老师躲在一道屏风后和一个解说员亲嘴如醉如痴，手还在她的背、腰、臀也就是屁股上胡涂乱抹，我会把眼睛哭成烂桃。

那馆改成舞厅了，天天吹吹打打地很晚。效益也是不错，门票三元。

我去散心。气氛够足的，红光绿光黄光蓝光东流西淌，撒了滑石粉的水磨石地旋得人头晕目眩。男人们携着高矮胖瘦丑俊不一的女伴，女伴们携着香汗臭汗冷汗热汗味道丰富浓郁。成双捉对，或紧搂紧抱，耳鬓厮磨，低声细语；或表情严肃，距离适当，姿势得体；或神色紧张，像陷入敌阵的坦克，拖着舞伴左冲右突，奋勇向前。

我这人手脚不老实，见靠乐队的一面墙挡着幔帐，就掀开看。竟是一群人巍然屹立，为首的右臂平伸，手指我鼻子，左侧一人前弓后蹬，拖一条铁杖，后有一壮汉高举双臂，擎一柄矿工大镐，有一举砸碎我头之势，满身灰土目光喷愤怒之火。

我愀然。二十年了，我把脖子上的红领巾移交给我的儿子。他们却不老，在震人心弦的鼓乐中保持着永恒的悲伤和痛苦。我悄悄拉开帷幕，想看看这群衣衫褴褛的人骤现于红男绿女面前效果如何。

没有效果。

人们沉溺于互相搂抱旋转的快意中。一个细长的姑娘脚蹬高筒皮靴，胯骨扭得像钟摆，步子很碎，硬硬地踏着节奏蹿过来，两只黑洞洞的眼窝朝这里一瞄，扁平的血盆大口突然撮成鲜红的难以形容的形状，"噗"地射出一口痰，呼啸着越过舞伴泛光的头顶，直接命中为首那人凸起的颧骨，变幻着颜色黏黏地流着。

我扫兴，没人大惊小怪。我讲个笑话累得口干舌燥，谁也没笑。我旁边有个小伙子看着面善，不是我同学的弟弟就是我弟弟的同学。我哼了"天上布满星，月牙亮晶晶"问他"这曲子能跳舞吗？"

回答是肯定的。任何曲子都能跳，他站起来迈出一个非常优雅的舞步。"慢四、探戈，都行。"

我说："这个呢？"我哼起来。

他说："这曲子挺熟，听过。不是在舞场，好像电视里播过。"

我说："对，能跳吗？"

他说："慢四嘛，听旋律应该庄重。"

我舍弃了三元钱。我出了大门，才想起似乎应该拉上帷幕。可是晚了，再进还得三元钱。我仔细斟酌，想：既然不影响舞男舞女的情绪，也就没必要非拉上。我就走了。后来我碰到"三"这个数字，就想起这事。我挺后悔。

矿山的夜晚饱含煤灰味儿。电机车划出一路绚丽的弧光向西奔驰。我信步来到矸石山下。

早先这山矮趴趴没壮汉一股急尿高，远远看去像个大坟包。有一次我从山下过，听山顶有人唱：拱扯一拱扯呀，继续往下摸……很是豪放粗犷。正入神，却被同行的表姐揪住耳朵，催快走。我有些不舍，问唱的是什么。表姐面红如脂，怒斥："小孩子懂什么，胡乱问，告诉你妈揍你！"后来读《红楼梦》，读到一个地方，就想起了表姐的神色。后来下乡，听村里的光棍儿唱来逗小媳妇，方知这"十八摸"乃表述男女之事之情的歌曲，只是直接具体描绘男女的性器官和性行为，直白而不含蓄，显得淫秽下流。关东民风剽悍，人们性格直爽，在这种事上也不耐烦绕来绕去，隐喻象征。

天幕幽蓝，衬出山的剪影，巍峨如金字塔。星星点点的灯火缓缓移动于山顶附近。

我想，我找到出路了。

# 八

我至今没学会抽烟，确切说，是没学。倒不是因为尼古丁使人肺子长大大小小的瘤子让人死。我觉得那玩意儿挺麻烦，揣着烟带着火，你给我我给你敬来敬去，抽进去是烟吐出来还是烟，没意思。

胖丫说："吃了还得拉呢，你为啥还一天三顿饭？"

我说："要是吃饭还拉饭，我就不吃饭了。"

胖丫说："那你吃啥？"

我说："吃屎。"

胖丫扯开嘴巴笑。

谁要说女人抽烟高雅可爱，你就把他祖宗的骨头掘出来喂狗。一粗两细三股烟从胖丫嘴里鼻孔里出来，急匆匆像火车拉笛排气。我想：哪天有闲心，有工夫，一拳把烟捶进她肚子里，看她眼睛耳朵鼻子嘴，七窍生烟，丝丝缕缕一定别致。

我裹紧棉袄，打算趁大好时光美美睡一觉。我自行设计建造了一个石坑，长六尺（2米），宽三尺（1米），深二尺（约0.667米），呈棺材形。底暖帮温，远离尘嚣的火坑，躺在里面，舒适至极。能在大千世界上得这一席之地，我满意。

胖丫依依不舍地扔了湿漉漉的烟头，挤鼻子瞪眼伸了个懒腰，说："哎，帮我拧上筐盖儿。"

我说："我要睡觉。"

她说："咱俩这关系，不会让你白干。完了，让你摸哑。"

我说："留你那两个空面袋子给教授摸吧。"

她火了。"小兔崽子，嫌恶老娘，给你看一看，三宿睡不着。"

我翻过身。

"好啊，让你知道老娘的手段！"

我说："你不是老娘，是老娘们儿！"

突然，我听到头上有哗哗水声。一股热烘烘的臊气呛进我鼻子。我愣了瞬间，马上明白了。

胖丫在我头顶缓缓提起裤子，丰硕的屁股于阳光下白里透红。她做了个十分猥亵的动作，得意地笑起来。"喝点儿老娘的'而已汤'，睡觉梦见大姑娘。"

我站起来。教授在高度近视镜里阴险地盯着我，身旁是二臭和三秃子。我知道这又是一场有组织的行动。他们准备在我打胖丫时扑过来。他们估计错了，就是胖丫直接把尿浇到我脸上，擦去就得。

我细看看，坑里没湿，就重躺下，合上眼。我想：我得想办法让老小子改变对我的看法。

"起来起来，把胖丫筐盖儿拧上。"听声音是三秃子。一只脚踢我的屁股。

我唯唯，卖力而认真，将钢丝编成的筐和盖儿用铁丝拧在一起。我满意地看着我的杰作：圆圆的，足装了二百斤煤的铁筐。我拍拍手，挨个儿瞅瞅默不作声看我的人。

"来，摸哑！"胖丫雄赳赳地挺起胸脯，两手抻起衣角。

我伸进手，漫不经心扑搂一把。我清楚地看见胖丫脸唰地涂上一层红晕，一扭身，走了。

我莫名其妙。胖丫不很胖，也不丑，年龄也许大我两岁，也许小我两岁。以她的生活阅历及在渣山上的资格，为这种事她的自尊心还能让她的脸红一下，那她早死过九九八十一次了。

二臭和三秃子很失望。教授高深莫测。我垂手肃立，听候吩咐。

他们走了。

我躺下睡觉。

睡不着。我望天。

天上有一只鹰。我无忧无虑时就会想起它。它经常在我看见它时出现在我头顶，像现在这样停在空中一动不动。我第一次见到它还以为是一架安了消音器的直升机。我不知道有没有安装消音器的直升机，蝙蝠似的无声无息。也不知道直升机能不能安装消音器，就给它起了相对准确的名字叫黑风筝。我想，我一动不动躺在石棺里毫不奇怪，它怎么能一动不动躺在天上呢？从这个高度和角度往下看大概极有意思，不然它为何久久注视大地？当然不排除极没意思。我认为极有和极无本质相同，无穷小和无穷大绝对值相等。如这山，灰秃秃的矸石堆成的圆锥体，寸草不生，胜过荒凉的戈壁一百二十倍。那天，我告别警察叔叔，信步爬上山顶，立刻被壮观的景象迷住了。

我决定留下。

凭良心说，开始教授他们对我不错，给我讲山理山规，进行思想教育，主要是道德方面，标准奇特，但符合实际。我无条件接受。

我知足常乐，从不为一块煤打得头破血流。我消耗极低，划拉百八十斤夹着矸石的二性子煤，够轻轻松松活好几天。煤是好东西，能源嘛，全世界都在闹危机。人们把煤拉到县城，重新装车，搭炕洞般做出尽量多的空隙，再打几块好煤摆上做"帽"。然后稳稳坐在车架像经验丰富的渔夫，半是欣赏半是焦灼地等待鱼儿咬钩。开油坊磨豆腐爆爆米花的个体户们心明如镜，围着车子转，如即将饿死的老鼠面对一块有毒的诱饵，在最后一刻跳进火坑。钱就流进了二煤黑子的腰包。

我觉得这一切固然有趣，但也麻烦。我把煤随便交给二臭、三秃子或者胖丫，条件是我可以随便吃他们的饭。两相情愿，双方满意。商品交换十分复杂，并非一加一。我的一个朋友曾经拿五发自动子弹换回一只真正的鹿鞭，两个人高兴得差点儿磕头拜把子。

后来我发现我有偷税漏税的行为。按规定每人每月要缴一定的钱给教授，一旦天灾人祸时用——比如砸断了胳膊腿。这个摘掉眼镜就看不见自己手指头的老东西是保险公司经理。我以煤易食显然没履行这一职责。我于是改正。月圆的三个夜晚，我的收入上缴山库。

教授看不上我了。虽然我不大在乎，但他三番五次地找碴儿也挺闹心。

# 九

我没想到会碰上舅舅。我很惭愧。因为我不是去看望他。我妈只有这么一个弟弟，因此我也只有这么一个舅舅。亲的。物以稀为贵，我们便相处极好。他领我南山打鸟，水渠抓鱼。当然，静虚庵里偷海棠，秦家堡摸甜瓜什么的偶尔也发生几次。从小学到中学，以我上无兄下无弟的身世也能不被人欺负而立于同学之林，则归功于舅舅这员武将。

我对舅舅放弃下井挖煤而开铁匠炉一点儿不意外并且完全赞成。舅舅这方面的天才不亚于陈景润对数学。他从小喜欢摆弄铁器。他能把一根弯七拐八的钢筋煅打成一副漂亮的爬犁钎子让所有认识他的人瞠目结舌，全部工具就是一个油漆桶做的烘炉，一柄锤子再加一把破蒲扇。他还研究淬火，把烧红的铁浸进千奇百怪的液体，弄得左邻右舍诅爹咒娘。有一次他突发奇想，让我往两根铁钎上撒尿。我毫不犹豫。滋滋的雾气腾不可闻四处弥漫。他惊喜如狂，说："尿里有多种化学元素，你看这颜色，蓝格英英地红，你听这声。"他敲击两根铁钎让我听。我听了，铁碰铁的声音，挺脆。

舅舅看见我，惊喜如狂，像看见我用尿淬的铁钎子："你上哪儿去了，找得我好苦！"还把我胳膊抓得紧紧。

我更惭愧。我从来没想找舅舅。我劳改时舅舅专程去看我一次，带了很多东西，坐了一天一夜的火车。

舅舅继续说："我去派出所，管他们要人，他们说你走了。我不信，和他们吵起来了，他们要拘留我。"

我吓一跳，说："舅舅，别惹他们，真能拘留你。你想，你去报案，你再去要人，还耍态度……"我发现舅舅有些不自然，想起这话说得不好，便后悔。

舅舅说："我一时糊涂！"

我急忙想说：舅舅，这事你做得不糊涂。你想，我是一个杀了人的劳改犯，没到年头突然回来了，应该先把释放证明给你看。可是释放证明没了而且没得复杂曲折。当然就是还在我也不一定想起来给你看。这件事跟警察叔叔说了半天才说明白，跟你怎么说明白？在这种情况下，你除了报告政府还能做什么呢？真的，我这是真心话可是没说。真心话就不必说了，说了反而显得外道。

舅妈过来了，也惊喜如狂，也说："你上哪儿了，找得我们好苦。"

我万万没想到我竟给舅舅舅妈的生活带来这么多麻烦和这么大痛苦。

舅舅断喝一声："去，买点儿菜再打点儿酒，我们爷俩好好喝几盅。"

舅妈说："饭菜都现成。酒也有。"

舅舅勃然大怒："让你去你他妈就去！"

我好像想起了什么。细一想，又想不起到底想起了什么。我觉得挺累。我说："别，舅舅，我来有事呢。"

舅舅一怔，舅妈也一怔。

我从口袋里摸出一块铁。

我要打一个刨锛。在渣山活着，没它不行。一块"日"形铁，大概是矿车上的一个零件，翻渣时常能拾到。把两端砸扁，磨出刃，中间焊一段铁管装木把儿，就可以把煤里的矸石和矸石里的煤剔出来。我改造一下，剁开一端，抻直，捻出尖儿，像一把二齿钩，另一端打刃。我讨厌那两个连在一起的环，它总让我想起一些往事。我不愿想。

我把想法说了，问舅舅这类活一般要多少钱。

舅舅沉吟片刻，说："两块钱吧。"又补充，"现在，啥都贵。"

舅舅把铁塞进炉里，埋上。舅妈笨拙地坐在一个小凳上，呼嗒呼嗒抽送风匣。炉里蹿出一阵一阵的火苗，蓝蓝的。

舅舅愤愤地骂："他妈的王胡子，敲我一条大参烟。没给他，就给咱掐了电，说不安全。"

我说："告他去！"

舅舅说："告他？四条大参也下不来。我他妈的就是不信邪，堵上老子的嘴，老子用鼻子出气！"

舅舅叮叮当当砸得火星四溅，说："别上渣山，留我这儿。你舅妈要生了，我缺个帮手。不会亏待你。"

我说："舅舅，你从来没亏待过我呀。那年在一中操场看节目，你让我骑脖颈。完了，你好几天低头走道。"

舅舅停下锤，看看我，又叮叮当当砸起来。

淬火时，我出去了。我知道舅舅不会再让我往刨锛上撒尿了，和我同龄的舅妈还在一旁呢。我还是出去了。为什么，我说不清。我捂上耳朵，外面风很硬。我还是听见滋滋的响，闻到一股熟悉的怪味，呛得我鼻子酸酸，心里挺难受。

刨锛实在棒。舅舅的手艺炉火纯青。我把两元钱塞到舅舅手里。

舅舅脸色铁青，嘴唇抖动，汗珠凝固在被炉火烤炙得脱了皮的脸上。我很难过，舅舅老了。我说："舅，这活儿，两元钱，不止。往后，备不住还有人来。别管他们少要，要五元。"

我走了。

我兜里有两元五角钱。要是别人，我也许要还还价，给他一元九角钱。这样，我就能吃一碗六角钱的冷面。可他是我舅舅，亲舅舅。我怎么能和我亲舅舅讨价还价？我宁可吃四毛钱面包也不能少给舅舅一分。世界上有那么多人，像渣山上的石头数不清，却只有一个人与我有血缘关系了。我想。

其实我想错了，还有一个。这是后来我才知道的。

我知道那两只眼睛透过厚厚的玻璃片盯着我。我觉得有两把粗钝的匕首穿过棉袄插进我后背，脊梁两侧的肌肉冰冷木胀。我想起市场上注了水的冻鱼。我不回头，尽量若无其事。我不想让他知道我在提防他，否则更危险。

太阳泛着肝炎的病黄，敷衍地悬浮空中无精打采。饮马河千百年冲积的平原冰雪将消，如同一张狗皮长癞脱毛斑驳陆离。早春风凉凉钻进衣襟肆意搜寻我的身体。翻斗矿车一上一下忙碌不停，泄下成吨成吨的矸石。大大小小的石头兴高采烈，像过年的孩子，蹦跳翻滚向下奔去，最后高高跃起，纷纷扎进山下的积水潭，溅飞万朵浪花。隆隆巨响撞在鹰窝山的峭壁弹回来，令人心惊胆战。

势不可挡的激流使我产生一种宣泄的快感。我靠在山顶大铁架上，看守候两厢的人们走石飞沙冒死冲去，滚滚爬爬往各自的篮子里拣煤块，心里惬意舒适。

翻斗矿车歇息后，二臭和三秃子打起来了，为一块煤。煤是好煤，黑亮黑亮，在一点儿也不耀眼的阳光下闪着耀眼的光。二臭和三秃子每人踏上一只脚，外面还露了许多。这么大块的好煤，渣山不常见，好比淘金场上的狗头金。

拣煤人都有个煤库，大块矸石垒成的，拣来的煤存放里边，待没有渣车了，再装进铁筐，拧上盖儿，半拖半滚地弄下山去。我和教授除外，教授用不着，我那坑里装我。

战斗在二臭的煤库上拉开序幕。

三秃子说："你偷煤！"

二臭说："去你妈的！"

三秃子说："这块煤是我的。"

二臭说："去你妈的！"

三秃子说："这块煤是我的，我昨天晚上捡的，我怕丢藏架子石头底下了，有记号我画了个王八！"

二臭说："去你妈的！"

三秃子猛地撞开二臭，抱起煤块。

人们哄笑。三秃子没来得及细看，二臭早抢过去："去你妈的！"一刨锛砸得遍地乌光闪闪。

三秃子一拳打在二臭脸上。二臭一怔。"去你妈的！"抬脚踢倒三秃子。三秃子爬起来，跳着高骂："去你妈，你妈卖大炕。这煤老子送给你，把你家炕烧热乎，让你妈舒舒服服地卖！"

二臭号叫一声扑过去，刨锛在空中画了一道漂亮的弧线，直接砸向三秃子的大脑袋。三秃子往前一扑，刨锛就在他后肩胛上撕下一块棉絮。

她急切地说："快，快拉开，打坏了。"

我没动，没兴致。再说，打打骂骂也能有趣地消磨时间。形势发展正常。二臭实力大大超过三秃子，又先声夺人取得一刨锛的主动权，使对手负伤，把三秃子压在身下。三秃子宁死不屈，嘴上的功夫让二臭望尘莫及，炒豆般骂："娘卖×，娘卖×……"

她推我："快，快！"

我说："没事。打死一个单摆，打死两个撅起来。"

战斗愈加激烈。二臭双膝压住三秃子，高高举起刨锛。

我觉得身后一动。她跑了过去。我想也没想，虎步蹿上，把她按住，就势揪住二臭的后领，将他拎起来。二臭的脸血肉模糊，嘴里四下喷溅唾沫星子，刨锛砸向我。我按住他手腕，顺劲一扭，卸了他的兵器。

三秃子趁机爬起，董存瑞炸碉堡似的举一块矸石扑来。我肘夹二臭的脖子，躲开，伸脚绊倒了他。

人们一拥而上，摁住敌对双方。

我拍拍手，回到原处，看着人们围成两堆责骂二臭和三秃子。我知道我干得利索，想：要是三年前就有这两手，大概就不必如此了。可要是没有三年前，我也学不到这两手。我又想起我违背了师傅的教诲，有些后悔。

我在四方坨子常为一点儿小事，或者一点儿小事也不为地和别人厮打得像群野狗一般。我和老歪交手那次就不知道为什么。老歪把拳头雨点儿般砸我的头皮，像个真正的拳击家，脚底板不离地蹭来蹭去。我双手护住耳根和太阳穴，猫一样躬着背腾挪跳跃躲闪。

那儿的人们遇上这种事也不拉，看热闹。不同的是围得严实，不叫好喝彩。对打的人动手不动口，像散打比赛。我抓住一个机会，闪过老歪的右勾拳，借他扑来的力量，屈膝瞄准他的裆间猛撞。老歪凌空掼出去，手脚在落地前像特技演员摔下高楼似的还蹬挠几下。

我喘着粗气。老歪却没气了，面色青灰。一个人快步上前，一手掐老歪人中穴，一手托住他下体往上推。

老歪哼一声，涩涩睁开眼。

人们散开了。

一个管教威严地站在一旁，问："怎么回事？"

老歪哎哟哎哟地叫，说："肚子疼啊，疼死了！"

那个人说："他一下子就晕过去了，八成是急性阑尾炎。"

管教低头看，老歪就捧着肚子大声叫。管教说："你俩，抬他上医院！"

我把老歪搭到那人背上。老歪对我龇牙："去你娘的，还有两下子，真人不露相啊！"

那个人说："到医院，就说羊起群子，顶架，你去轰，撞的。"

老歪当然同意，弄好了得几天假呢。

那个人后来就是我师傅了。

我师傅是武林高手，家传的功夫，很有几手绝活，得过全省武术比赛的金牌呢。他不是武术队的。"花架子，没用。要猴给人看，辱没师门。"他说，"给多少钱我也不去！"

但我怀疑是人家不要他。武术队就是表演给人看，社会治安有警察叔叔和警棍，电的；保家卫国有飞机大炮原子弹。我师傅虽然是我师傅，但我得实事求是，他的长相欠佳，简直是一副獐头鼠目。我绝不背后诋毁师傅，我当面提醒他。他说他知道，没关系。

这样他白天就得上班，又得起早贪黑，冬三九夏三伏地练功习武，老婆的要求就常常不能满足。更有甚者，他还把一次比赛没拿到名次归罪于她。久而久之，老婆就不再要求他转而要求别人去了。他闻之大怒，在自己的床上捉了双，竟一脚踢死了奸夫。三年的劳改生活使他原谅了早已离婚的老婆。"也不全怪她。三十多岁，虎狼之年，这要求也是正当。人嘛！"有一次，他睁着眼睛望漆黑的夜对我说，似乎还叹了口气。

他还对我说："你天资虽好，功夫却是无止境的。我四岁跟爷爷练于家炮腿，三九二十七年。我的功夫你看见了，可以算出神入化吧？"

我点头。我师傅的功夫是绝。那次把老歪送进医院后，他要收我做徒弟。我不干。我正忙着考东北大学的函授呢。他以为我瞧不起他，就表演给我看。他把我拉到砖垛后，四下撒目一遍，确认无人，然后将五块砖立着摞起，左右开弓，脚成连环，声音不大有些发闷，却震人。我只见那上面的砖一顿一顿地挫下去，直直立于地上，底下四块竟已粉碎，最大不过杏核。

我大为钦佩，不敢叫好。许久才觉出脚有些痒，低头一望，一只红蚂蚁叮得屁股老高。我刚要去抹，师傅喝："着！"腿早横扫过来。一股风迅急掠过。低头再看，蚂蚁屁股不知去向，头叮在肉里微微蠕动。

我五体投地。

后来师傅也有些遗憾。他很快发现我并不很刻苦，爱耍小聪明。而且我姓余不姓他那个干钩"于"。他劝我。我说："连个场地都没有，怎么练？"他说："练功还用场地？"他说他爷爷是奉天镖局的大龙头，南至南洋，北至北荒，没有不知道于成海大名的响马。他爷爷的爷爷教他爷爷练功，也是四岁。干什么？打苍蝇！一打就是七年，最后苍蝇见他，像兔子见鹰似的飞。他爷爷只一哼，鼻子里飞出一块鼻嘎渣。啪！想打苍蝇头，保险不伤苍蝇脖子。一年走镖到边外，客店里吃饭时来了响马，隔着窗子啪啪啪打来七星梅花镖。他爷爷头也不回，一伸筷子，唰唰唰，全从脑后夹过来——摆到桌上成北斗七星阵。那伙响马杀猪不吹——蔫退了。

我说："咱们是卫生先进单位，没几个苍蝇。再说，现在都用枪。"

他说："打个比方。"又说，"武功不是体操，哪儿都能练。"他两个食指点地，做几个俯卧撑，说："这是指功。"排队去吃饭，他说："看我的步子。"果然不同，落地有声。他又说："要准，想哪儿踩哪儿。"我细看，甬道的砖头有凹印，很光洁，他步步踏上，显然是天长日久磨炼出来的，像少林寺大殿前那四十个坑。我也就跟着踩。他说："不行，你得另选。"我问为什么。他说这是规矩。我问为什么是规矩，他说他也不知道，他爷爷这么教他的。

他感叹说："功夫如海，无底无边。我本不想要他命，只要踢化他的卵子，阉了他，让他再搞不成女人。不料出脚时差了那么一点儿，正中命穴。这不怪他，只怪我功夫不到。我动敌动，气昏了头，竟忘了。"

　　他嘱咐我，武功学成，切不可好勇斗狠，否则将大祸临头。修身养性，达到泰山崩于前不动色，黄河决于后不回首。像我，吃了大亏不是？

　　我便不解。老婆让人家搞了这事算不得小，却不能动手，练武功何用？

　　他不解，也答不出。反问："那你说人活着有何用？"

　　我当然也答不出。他就还是我师傅。我是他的徒弟兼军师。他离不了我给他出主意。有一次他见农场举办学习班，各种类型的，果树栽培家禽饲养烹饪裁缝等，让劳改犯们学点儿专业技术，以便出去后干个专业户什么的。讲课的听课的都是一伙人。他竟异想天开，要我写个报告之类给支队，申请办武术训练班，他任教员，教劳改犯们刀枪剑戟十八般兵器，拳脚散打七十二套路数，还有轻功逾墙气功开砖。我吓出一脑袋头发，一五一十和他讲明利害。他也觉得在理，就打消了念头。过几天，他又兴冲冲来要我写报告，申请教管教警卫擒拿点穴。我说不行，这些人都是公安人员，万一有个闪失，连清理门户的权力都没有。

　　他想了许久，长叹一声："英雄无用武之地啊！"

　　我临走，他哀己不幸，怒我不争，说："以你的天资，可尽得我于家真传。你却三心二意，只学了几招花拳绣腿。出去后，轻易不要和人家过招交手。再者，无论输赢，别说我是你师傅。"颇有些三年学成，放我下山闯荡江湖另立门户之气。

我毕恭毕敬，一一承了。心里却好笑：你武功盖世，连个老婆都看不住，得了你的真传又能怎样。倒是最后他那句自言自语让我心动。

他说："人生在世，除了一身功夫，还有什么能跟你到死？"

<h2 style="text-align:center">十</h2>

我意识到我可能陷入无法自拔的泥淖。我必须更加小心谨慎，像一只被夹子打断尾巴的老鼠。

我转过身时，正看见那双我最不想看见的眼睛盯着我。我勉强笑笑，尽量争取表情自然。他木然，目光越过我头顶向着远方。

远方没什么。

她来了。一股淡淡香味告诉我。胖丫她们也搽胭抹粉涂口红，奥琪大宝凤凰，增白减皱去斑，弄得脖子脸两样色。顶风四十里，十秒钟保准让你晕晕乎乎像闻黄鼠狼的屁。

她坐在我身旁，抓玩几粒石子，说："二臭可真凶。"

我没吭声。

她又说："要是一下子把三秃子打死了怎么办？"

我说："那还能怎么办？挖个坑埋上呗。"

她没吭声。

我觉得冷淡了她，就说："他不该那么骂二臭。"

她问："卖炕是什么？"

我很奇怪，重新打量她。她不很漂亮，但皮肤白皙，鼻梁笔直，为她增了许多秀气。裹在肥大的工作服里的身体苗条、丰满。我第一次见到她时的判断是正确的，她足有二十出头了。二十出头的姑娘不知道卖炕是什么，在矿山这地方太少了。她的眼睛清澈见底，天真得和她年龄极不相称。这样的眼睛不会欺骗任何人，也不会提防任何人。

我说："过些日子你就知道了。"

她说："保密？"

我望着她的眼睛，说："不要再去问别人，这不是好话。"

她脸红了，一排长而整齐的睫毛护住了一泓清水。大孩子似的搓着两脚。脚上套着肥肥的胶皮乌拉，新的。

我的心抽动一下，怜爱和担忧混成难以言喻的情绪。我说："为什么不再复习一年，哪怕考个函授、夜大呢？"

她快活地抬起头："不考了，连考三年，考够了。"

我说："你看胖丫。"

胖丫在不远处，一边往嘴里扔瓜子一边说，比比画画。三秃子蹑手蹑脚摸到她背后，猛地抱住她，连连做了几个极丑恶下流的动作。

人们嘎嘎怪笑。

胖丫夸张地叫一声，甩开三秃子，追得他绕着火炕跑。

她说："真野呀！"

我说："别急，一年以后，你就和她一样了。"

她睁大眼睛，认真地看着我："真的？不会吧？"

我说："放心吧，还有教授呢。他在背后盯着你，像八斤的狸猫守护一条鱼——别回头，好好坐着。"

我的警告使她一抖，半晌，她说："你也要小心。"

我知道她指什么。

昨天晚上，翻完两列车渣石后，人们都围着火炕打盹去了。我从石棺爬出来，从容不迫地扒刨堆下的渣石。我的新式武器具有极大的优越性，压在底下的煤块被我轻松地抠出来，扔进铁筐。许多人想照样仿制，问我在哪儿打的。我如实奉告。然而舅舅不给他们打，多少钱也不打，气得他们大骂舅舅的祖宗。

我想，到底是舅舅外甥啊。

我沿着呈扇面形的溜道从山腰渐渐向上搜索，以便在翻渣时有足够的时间闪开。

一声刺耳的尖叫像一只利箭穿透我的后脑。我打了个寒战，直起腰。一个黑影衬着铁架上惨黄的灯光，猫头鹰般无声无息地从山顶向我滑来，近在咫尺，我无法躲避。我一个旱地拔葱，跳到一块扁平的巨石上，借着它向下的力量又是一纵，踉跄着扑倒在渣石堆上。

我抹抹头上的冷汗，才发现右手刨锛，左手煤筐，竟忘了扔掉。

我尽力回忆那一声尖叫，是"下面有人吗？"还是"石头下去了？"太突然，女人的声音。

教授住在山顶。一个被遗弃的矿车架子，四周围堵着木板、纸壳。我掀开麻袋片连缀成的门帘，暖烘烘的腺臭味儿呛得我打了个响亮的喷嚏。头灯昏黄的光圈里，胖丫倏地扭过脸去，教授赤条条压在她白白的身体上。我发现我错了，他紧紧搂着胖丫，胳膊凸起一条椭圆的肌肉，肩头很厚，远没有我想的那么虚弱，年岁也小得多。

教授抬起头。我头一回看见他没戴眼镜的面孔，眼角堆着重重皱纹，眼窝深陷，在不太强的光线下眯得仅有一线缝隙。我从缝隙里发现了无法遏止的仇恨。

我说："教授，我把煤倒煤堆上了。"

我放下门帘，还细心整理一下，挡好。初春的风凉，钻进去会让人受病。我听见胖丫"啊"地尖叫一声。

这事肯定是教授干的。那么大块的石头绝不会无缘无故留在山顶，选择好时机和角度悄无声息地滑向我。他怕我、恨我。他用刚才那种无耻的行为来掩盖他内心的恐惧。

他为什么怕我？为什么恨我？

我不知道。

我只知道在危险来临之时是谁发出了救我的信号。

她说："人说，这里什么人都有。"

我说："对了！月黑杀人，风高放火，拦路强奸，入室抢劫。你笑啥，我就是个杀人犯。"

她又是一笑："你不是。"

我说："我真的杀过人。"

她说："杀过人不一定是杀人犯。说不定哪天我还要杀人呢！"

轮到我笑了。

她不服气："你不信？"

我说："从武则天到江青，几千年的历史，我能不信？"

她说："你坏！"

撒娇般的诅咒在我记忆深处轻轻划了一下。我问："你知道为什么人们都围在那儿吗？"

她说："那是火坑。"

我说："对，是个火坑。稍不留神，就会掉进去，烧个尸骨成灰。"

她笑，说："我不会！"

我说："你知道为什么那儿会有火坑吗？"

她犹豫片刻，说："可能是矸石里的煤自燃了吧？"

我说："对了一半。矸石里的煤大约百分之二三。前些年要多得多，拣煤的人足有一个营，矿里组织民兵纠察队满山抓，不让拣。"

她奇怪："为什么？"

"怕影响上山下乡运动。"我说，"煤自燃了。矸石本身也含少量炭化物，高温下也会燃烧。你看，为了把矸石均匀推到山下，用高压水龙头冲。冬天，山外壳被冰冻结，底下的煤和矸石继续烧，体积缩小，形成空洞。空洞里聚积大量煤气。几年前的夜晚发生了一次大爆炸，几十个像他们这样的人一刹那无影无踪。那儿就出了个火坑。"

她下意识地裹裹外衣，下颏指指火坑："他们知道吗？"

我说："全矿没有不知道的。你没听说？"

她摇摇头，又点点头。

我说："二臭的哥哥大臭，三秃子他爸，还有胖丫的姐姐。教授是幸存者。他劝大伙离开，可谁也不听这个半瞎的。据说，那几天煤特多。事后，他把胳膊大腿半个脑壳什么的敛到一起，埋了，就在那儿。"

她问："你呢？"

我说："我正在八百里外的劳改农场，原子弹也伤不着。"

她问："那是谁告诉你的？"

我说："我。另一个我。无所不知无所不能的我。"她又笑了："太玄了。"

我说："你回家吧，再复习一年，考不上，老老实实地待业。这几天，我总闻到一股死气。这儿迟早要出事！"

她眨眨眼："你怎么不走？"

我说："我喜欢这儿。"

她说："我也喜欢。"

我十分乏味，不明白为什么要说这许多废话。如果她能考上，如果待业能待上，还用得着我说吗？上渣山，又是个姑娘，必是死逼无奈。我这几句空话便能劝转她，便能救她离开火坑？我想：一定是因为昨天晚上救我，我才劝她的，否则我绝不会管这闲事的。我又想：听不听是她的事，我说还是应该的。她总归救过我的命嘛！

我又觉得腰背冰凉了。我不想让他知道我和她接近或她和我接近。他未必就不知道昨晚那喊声是谁发出的。我说："你不走，也离我远点儿。"

她说："你讨厌我？"

我说："对。"

她说："那好。"她站起来就走，又冷不丁回头，朝我一笑。

我原来一直盯着她。

# 十一

我没有骗她。我的直觉也没有骗我。

几天来人们收入锐减,几近无法生存的程度。渣车略有增多,煤却星星点点。人们为核桃大的一块煤也把自己的亲娘老子折腾一番。打了几次头破血流的糊涂架后,人们把责任一致推给新来的翻渣工。这狗东西不像先前那个老头,两盒烟,半瓶酒,几个煮鸡蛋甚至一块烤地瓜也能打发得乐呵呵的,什么时候拣煤的翻找够了,再打铃通知山下冲水。这小子哭丧着脸,一言不发。十车一打铃,准时冲水,管你有煤没煤。

我明确感到要出事了是在教授决定去和翻渣工谈判后一分钟内。就像照相机的闪光灯那么快,那么突然,那么明白无误。我不知道要出什么事,就像不知道没冲洗的底片上人什么表情。

很快,教授从翻渣工的破板房里出来了,双脚交替高高抬起,迈着眼神不好的人特有的步伐,机械有力,踏得碎石乱滚。

"软硬不吃,软硬不吃!"教授不出所料地叨咕着,颓唐的情绪很快传染给其他人。

山脚下,电机车挺着丑陋可笑的前额,曳着长长一列渣车摇摇晃晃地驶来。

三秃子眼巴巴地看着,说:"这趟车肯定有货。"

二臭朝破板房狠狠骂了一句"去你妈的",走了。

她看着我,说:"你知道说不通。"

我小瞧她了。她十分机敏。我为刚才对她的教导产生一丝惭愧。我纳闷她为什么这么注意我。我说:"没用。"

她说："你为什么不和他们说，劝他别去？"

我说："也没用。"

她瞥我一眼，很怪。我琢磨不透这眼神的含义。

翻斗矿车上上下下忙碌完了。人们纷纷撤出来，骂那该死的翻渣工，望着一大堆尚未细细开垦的渣石连声惋惜。

翻渣工没给信号，碗口粗的高压水龙头也没喷出水柱。人们茫然。翻渣工扑过去揪住还在拾煤的二臭，连拖带拽弄到井架下。

"你说，是不是你干的？"

我顺他手指望去。信号绳只剩下一拃长，翘在空中，开关被砸得粉碎，还糊上一团黄糊糊的东西。

二臭挣扎几下，脱口就是一句："去你妈的！"

翻渣工揪住二臭衣领，一使劲。二臭两脚悬空，脸色憋得青紫，说不出话，手胡乱挠抓，只够到他的肩头。

教授走上前，慢条斯理地问："你凭什么说是他干的？"

翻渣工一搡二臭："滚犊子，你个老杂毛。别人都躲了，你为什么不躲，你怎么知道不冲水？"

教授语塞，他尖叫道："你没打铃，谁还不知道不冲水？"立刻响起一片"对呀对呀"。

翻渣工望望周围，阴沉凶狠。没人再回嘴。这小子人高马大，肩宽如门板，真动手，怕是三个五个近不得前，况且揪着二臭的右手还捎带一把矿工镐。

她在看我，眼神明确。我不看她。我懒得惹麻烦。二臭是自找苦吃，这事肯定是他干的。再说，翻渣工顶多给二臭一顿揍。

二臭拳脚下长大，抗揍。而且最后的胜利一定属于二臭。二臭会像牛屁股上的瞎虻那么顽强坚韧，阴损毒辣、卑鄙下流的手段层出不穷，早晚会使翻渣工甘拜下风，至少闹个井水河水。

翻渣工说："看看井架，再看看你这身狗皮。不承认，我打出你屎！"

我恍然大悟。翻渣工在井架上抹了一层润滑油，薄薄的，沾了一层黑灰。现在黑灰明显少了几块，二臭的衣襟却亮锃锃的。我想：既然他证据确凿又非逼二臭承认，那么二臭承认了，也许就拉倒了。可我知道二臭不会承认，就是打出他的肠子也不会。

"是不是你，嗯？"翻渣工略一松手，二臭又是一句"去你妈的"。翻渣工一个耳光抢过去。二臭喉咙里鸡打鸣似的"咯喽"一声。

我笑了，说："他是磕巴，就说，去你妈的，不磕巴。"

翻渣工牢牢掌握斗争大方向，看也不看，说："我会治磕巴。"

二臭一低头，啃住翻渣工的拳头，趁他一松手，挣脱了。二臭撒腿向下跑，见他没追，又停下来骂。他嘴丫子淌一缕血丝，结结巴巴，还借助手势——左手食指、拇指弯成圈，右手食指来回穿插。

翻渣工慢慢追上去。二臭又蹦跳着跑向山腰。

我的心不规则起来。我看出二臭的用心，也看出最终倒霉的是二臭。

翻渣工猛追几步，突然一扬手，一块馒头大的矸石燕子掠水般欢快地直奔二臭。谁也没看见他何时捡起的石头。站在大石头上的二臭更猝不及防，兔子似的蹦向一旁，双脚踩了初冬的薄冰一样，咕咚陷到膝盖，他双手摇了几摇，一沉一沉地就只上身露在外面了。

教授是除我而外最先清醒的。他连滚带爬，敏捷得像捡枣的猴子。我甚至怀疑他的近视眼是假装出来的。

人们蜂拥而上。我一把抓住她。我说："别去。"

她使劲儿挣扎，挺有力，像一只被逮住后腿的小鹿。事后，她撸起袖子，嫩白丰腴的胳膊上赫然印了两块青紫的痕迹，形同翩翩双飞的一对彩蝶。她娇嗔地说："你看你看，差点儿扭断了。狗熊啊？"

我说："人越多越危险。"

教授也意识到这一点，回身张开手臂，拦住人们。自己四肢着地爬过去，屁股撅得老高，一纵一纵，十分可笑。狗嗅屎一样绕着二臭转了一圈。

二臭已陷到胸口，火车上坡般一口接一口地喘，眼球凸出，时不时来一句"去你妈的"。

教授喊："三秃子，常海，你们过来。别一起来，散开，散开！"

几个人照猫画虎，围过来，用刨锛撬，用手抠。教授双膝跪地，两手伸进二臭的胳肢窝，不让他继续沉。

教授这领袖当之无愧，既有献身精神，又临危不惧，头脑清醒。没有他，遭难的也许就不是二臭一个人了。当然，他也不是个十全十美的将才。在他们发疯般抠二臭时，我发现他犯了一个错误。我想帮他堵上漏洞以改善和他的关系，又怕他以小人之心对我更加防范。天理良心，我只犹豫了一秒钟，事情就像一颗秤砣落入井里那样发展到无可挽回的地步。

铃声像一群惊飞的野鸭，骤然掠过头顶。巨大的铁轮不情愿地转起来。井架徒劳扭动，发出啮齿般吱吱细响，妄图摆脱钢缆的牵制，甩掉四吨矿车的重负。我回头一看，凉意从脚底升起。

她大声喊："快，快，翻渣了，大石头，大石头！"

我想起了那天夜里的喊声……

三秃子们加快了速度，矸石大块小块，乌鸦麻雀地飞起落下。

无济于事。二臭那儿是正溜子，二十秒钟之后，一车大如磨盘小如西瓜的矸石就泥石流那么凶狠从他身上刮、砸、碾、压过去。二十秒钟没蚊子打哈欠的工夫，想救出石头埋腰、一动也动不了的二臭，可能性绝不大于用弹弓发射人造卫星。唯一的办法是通知山下后车房。这原本简单，只要拉住信号绳不放，山上山下的铃声就响个不停，机房就会知道出事，就会"咔嚓"停住绞车。现在这话等于没说，要达到这个目的，除非谁的肩胛生出一双翅膀，还得变戏法那么快。

二臭头脑清醒的话，说不定正后悔呢。早知信号开关直接涉及自己的存亡，何必当初把它砸个粉碎还糊上一泡屎。其实，这大可不必，倘若不砸了那开关，你又如何能落到这地步。如此总在当初后面，谁也不能未卜先知，自己配药自己吃的人不是你一个。祈祷吧，但愿你有来世，但愿你来世别再投错胎。

我坦然，就像看一部知道坏蛋知道好人知道结局的国产侦探片。我看出三秃子们早已绝望，还在垂死挣扎。我想：这帮家伙别犯蠢哪。

教授放下二臭，夺过一柄刨锛，朝着三秃子们挥舞起来，嘴里连连吆喝驱赶。

在山顶的齐声呐喊中，矿车爬露了头。人们被迫撤向一旁。

教授没动，不知怎么手里出来一个铁筐，略弯着腰，盾牌一样双手撑住，护着二臭。

这情节我没料到。但我认为不会影响结局。这种办法在山顶附近对付一些小石块还勉强，在山腰正溜道上抵挡大石头，好比用鸡蛋壳掩滑向悬崖的载重汽车。石块的重量，加速度我算不出来，我相信那力量砸着铁筐再顺便要他俩的命是绰绰有余的。

山上死气沉沉。我倒希望情节再波折一下：教授扔下铁筐、刨锛，像被警察叔叔追捕的小偷，撒腿就跑，现在还不晚。

教授没跑，眼镜片反射出耀眼的光，直挺挺撑着筐等待。我想起那个打死看守企图越狱的抢劫犯被枪毙的情景。

她猛一转身，扑到我怀里，脸紧紧贴着我的前胸。

矿车缓缓爬上井架，将身一横，对准溜道，慢慢地倾斜……

# 十二

我猜错了。与我的预想完全相反的结局再一次证明了我的幼稚。二臭没死，教授也没死。不是堂吉诃德的盾牌经受住了考验，而是这考验并未付诸实施。翻斗矿车被人施了魔法，把四吨石头含在嘴里，呆呆地斜在那儿没有翻。直到人们过去，直到人们把二臭刨出来。

教授和矿车对峙着，一动不动。我最先发现他的异常。我认为再也用不着他这种一点儿保护作用不起的保护了。我凑过去，见他咬牙切齿，似笑非笑，直直撑着筐梁。我看出他浑身痉挛了，就绕到他背后，双掌砍向他肩膀的一个穴位。师傅的手段果然毒辣，教授扑通趴在铁筐上。铁筐一滚，带他来了个姿势不很准确的前滚翻。

二臭醒了，脸色灰得像矸石。教授给他检查，双手哆哆嗦嗦在酷似搓板的胸肋上又扣又按。

三秃子疲惫地站在一旁，两手下垂，指尖滴着血珠。她从口袋里摸出叠粉红色的纸，细心地给三秃子包扎，嘴里不时抽冷气，好像她疼。

我心里很不是滋味。我想不出这是什么滋味和为什么。我想一定是那女孩子专用的卫生纸搞的。

我离开人群，想研究研究矿车怎么没翻，一眼看见翻渣工和一个屁股后坠着三大件的电工沿铁轨爬上来。

## 十三

我推开木板房门。屋里很暗，玻璃早已粉身碎骨，一块更生布的门帘团成团堵在那儿。白炽灯发着淡黄的光。

翻渣工端坐床头，把一根细钢筋弯来直去。见我进来，他表情很不自然。后来我知道他是在笑。他很少笑。所以当他觉得脸上应该呈现出笑的时候，心里就害臊，结果变成这副模样。

我决定单刀直入。我不想向他讲述拣煤人生活如何如何苦，挣钱如何如何不易。这些话只能打动自以为比我们高一等的人,他们才会产生怜悯,才会给我们方便以满足他们虚伪可笑的强者的自尊心。他不是。我从他看我们的眼睛里发现妒忌。阴郁的神色,寡言的孤独性格和魁伟的体魄,他内心的痛苦超过常人。任何人都不会给自己妒忌的人以任何帮助。我想和他谈谈关于矸石山和拣煤人的关系,谈谈关于燃烧,关于爆炸,关于死亡……

我白准备了。

他先说:"这不怪我。新换了矿长,新定了责任制,违章就扣钱。再说,矸石里没有多少煤,矿里组织了家属,在山下就已经拣了一遍了。"

简洁明确。他一定也做了准备。我点点头,表示感谢和告辞。

他说:"哥!"

屋里没有别人。我不明白他为什么管我叫哥还如此动情。

他说:"哥,你不认识我,我是余毓敏。"

我想不起这个同姓兄弟。

他说:"哥,我爹是余志。"

余志是三麻子,我三叔。他就是我的叔伯兄弟了。

我说:"你是小敏哪?"

他说:"哥,我头一天来,一眼就认出你了。哥,你怎么上这儿来了?"

我说:"你都长这么大了,工作几年了?"

他说:"三年。你走的那年,我办了个接班,下井。"

我说:"这回挣得少了吧?"

他说:"还行。我顶三班。那两个人倒腾买卖去了。他俩的工资归我。"

我说："三婶好吧？"

他说："还行。我一个月给她八十元钱，愿意怎么花怎么花。"

我说："结婚了？"

他说："结啥，你兄弟这样的，谁跟哪。"

我中学时，和同学打架，曾有人用三婶的一些传闻来侮辱我。我知道他为什么吃住山上。我动了劝劝他的念头：三婶不容易，拉扯大孩子，儿不嫌母丑之类。转而一想，念头又打消了。

他说："哥，这地方没啥待头了，你下山吧，花几个钱，办个待业招工。"

我说："再说吧。"

他说："我这儿有钱，你先拿去，如今办事，缺这个玩儿不转。"

我按住他的手，心窝暖了暖。我说："我这辈子就这样了，不错。兄弟，我只说一句话——常去看看你妈。"

他很激动，想说什么。我说："挺好的，看你长这么大，我高兴。"

我可能真有些高兴。她见我出来，问："怎么样，行了？"我说："完了。"我把我刚认下的兄弟的话重复一遍。

她急了："那你们怎么办？"

## 十四

二臭伤口恶化是春节过后的几天，大约初六或初七。教授当时检查完说："内脏没事，骨头没事，脚脖子的软组织受了点儿伤，几天就会好。没事。"

大家都以为没事。不料他突然烧得天昏地暗，不省人事，脚脖子黑了一块并且迅速蔓延。胖丫守候一旁，不停地把一块肮脏的毛巾浸进凉水，敷在二臭的头上。

她对六神无主的教授说："不退烧，得赶紧送医院吧？"

教授牙疼般嘶了一阵冷气，说："送医院。"就挑了几个人往山下送。

胖丫说："得住院吧？"

教授说："对，对，有可能。"他掏出一支老式钢笔，旋下帽，巴掌大一块抽烟纸上写了几个字，又把鼻子抵到纸上似看似嗅了一遍，交给胖丫。"上县医院，找外科吕大夫，吕谦心。我同班同学，一说我，就行。"

然而不行。

下午，胖丫浑身是汗地回来了，却漫山找不着教授。

她问胖丫怎么样。

胖丫说："白扯淡，那个吕大夫是个什么主任，说根本没这么个同学，更别说同班的。说二臭是什么'坏疽'，得马上手术，要不有生命危险。押金三百元，我磕头作揖也不行。"

我说："你咋没让吕谦心摸摸你那两个肉馒头，没准好使。"

胖丫啐我一口，要找教授。

我说："那就别找了，他准保跑了。携款潜逃。"

胖丫说："放屁！"

我说："你去看看吧。"

胖丫掀开门帘，教授的一应东西俱在。胖丫颇自豪："怎么样？"

我说："他离了这渣山，还要这些破烂玩意儿干啥？"

胖丫半信半疑，钻进翻一通，哭丧脸出来了，一屁股坐在地上。"他跑了，这个老狗，真他妈跑了，挨刀的。"说着说着，大放悲声，"这下全完咧——二臭啊你好命苦哇——"

我弄不清胖丫和二臭的关系，也就弄不清二臭死了与胖丫有什么关系。她的哭声倒悲切而有真意，但我无法排除这真意里掺杂了教授逃跑的成分。

她说："现在靠你了。"

我说："靠我？什么？"

她说："二臭的事，你能想办法！"

我说："办法倒有，不止一个。"

她说："什么办法？"

我说："抢银行。"

胖丫说："扯他妈淡。"

我说："真的，掏包洗皮子那是门功夫，天窗平台地下室，现学是不赶趟的。"

她看着我，不吭声。我受不了她那眼睛，不看她。我说："那就来个实际的，把胖丫卖了，五元钱一斤。"

胖丫扑哧得鼻涕眼泪横飞。"我这个熊样能值几个钱，要卖还不如卖她呢！细皮嫩肉的。"

她依然盯着。我说："其实没啥。天天有人死,天天有人生。世界嘛，就是这么存在。二臭也不冤。他也是想把翻渣工往死里整。那天要是翻渣工掉进去了，必死无疑。"

我偷眼看她。她还是那么看我。我说："好吧，我想个办法。但不是为二臭，是为你。"

她不解。

我说："有一个条件，二臭住上院，你就下山。就是捡破烂儿沿街乞讨，也不许再上渣山。否则我不客气。"

她看看我，答应了。

我就这样一步步走向不幸。

我说："你收拾一下，跟我上趟城里。"

胖丫瞅瞅我，瞅瞅她，说："我也去，连看看二臭。"

我说："你别去。我们不会跑，等我回来，有事儿。"

## 十五

春节刚过的市场萧条冷落。肉案上半融着和灰尘的雪，遮住了黑色的斑斑血迹。一只可能因为瘦弱逃过了春节的屠刀的猪四下拱食，绳头似的尾巴甩得啪啪响，进城的万元户般怡然地散步。

卖煤的手推车一字排开。煤不好，要价特高。十几个农民伯伯不即不离地围着。我观察一会儿，捅捅一个头戴皮帽，身着烤花呢大衣的中年人，使了个眼色给他。

他跟我拐过墙角。我站下了。不能再往远走，否则他会掉头往回跑。

我说："你买煤？"

他说："你有？"

我说："你要多少？"

他说："你有多少？"

我说："这个数。"

他说："多少钱？"

我说："这个价！"

他对我故作神秘有些不耐烦："兄弟，少来这套。啥煤，几吨，要多少钱，明说，我没工夫跟你提袖子。"

我说："痛快。原煤八吨，一吨七十元。七八五百六。"

他说："真的？"

我说："要价少了，你反倒不信。实话跟你说，我们家四个人是矿上的。职工，工薪煤烧不了，卖几个钱算几个钱。我打算五一结婚，缺这个。"我扬起左手，做点钱状。

他瞅瞅我："货呢？"

我说："在家呢。"

他笑了："我身上没钱。"

我说："你放心，一手钱，一手货。不过，你不能上我们家去拉，闹得左邻右舍都知道我们家卖工薪煤。"

他又笑了："你是让我上贮煤场去拉吧？"

我火了："你倒是诚心不诚心？"

他说："那就看你了。"

我说："那好，明天早晨六点半，火石岭子道班前面三公里岔路口交货。"

他说："还有什么说道？没了？你该管我要预付款了吧？"

　　我不生气。这种人早就让人骗出经验来了，轻易不肯上钩，滑得像着了枪的狗熊。我说："不，一手钱，一手货。"

　　他认真了，说："太贵了，太贵。原煤，一吨七十。"

　　轮到我笑了。我用手心拍拍他后背，用手背敲敲他肚皮，说："老兄，你是大富翁，开了几个油坊？"

　　他一怔，细细打量我。我说："你不认识我，我认识你。我在运销科上班，那天你给我们科长送豆油，我不是在屋来着吗？"

　　他想想，说："扯淡，我啥时给你科长送豆油了？"

　　我说："是吗？我眼睛毒，一般是不认错人的。"我为自己的失误痛心疾首，认真做出"拜拜"的神色。

　　他说："算了算了，少点儿行不？"

　　我说："你老兄是明眼人，那渣山拣的煤都是二性子，光冒烟不起火，你能不知道？那煤还六十呢。"

　　他皱着眉，嘴咧得喝了黄连苦胆冲剂似的："好，七十就七十。"

　　他跺跺脚，说："交货地点就在这儿。"

　　我说："这儿得上税。"

　　他说："税钱咱俩二一添作五。"

　　我说："不行，太远。"

　　他说："那就拉倒吧，哥们儿，你走你的阳关道，我走我的独木桥。"

　　我说："哥们儿，买卖不成仁义在。话别说绝。差哪儿，你说。"

　　他狡黠地挤挤眼："我把车雇了，起个大早，傻老婆似的上岔路口等你这个没名没姓没见过面的小伙子，明摆是放秃尾巴鹰嘛！就是去了，煤不好，不够秤，我不是哑巴让驴日了？我能管你要定钱？你能给我定钱？"

我说："没定钱，有定人。哎，你过来。"我把她拉过来。"这是我对象。你跟这位大哥去，明天早上，领他们车去接货。"

她愣眉愣眼地瞅我。我说："没事，去吧，别害怕。这大哥是个体万元户。没看电视上演的吗，如今有钱人个个赛雷锋。"

她裹裹工作服，嘟嘟哝哝地说："我怕啥，不怕！"

他倒怕了："别，哥们儿，别……"

我把手摆得十分坚定，说："没事，哥们儿。你信不着我，我信着你了。一言为定。若有差错，随你处置。"

我不再多说，抓过他的手用力一握，转身就走。

我知道她一定眼巴巴望着我的背影。我的心悬起来了。我安慰自己：没事，这种人把钱看得比命重，想吃元宵又怕烫，对这一着摸不着头脑，万万不敢生歹念。谁怕谁还不一定呢。

果然，后来她告诉我，那家伙回身就找了个认识人作证，始终跟他在一起。晚上请她吃饭，给她开了个房间，还特意嘱咐同屋的女旅客照顾她。他又听话又规矩，不敢让她走远，也不敢靠近她，像个阿姨面前的乖宝宝。

我也是没办法，没有她扮演这个角色，这戏是根本无法演下去的。

远远望见渣山时，我后悔了。我想我这是何苦？什么二臭胖丫三秃子，干我屁事。我有前科，又是主谋，万一祸起萧墙，就是首犯。党的政策我倒背如流——首恶必办，而那帮胁从的初犯却可以不问。我没有为别人生命葬送自己的义务。

我往回走了几步，想把她领回来，到此结束。又一想，这已经不可能。我扣响了扳机，子弹出膛了，至于飞向哪里，打着家雀还是狍子，由不得我了。我陷进去了，陷得比二臭还惨。没谁会救我。自由自在的日子也许一去不回了。

我回到山上。盼星星盼月亮的胖丫站在那儿像块望夫石。

我捅捅她厚而结实的腰，示意她躲开众人，把我的计划和盘托出。

胖丫被踢了一脚的皮球似的蹦起来，呆呆看我像狗看骨头。

我说："你害怕了？"

胖丫说："我怕个屌！"

我说："对，你就是不怕屌。"

胖丫说："别闹了，啥时候。说真的，这能行吗？"

我说："咱们这伙人想捞钱，还要快，只有这一招。我敢保证这次没事。只怕吃惯嘴，跑顺腿，今后总这么干，可就是早早晚晚。"

胖丫说："咱们大姑娘入洞房，就新这么一回。谁再打这主意，废了他狗日的！"

我说："我只管那边，这边的事你出头。日后万一有个长短，你就一口咬住。两边不见面，查无证据！"

胖丫说："我能行？"

我说："行！"

# 十六

每每回想起来，我都为我骄傲一阵子。这次行动极为成功极为漂亮。计划之周密，推算之准确，动作之迅速，绝不亚于加里森敢死队炸汽油库。

我身穿教授遗弃的工作服，戴一顶马猴帽，像一个真正的蒙面大盗，埋伏在电机车路基下。再过五分钟，从六井井口拽出来的一列原煤，将经由这里驶向选煤厂。

启明星亮亮地燃着。夜空迷蒙凌乱，我想起她那双略显细长的眼睛和笔挺的鼻梁。按时间推算，她现在正乘卡车往这儿奔呢。

电机车哐当哐当过来了。待亮着前灯的车头驰过我身旁，我立即冲上路基，扭亮头灯，小跑跟着。还有四节，我加快脚步，跳上去，麻利地摘开挂钩、保险链。车厢渐渐脱节了。我跳下来，跟在还继续滑行的煤车后。

分毫不差。煤稳稳停在道口。借电机车远去的光，我清楚地看见人们扑上来，紧接着传来咣当咣当的翻斗声。

我比较满意。这趟车要二十分钟到二十三分钟到选煤厂。发现丢了车，马上回来，还得二十分，事情早已办完。在这三十分钟内，道口不会过任何车辆。一条乡道，马车都走不了。

我看看表，二十分钟。煤装得差不多了。我抄小路直奔接头地点。刚刚爬上公路，一辆大黄河牌载重车就吱地停在我身旁。车门开处，她跳下来，真正的恋人般扑到我怀里，狠狠抱了我一下。

我推开她，和那老兄握握手，就让他把车开到岔路下面，打开后车厢，借岔路口的坡度架上跳板。我稍稍松口气。

"煤呢？"老兄有点儿急，捅给我一支烟，问。

我往路上一指："你看。"

他们来了。

我说："真冷。"

他说："鬼龇牙嘛！"

我就把马猴帽放下，只露出眼睛。

三秃子打头，不说话，两个人合伙把手推车直接推上汽车，一搭底，倒光。两分钟光景，十六手推车煤上了汽车。手推车和人随即消失了。

我和他合力关上后车厢。他满意地抄起一块煤，掂了掂，搓搓手，从油箱旁边掏出一个塑料布包，塞给我。我打开数了一遍，六十张大团结。我看看他。他说："老弟，干得漂亮，你的哥们儿也利索。"

我含混地点点头。

他又说："你我都是明白人。这明白就是一锤子。我不开油坊也不开豆腐房……"

我顺嘴揭他一句："对，你开砖窑。"

他一顿："你怎么知道？"

我说："咱们见过面嘛！"

他说："今后，你不认识我，我也不认识你，街上见面头也不用点。四十块钱，算大哥给你们结婚的小意思。"

他钻进驾驶室，打着火，秃噜秃噜几下。汽车撅着屁股倒爬上公路，扭过头，唰地射出两道光，照着前面灰蒙蒙无尽无休的路，卷起一阵凉风。

两只红色尾灯消失在远方的山脚，最后连嗡嗡的发动机声也完全稀释在黎明的夜空。我摸摸口袋里那一叠唰唰作响的纸片，说："回去跟谁也别说这事，胖丫也不知道你参与了，懂吗？"

她用力点点头，仰脸望着我，两颗星嵌进她眼窝。她说："这件事，我一辈子也忘不了。"

我说："走吧。"

她说："走吧。"

她挽起我的胳膊，头依偎我的肩，轻轻说："我一夜没合眼。"

## 十七

我的兄弟走过来，漫不经心，说："山半腰，车道那儿有个人，像那个糟老头。"

胖丫兴奋地说："怎么样，我说他不能跑吧，准是取钱去了。"

我觉得不对劲儿，要是这样，我的兄弟才不会费心来告诉我呢。我从他的神色中看出了不祥。我说："看看去。"

胖丫赞成。她跟在我后面。我们沿绞车道往下走。胖丫最先看见教授，欢呼一声，抛下我俩一呲一滑跑下去。我刚看出兆头，没来得及叫住胖丫，胖丫已醉汉般颓然瘫倒了。

我的后背沁出一层冷汗，回身见她脸无血色，嘴唇青灰，身子抖得似一片秋叶。我忙搂住她，紧紧攥住她湿漉漉的手，轻轻摩挲她的头发，安慰她："别怕，别怕。"

　　我挽扶着她，拇指摁住胖丫的人中穴。她哼了一声，吐出一口黏糊糊泛着沫的痰，醒过来，迷迷瞪瞪地看看我，又看见了教授，尖叫起来，声音凄厉，令人毛骨悚然。我治女人中邪着魔有些天才。我使劲儿抽胖丫一个耳光，说："他死了，自杀了！难受你就哭吧！"

　　胖丫这才喔喔哭起来。

　　我对她说："你看着胖丫，别回头。"

　　我走过去，尽力控制神经，看面前这炼狱般的恐怖。

　　山坡在这凹出一块不大的盆地，车道的四根铁轨便横空而过。教授踮起脚跟，双手扒着铁轨，姿势如孱弱的人勉强做引体向上，要探过头去窥视那边的动静。肩却秃秃平平，脖子没有了。头在地上，嘴巴闭得很紧，下巴愈发显得尖翘，牢牢抵住一块矸石。令人不可思议的是那副高度近视镜居然还稳稳架在鼻梁。眼睛一反常态，迎着太阳刺目的白光，眯得眼角皱纹都舒展了。越过镜框凝望自己不倒的躯体，神情自然、专注，带着一丝疑问与思索。冷眼看去，很难让人相信这是一个真正的人的脑袋，曾经充满各种思想，各种欲望。它像是从地下生出来的，又像是一个土埋脖颈。

　　风席地微微而来，卷起尘埃沿下巴、鼻子，自若地爬上光洁的前额，一缕焦黄的软发过了冬的茅草般飘舞一阵。夕阳把红色涂满天空。天空又把红色转赠渣山，给渣山的井架与铁轨，给渣山的死人、活人和每一块石头。

　　我于刹那间恍惚许久。这情景我非常熟悉。我敢肯定我见到过。究竟是在梦中还是看过哪位艺术大师的杰作，我想，我这一生也弄不清楚。

最初的恐惧过去了。我扳住教授的身体，想把他放下来，然而他的手死死扣住铁轨的底沿。我想起那天矿车没翻的事。给死人点穴位是无用的，虽然师傅没告诉我，我想得出来。我试图掰开他的手指。没有成功。山风把它们焊在铁轨上，我抽出腰间的刨锛，准备贴根剁下他的两个拇指，再往前串，或许能放下来。

我扬起刨锛，胖丫母狼般号着扑过来，护住教授。

我说："得把他放下来。"

胖丫泪水涟涟，脸上花里胡哨。"他脑袋都掉了，你还要干什么？"

我想说反正脑袋都掉了，再掉两个拇指也不碍什么事。我没说。我说："得把他放下来。"

她转过身，双手捂住教授的拇指，面对地上的头，一边哭，一边叨叨咕咕。听不清她说些什么。

我觉得教授一动，忙上前扶住胖丫竟掰开他的拇指。我缓缓放下冻得像段木头的尸体，拿过他的头，对接在肩上。我这才发现没有多少血。身上、头上、铁轨上和地上，头和肩的伤口齐斩斩的，像电动切肉机切冷库里冻透的肉。灰色的颈骨和白色的喉管清晰可辨。脑袋掉了，真的只有小碗口大的一个疤。

尽管教授因没了脖子显得矮了许多，并且双手依然举着，投降似的十分滑稽，毕竟还是个人模样了。

我站在他面前，想：他一定是脖子横亘于铁轨上，眼睁睁看着死神之轮缓缓驶来，一前一后轧过去，声色不动。这大约是一种最高境界的死。我相信他是经过深思熟虑才做出自杀决定的，方法也早选择好了。

我从他怀里抽出一个厚厚的本子。绿塑料皮老化得像锈蚀的铁板。我想找点儿遗嘱之类，就翻开来。扉页上按顺序贴满一张张汇款收据，都是每月二十号汇的。五年前每张三十元，年前每张五十元，此后每张七十元。

我核计一下，总共三千左右。我想我找到教授自杀的原因了。他把钱汇给谁了呢？收据上是看不出来的，除非去邮局问。

胖丫悲痛欲绝，摘下教授的眼镜，抚那双不瞑之目。头没放平，便在手掌下一仄一仄。苍白的前额和胖丫丰腴红润充满生命活力的手指形成鲜明的对照。她终于没能合上那双眼皮。

我说："现在，他死了。你告诉我，他为什么恨我？"

胖丫说："你杀了他儿子！"

## 十八

我不是从别人的死亡中理解死亡含义的。

那是几年前的一个夜晚，我远离妻子，独自躺在宾馆的席梦思上。月光穿过窗子照着墙壁。我睁眼看壁纸虚幻的花纹，突然想到了死，想到死前绝望的恐惧和死后永恒的寂寞，想这个世界将永远没有我，我永远不会有这个世界。我无论做什么和怎样做都逃脱不了死这个最后的归宿。此后这令人心灰意冷万事皆休的悲观情绪就影子一样跟随我一直到死。

我想，我不怕死。我怕我知道死。我最怕癌这种可以用现代化手段预测死期的病，它们的残酷不亚于一个专制国家判处无辜的人死刑。我恨那些 X 光、B 超之类的玩意儿。我为此甚至从不去医院。我想既然死无法避免，那就不如在不知不觉中死去。在这个前提下，我接受任何一种死法，在任何时候。

我第一次接触死人大约是十三岁。我的朋友和邻居——那时我的朋友几乎都是邻居——的父亲死了。我后来一听别人说"自杀的如果没死，那么他就不想死了"时，就反驳。我朋友的父亲就是两次自杀死的。时隔二十年了，彼情彼景历历在目，我记得每一个细节，如同记得我的新婚之夜。

我的朋友是独子。那时是很稀罕的。父亲极爱他，起名大狗，河北昌黎人。我们这里称闯关东过来的河北人为老坦儿。

他说话很有意思，比如把不知道说成知不道，做啥说成揍啥。我记事，他父亲就得了躺巴病，冬天一遇凉就咳个不停。常见他左手插进抿裆棉裤取暖，右袖筒褪出老长，蜷罩住鼻口，于风雪里走几步，挪开来喊一声"大——狗——"，然后罩上，再几步，重挪开，喊"吃——饭——喽——"。

若想把大狗气得蛤蟆似的跳，只需做出这个姿势就行。他家里极困难，靠政府每月每人七元钱补助过活。粮本上的细米白面有时甚至豆油，就都给了我家去领。

他第一次自杀是跳井。

也是冬天。我被人声惊醒，天刚刚亮。听奶奶说，老孙头跳井了。我爬起来，趴门缝悄悄看。大狗爸仰面躺着，额头搭一条毛巾，腾腾蒸发热气，牙巴骨敲出一串串的嗒嗒声。

他便再也下不了地，一天到晚坐在炕上，玩耍一柄笤帚疙瘩，偶尔还来个花样，苏秦背剑什么的。人们私下说，老孙头寻思死了家里能好些，可一醒来见妻小乱作一团，还是不死的好，就不想死了。

但他还是死了。一根鞋带，一头系住脖子，一头拴在窗钩，竟趴着吊死了。距他上次自杀整整一年。

我后来才知道，老孙头原是我家乡大名鼎鼎的人物，做过县政府的什么科长，参照对比，大约相当于现在的中干。那时候官少，便很是惹眼。他算盘打得精，会袖里吞金，两只空手一缩，任念多大的加法减法，只要别重复，音落数出，绝无一差二错，连后来普及了电子计算机的小日本都佩服他。一个日本珠算代表团来中国，几个老头领一帮孩子，红衣服的下摆印着一串串黑算盘珠，走了好几个省与中国比赛。据说团长叫什么"二"，特地找老孙头，说是他的老师，要登门拜访。省、市、县急忙查。可惜已是许多年以后的事了。

那一年平地三尺雪，街道便似一条条战壕交错纵横，给我们提供了理想的雪仗战场。县城已盖好火葬场，人们称之炼人炉，坐落于城郊的鹰窝山下，曙光路 123 号。只一辆驴车，由一跛子赶着，拉一口铁皮包的薄木棺材，像"酒干倘卖无"那样收敛死人。

天奇寒。我和大狗跟在车后小跑带颠。不知为什么大狗妈没去。

火葬场刚刚建立，提倡得不很大力，火葬的人也不多。不像现在，还要走后门或者相当级别等着开追悼会用的才能优先。到了，卸下来，装进炉内。炉工推上电闸，吹风机便嗡嗡转动，大块煤往炉里填。那架势极像我看过的一幅大炼钢铁的画。高耸入云的大烟囱便吐着黑烟，把死者送上天国。

那时候烧煤，温度不好掌握，火焰也难分布均匀，炼得质量不高，骨殖剩得多。大狗打开盒盖儿，先将小块一一摆好，最后剩了几根腿骨，怎么也装不下。大狗只好把腿骨担在门槛，准备踹折。一旁看着的工人忙阻拦，说："别，这是你爹呀！"

这就是满街呼喊大狗吃饭的老孙头吗？人死之后都要变成这副模样？我茫然望着那几根焦煳的骨头。

炉工说："我再去给你烧烧吧！"

我大了，才听说那时人们对炼人炉的质量问题比较理解，认为只能如此程度，一般都象征性拣些小的并不全收起来。

大狗捧着骨灰盒，迟迟不肯离去。我怅然若失。这实在是个令人难以接受的现实。大狗不认为捧在手里的是他父亲。他父亲留在那个熊熊燃烧的炉膛里了，留在这个围着高墙的小院里了。

我没因此把死和自己联系上。我觉得我不会死。

## 十九

夕阳翻滚于暮色中像一个没腌透的蛋黄。县城袅袅的炊烟聚成浓郁的雾霭，乌贼鱼一样淹没了自己。鹰窝山顶那棵古松死去多年，面目狰狞，不知疲倦地举着它举了一生的臂膀，迎接无望的复生希望。黑风筝在空中飘来荡去犹如一块破布乘风舞蹈。

她喃喃自语:"真美啊,美得荒凉,美得野性十足。"

我扭过头,她正痴迷西望,见我瞅她,说:"人说,站这儿能看见省城。"

我说:"看不见。"

她问:"你看过?"

我说:"看过。"

她说:"得天气好的时候。"

我说:"我天天看。"

她笑了。她说:"我会算卦。"

我说:"我信。"

她说:"给你算一个。"

我说:"我不信。"

她说:"给你看看手相。"

我说:"不用。"

她无可奈何。我看出这无可奈何是做给我看的。我懊悔拒绝她。

她说:"要不,你随便画个什么,我能分析出你的心理。"

我说:"画什么?"

她说:"你最喜欢的。"

我一下子想到黑风筝,就挑了块黑色条状矸石,在一平坦的白矸石上认真画起来。

她问:"这是什么?"

我为我必须解释我的作品是什么而感到惭愧。我的绘画技巧,我心里有数,小学时上这门课连三分都没得到过。我说:"鹰,一只鹰，一只苍鹰！"

她说："不，这不是鹰，也不是苍鹰。鹰哪有这样柔和的线条和丰满的体态。这是一只鸽子，一只忠实真诚的鸽子。一个不很漂亮但有魅力的姑娘。"

我不知道我想说什么。我知道我不想说什么。我必须说我不想说的。我说："该告诉我你姓什么，叫什么，到底是干什么的了。"

她问："为什么？"

我说："要分手了。"

她一笑，说："你真聪明。我给你唱支歌吧。"

她唱起来：


不要问我从哪里来，

我的故乡在远方。

为什么流浪，流浪远方，流浪……


"就是这样。"她说，"生活平淡无奇，太没意思了。我喜欢新鲜。"

我闻到一股死气。我看看山脚下，果然，那根大烟囱像资本家大亨嘴里的雪茄，吐出一缕缕的青烟，升腾变幻，奇丽莫测，胜过二八月日落后无际的彩云。我说："你看，那缕烟，像什么？"

她脱口而出："眼镜。"

我说："左边那团呢？"

她看看云，不吭声。

我说："像什么？"

她说："你知道我说像什么？"

我说："知道。"

她说："那还问什么？"

我说："你不怕死无葬身之地？"

她说："不怕。"

我说："你也怕这些流氓、地痞、亡命徒？"

她笑了。她从怀里抽出一柄匕首，乌深深的，刀锋一条线，亮锃锃的，十分锋利。她说："认识吗？一把伞刀，削铁如泥。"

我说："这对你更危险。管教进监号都不带枪。信不信，我一只手就能制服你，让你对此行悔恨终身。"

我伸手抓住她手腕。她没躲，歪过头："轻点儿，还想把人家手脖子扭肿啊？这刀，不是防你的。"

我说："你把我看得太好了，我是杀人犯。"

她说："我不明白你为什么总认为自己是杀人犯。"

我说："只有我知道我。"

她说："不。一个人能知道飞碟是西瓜土豆，不能知道自己是什么。哲学上……"

我说："你什么时候走？"

她说："这几天。"

我说："你现在就走。"

她想了想，说："也好，咱们一起走。"

我说："我和你，能走到一起吗？"

她说："我们一起下山。这儿山穷水尽了，况且还有拦路劫车盗煤案。你能保证他们不再干吗？"

我说："不能。所以我才派你当人质，我才自己找买主，我才自己去摘车。他们不知道这一切是谁干的。"

她说："胖丫知道。"

我说："他们不知道胖丫知道。"

她说："三秃子知道。"

我说："即使他们供出三秃子，三秃子供出胖丫，胖丫供出我，可胖丫供不出买主，没看见我摘车，没有证据，我不承认。"

她说："如果到了这一步，就不需要承认和证据了。"

我说："那我只有束手就擒，坦白交代出你这个同伙，争取宽大处理。"

她说："你不会。"

我说："不一定。"

她说："那我也束手就擒，咱们一块把牢底坐穿。"

我说："牢底是坐不穿的。你走吧。我不会等死。什么时候这山上混不饱肚子，我自然会下山了。"

她仰起脸去看灰蒙蒙的傍晚，说："我知道你恨我欺骗了你。"

我说："扯淡。我哪有什么恨不恨的，我只不过感谢你救了我的命。"

她说："扯淡！我倒是想救你，可是你不让我救。"

我说："不用那么完全彻底。那天晚上一声喊，够我活一辈子了。若不，那缕青烟也许就是我了。"

她瞅瞅我，问："喊什么？"

我说："教授砸我那天。"

她说："教授？砸你？我不知道，真的，一点儿也不知道。"

她没说谎。我想：不是她，那么一定是胖丫了。那天晚上车棚里的一声叫，是教授惩罚她的不忠。我还以为他们寻欢作乐到了风口浪头呢。第一判断的错误使我一错再错，又葬送了我一次，无可挽回。我自作多情了。

她说："把教授那个本子给我吧。"

我给她。

她说："其实我知道这里记了什么。胖丫告诉我的。她说，他有几次和她发生关系后，就往那本上写，还给胖丫看过。"

我说："他给你看过？"

她说："没有。也许和你一样，早看出我的身份了，他甚至没和我说过话。这个人的心理是变态的。我想研究研究。"她翻翻本，又合上，说，"没事，我看过几本《性知识手册》什么的，抵抗力强着呢。"

我用鞋底蹭那个我认为是鹰，她认为是鸽子的图案。蹭不去。我把它抠出来，顺山坡一推。它越来越快地滚下去，接着像袋鼠高高蹦起，在一块巨石上摔得粉碎。

我们俩盯着那石头。我心踏实了。

她说："你给我写信。"

我说："行。"

她说："你撒谎，你连我的名字和地址都不知道。"

我说："对。"

她说："我叫……"

我说："别，还是不知道好，没准哪天我倒霉，供出你来。"

她说："我给你写。地址？"

我说："曙光街 123 号。"

她问："写你能收到？"

我说："能。"

她站起来，抖了抖头发，把"再见"说得信心百倍。

我望着她的背影。她一弹一弹迈着步子，渐渐矮下去。一股熟悉的莫名的快感按住我，温柔地抚摸我每一寸皮肤，渗进我的毛孔。我站在喷着冷水的淋浴头下，充满摆脱重负的舒适。我想起秋天，想起校园，想起为我隐身的丁香树。我吹起口哨，轻轻地，为我自己。

她站住了，回身向上爬几步，蹬上一块石头双手罩成喇叭。

我也站起来。

她喊："哎——，寻——找——你——的——鸽——子——"

# 记住这辉煌的时刻

一

他稳稳地站在桥头，目光漠然，望着极远处的天际。夕阳胡乱涂了几笔晚霞，五颜六色地和他对视。

西安桥。桥下流的是四条永恒的钢轨，亮锃锃淌出几千几万里。京哈线，几分钟便有一列车忙忙碌碌地驶过，或南下，或北上。桥西，新开辟的住宅区，有十几万人。无论坐车、骑车、步行，每天往返一次，这儿是必经之路。来去匆匆的车流人流到这儿，好比黄河进入峡谷，立刻涌动起来。所以，西安桥又是河。这河，年年都吞掉十几条人命。

电车隆隆驶来，发出公鹅般哦哦昂昂的叫声，蹒跚着爬，上桥。自行车淌成一条黑河。接班车一只咬住一只的屁股，不给任何企图穿越的人以可乘之机。

突然，落下一道拦河闸，水流停住了，打了个漩，便极安静地等待着。

他站到了桥中间。天空褪去了橘红,冷凝成灰色,似一道幕,衬出他的剪影:头呈长方形,棱角分明,很大,也很重。眉骨凸起,压得双眼微微眯着。一条高鼻梁,很直,脸便轮廓清晰。肩宽而厚,稍向上耸。支持这身躯的,是四条腿:两只木拐斜出去,那两条父母给予的腿则可怜地屈提着,脚尖勉强点地。

"你他妈在那儿发什么呆?"一辆超豪华"皇冠"钻车缝挤上来,车窗里伸出一颗头。

他嘴角抽动一下,似乎是笑。两道重重的,不甚整齐的眉毛,只右眉跟着挑了挑,样子很怪。目光依旧冷冷。左颧骨上,一块铜钱大的疤渐渐亮起来。

那颗头缩头缩回"皇冠"。

一队小学生过横路,一个牵着一个后襟,极认真地连成一串。两个年轻姑娘前前后后地跑,像领雏的母鸡振动翅膀一样挥着胳膊。

自行车队静静地看,性急的小伙子屁股没离车座,一条腿点着地。

那疤渐渐淡了。

孩子们过完了,停在人行道上,右手齐齐地举过头顶,喊:"谢——谢——叔——叔——"

他看也不看,两臂一用力,双拐便将身体送向前,悬起的腿刚一沾地,拐再支出去……这样三次,他站到人行道上了。

冬天,没有黄昏,日一落,就黑了。橘红的路灯和幽绿的路标交叉着亮起来。路旁有树,也有阴影。他便在树间和阴影里走,大步撑,不回头,一会儿就不见了。

"哎，师傅，借光喽！车没闸，兜没钱，撞坏了医院都去不起……"

"烤得香，烤地瓜，又甜又面黄沙瓤咧……"

桥下兀地腾起一团黑烟，一列车穿桥南下，长久的轰隆声吞没了一切声响……

二

"你干啥笑我？"

"我没笑……"

"你笑了！"

"我笑了，可没笑你。"

"你笑我！"

"我没笑你，真的。"

"胡扯！"

她哭了。

人们围过来看。

她是个姑娘，而且是个很不错的姑娘。肤色很白，眉毛很细，眼睛亮晶晶。睫毛湿了，一缕一缕地挂着泪，可怜巴巴地说："我没笑你，真的，我怎么能笑你呢？"

他知道自己冤了人家。他希望有人为她打抱不平，他希望能从人们的眼中发现不满、发现憎恨。然而没有。人们围着，只希冀更激烈些。

风卷起几片枯叶，一块废纸，在人群里钻来钻去。

他有些冷，抽抽鼻子，撑起拐直直地朝人群走。人们呼地闪开道。

向左拐。左拐撑住，作为支点，左拐伸向前方，绷紧肩、背、臂的肌肉，转体，突然，一股无形力量使他停住了。他非常想回头看看。虽然不愿意，但是控制不住自己。

没什么，一切正常。人们已经失望地散去，连议论的兴致都没有，像刚刚看完一部乏味的电影。她依然坐着，脚前放着那只筐。筐里是鸡蛋，红皮的，个儿大，很新鲜，蒙着层淡淡的白霜。偶尔，有人停下问问价。

他转回身，准备远远撑出一步，将这个倒霉的上午和令人厌恶的市场抛到脑后永远忘记。倏地，好像有人猛推了一把，他骤然失去平衡，险些跌倒。

她怎么坐得有点儿怪？

她为什么始终不站起来。

"我没笑你，真的，我怎么能笑你呢？"

他浑身一颤，用最快的速度撑过去。

姑娘慌了，眼神惊惧得像一头小鹿，伸出双手，护着筐里的蛋。这手可真大，张开来，几乎盖满了。

他看见了一双拐，就在她的身后。他闭上眼睛，想逃走。可是腿不动，却看见自己恶狠狠地咆哮着的样子。真丑！

他睁开眼，俯身，想笑一笑，致歉，马上又忍住了。不能笑。他决定和她说几句话，用他的男中音，当年得过全市中学生歌咏比赛银奖的男中音。然而他心里没有底，不知道自己现在还会不会和颜悦色地说话。

## 三

家里来了很多人。凭直觉，他知道和自己有关。退出去已经来不及了，他不抬头，想直接回小屋。人多他不能很快走路，拐总磕碰人的腿、脚。

妈妈叫住他。

"兵兵，这是团市委的领导，这是电视台的领导，来看你的。"

说话的张姨他认识，街道办事处一个老太婆，慈祥得让人受不了。见了面，眼睛立刻湿乎乎的，所以，每次看见她，他都转身就走。团市委来的是个年轻姑娘，举止端庄，着装大方，像个中学生，真是前途无量。电视台来的人三十左右的年纪，披肩发，描眉，涂口红，一顶领导新潮流的贝雷帽随随便便地压在头上，很漂亮，很潇洒。最引人注目的是那只不离手的小皮包，一本三十二开书那么大，紫红色。她声明自己不是领导，是导演，男子汉般地和他握握手，紧紧地，满把攥。

他还是想走。虽然人们是来找他。走不了，可他还是想。像逃离一场灾难那样一走了之！他对自己说。

人不能想怎样就怎样。那年填志愿，他想报北大，老师不同意，就是这么对他说的。

"洪小兵同志，我是代表全市的团员和青年来的。你那不图名不图利的品德是高尚的，实在令人感动。但是五讲四美三热爱活动是党中央号召的，你应该为之出力，共青团员嘛。可不能像前几次……"

他将小手指伸进鼻孔，努力地抠出一块鼻涕嘎巴，捻成团，一弹，那团便飞没了，然后再抠，很专心。

"那个孩子呢，几岁了？"

迂回包抄，放长线钓大鱼。还是导演高明，他想。

"十一了，常来呢。"张姨代他答。

"那是台什么车？"

那皮包是鳄鱼皮的，还是仿生皮革的？导演的，可能是真货。

"作孽呀，拉着楼板的大件车呢，从西安桥下来，还飞快。孩子在人行道上玩儿，球滚出去了，就追。要不着兵兵啊，那孩子早……"

还可能撞不上呢。他想。

"哦……真够吓人的，那么大车。"导演闭上眼睛，表情做得恰到好处，"想一想我都害怕。"

不，不害怕。若是害怕就好了，就不去了。这一切也都不存在了，多好。一下子冲上去，想都没想，没来得及。车过去后，头脑十分清楚，躺在马路上，天极蓝。他好几年没这样看天了，恍惚躺到学校的操场上。欠起身看看，两条腿奇怪地变得极宽、极短，热乎乎的。为了试试压坏没有，他甚至抬了抬腿。能动，千真万确，活动自如。

"是条男子汉！"导演不伦不类地赞叹一句，又没头没脑地问，"你没想过死吗？你会被压死，或者，过后自己……"

那双手可真细、真白、真长，像……实在想不起像什么，就像假象骨真塑料的筷子吧！小皮包里装着什么，口红、梳子、小圆镜、描眉笔、变色唇膏、抗皱美容霜……化妆品里还有什么？对了，香水，将来一定买一个，不管多少钱。

"兵兵，你倒是说话呀！各位领导都很忙，办事处我也还有事。"

他想象着一只大手抓着这个小皮包，几乎全攥在手心的样子，想笑。一想到自己笑的模样，他更想笑，想使劲儿笑。于是他又想象众人看到他笑的情景，团市委、电视台、办事处……妈妈。想到妈妈，他不想笑了。妈妈正用极度疼爱的眼睛望着自己，也是一句话没说。妈妈知道儿子的痛苦，妈妈不去碰儿子那永不愈合的伤口。

导演右手一举，"啪"地捏了个响，很神气。

眼前闪出一道光，极亮，晃得他睁不开眼，而且烤。他脱口而出："真他妈烦人，关上，我受不了！"

导演松了口气，说："屋里暗，自然光不够。兵兵，克服一会儿。"那语声就像从小在一起长大的朋友，随便，又甜。

"一会儿我也受不了！"他低低地说，牙根用着劲，像平常那样。

"很快。不然，用一个灯。可效果……去他妈的效果吧。"她粗鲁地骂了一句，"兵兵，这事我完全理解，太遭罪。不过，早晚躲不……快点儿，都瞅我干什么！"

于是一只奇形怪状的匣子扛上了一个年轻人的肩。一只圆圆的、凸起的独眼闪着幽蓝的光。

镜头，摄像机，电视，也许会播。也许她会看见呢！说："你看，他，我认识。"

"兵兵，注意，就不同期录音了，别看镜头，准备——开始！"

那只独眼盯住了他，又亮出一个小红点。他一时不知该怎样。

他想用笑的后果来决定自己怎样做，便笑起来。

屋里突然注入了高速凝固剂：导演目瞪口呆，手举着放不下来；团市委张着嘴，像去动物园玩儿却误入了老虎笼子，张姨……只有妈妈捂住了眼睛。

他操起拐，两下撑进自己的小屋，倚住了门。他清楚地感觉到拐杵着了一个软软的东西，而且很重，但没有人叫。

外屋极静。窗外传来轮胎摩擦沥青马路的尖叫。有人在轻轻抽泣。

妈妈！

四

小儿麻痹症（编者注：脊髓灰质炎），急性传染病，由病毒侵入脊髓引起，患者多为一岁至六岁的儿童，主要症状……严重时发生瘫痪。此病现在可以预防，但一旦发展至瘫痪，则无法治愈……

一九八四年出版，还"无法治愈"！这么多年你们干了些什么？白痴，废物！

一摞岌岌可危的精装书从床头滚下去，砖头一样在地板上翻跟头。

妈妈开门进来，看看他，默默地蹲下身，收拾散在地上的书。

"妈妈，我来。"他不会蹲，便像往常那样，顺床腿儿坐在地上。地和床一样干净，每天，妈妈都擦好几遍。

妈妈将一封信递给他，眼巴巴地瞅着。

他本来早想好了，管他谁写的，管他说的什么，一定要读读这封信，让妈妈有个希望。可是，他还是几下撕碎了。

妈妈怯怯地说："兵兵，就看看吧，兴许有个合适的呢。"

"不会的，连面都没见的人，就来信，能是真心吗？"

妈妈有些犹豫："听人家说，也有就这么成了的呢。"

"成了也是受罪的事儿。早一天晚一天，长不了。不如一个人。"

"你都二十七了……"

"妈妈！"

妈妈转回身。

"我要结婚了！"

"结婚？"

"对！"他笑了。他只能对妈妈笑。那块该死的疤使整个左颊肌肉僵死了，笑起来只右半个脸动：嘴角往右扯，右眼变得细长，左颊却阴沉沉地一动不动，模样丑陋得像加西莫多。只有妈妈才知道这是灾。

妈妈慌忙过来，看着突然高兴起来的儿子，不知如何是好。她挓挲着手，想摸摸他的额头，又不敢。

"真的，妈妈。一个专业户呢，自己养了一百只鸡！"

妈妈惊奇了。儿子的声音变得浑厚、温柔了，既熟悉，又陌生。

"她和我一样，也是靠它走路。"他拍拍斜在床头的拐。

妈妈的眼睛顿时暗淡无光，充满了忧虑。

"放心，妈妈。她一岁时得的病，从小锻炼，比我强多了，什么都能干，做饭、洗衣……见了面你就会喜欢她。她小时候，用手爬，那双大手，可真有劲儿，扳腕子，我扳不过她。"儿子伸出宽厚的手。

# 五

星期天，上午九点钟。马路很清闲，行人和车都不多。他和她并排走，默默地。偶尔，有人停下脚步，注视着。

"瘸子瘸，拐子拐，荞面饺子吃二百，西葫芦汤，喝两缸……"

顽皮的童音从小巷传出来，钻进耳里。他觉得有一个东西从心底忽地升到喉咙。他抬高舌根，强忍着，瞅瞅她。

她回过头，笑了。朝霞给她涂了层淡淡的妆，粉红色。

那哽在喉头的东西像团雪，化了。

朋友们要来陪伴，他的，还有她的。他们拒绝了。他早就没有肢体健全的朋友了。原来的朋友处处让着他，说话顺着他。这其实是一种令人难以忍受的居高临下，极不平等的。他不怕歧视，不怕别人瞧不起。一个人活在世上，被人瞧不起和瞧不起别人，是正常的，而他却连这点儿权利也丧失了。他便交了许多残疾的朋友，这样平等，心灵上的平等。

倘若，他和她走在中间，一群拄着拐的朋友身前身后地围着，怕连交通都堵塞了。

街道办事处的大门敞开着，院子里静悄悄的。糖槭树脱尽了叶子，几只黑色的麻雀在光秃秃的枝上蹦来蹦去。

踏上台阶，他闭了一下眼睛，屏息呼吸，伸出手去拉门。

"兵兵！"

她在呼唤，声音低而急促。他回过头。她脸色苍白，眼睛大大的，胸脯一起一伏。他握住她的手，说："别怕。"

"不怕。"

她信赖地望着他，捏得他的手酸唧唧的。他也用力，通过她的手，把力量传给她。他感到她的心律渐渐平稳了。一种从未有过的责任感充满了全身，因为一个人把生命的全部交给了他。

走廊里空无一人，黑乎乎的。拐拄在地板上，发着咚咚的声音。

"别怕。"

"不怕。"

"嗯，挺好，没有人。"

"真挺好，一个人也没有。"

渐渐地，眼睛适应了光线。一扇对开的门横在走廊尽头。

"就这儿。张姨说，在这屋等咱们。"他安慰说，"不会有别人的。"

朋友给他新做的西服，腋下被拐拄出了褶子。他抻抻下襟。

"来。"她掏出一条领带，大红的。

他顺从地弯下腰，让她给自己系上。他也掏出一个小盒，从中拿出一朵花，给她插在鬓边。他想笑，下意识地又忍住了。想了想，才笑出来，他很高兴，终于又有一个可以对着笑的人了。

"挺好的，真的。"她眼睛亮晶晶的，认真地说。

"嗯，挺好。"

他突然感到有些酸，喉咙发紧。这是个令人难忘的时刻，然而这时刻却如此冷清。他使劲儿咳一下,敲敲门,竟没有回声。心沉重起来,他慢慢推开门。眼前立时灯火齐明。小礼堂拉着五彩缤纷的花环,红红绿绿的小灯泡兴高采烈地眨着眼,两个一人多高的红"喜"字赫然贴在正中。

"小兵叔叔!"

一个男孩儿抱着一大簇鲜花跑上来。花儿遮着孩子的脸。他一下就听出了是谁。

孩子们围上来,叔叔叔叔地叫。乐队奏起了欢快的《婚礼进行曲》。

这突如其来的场面使他眼睛模糊了。可他还是看见了那两个年轻的教师、团市委、女导演和她手里的小皮包、张姨,还有那些手抹着眼睛,嘴却咧得毫无顾忌的朋友们……

他觉得眼前一片辉煌!

# 走出雪原

一

他慢慢地举起枪。

他想起在学校军训时，那个比他小好几岁的兵踹了他一脚，操着四川话呵斥他："三点成一线！格老子的，好好瞄。"

他想揍他，又宽容地笑笑。你还小，不懂事。

实弹射击。小兵先打了五枪，三十八环，然后满意地宣布：五枪三十环以上者，可再打五发。

"要还是三十环以上呢？"他问。

"那就再加。"小兵颇有些轻蔑。

于是他毫不在意地端起枪，瞄也不瞄就击发。人们吓了一跳，以为他走火了。那支八成新的半自动步枪在他手里砰砰连响了几十次。当看到再打下去有的同学将打不着，看到小兵的脸变成了一只熟透了的茄子，他心软了，唰地把枪扔了过去。

假如小兵早从娘肚子钻出几年，再假如那小兵早几年穿上这身军装，他就会在一本全国性的民兵杂志的封面上，看见一个魁梧的小伙子，手里端着一支崭新的半自动步枪，唇边毛茸茸的，嘴角挂着一丝笑……

他将枪端平。一支崭新的半自动。三点成一线:缺口、准星、目标。

目标是一张黧黑的脸膛，两只被山风吹得尽是皱纹的小眼睛。

"你要干什么? 你疯了! "

对，让子弹从两眼之间穿过。这是人道主义的做法。

"你这样不是毁了一个局长，是毁了一个前途无量的林学家! "目标惊愕地把眼角处的皱纹舒展开。去你妈的，这种松树上结西红柿的鬼话我听得够多了。好、贴腮、屏息，要干净、利落地一枪结束。食指扣住扳机,均匀加力。他嘴角露出一丝笑。啪，撞针准确地打在引火帽上，发出一声很轻的脆响。

目标颓然倒下，消失了。

没有震耳的枪声,也没有火药味儿。子弹安静地躺在弹仓里。枪膛是空的，目标是虚幻的。那个人说不定正皱着眉头、绞尽脑汁打报告呢，向林业部等要钱、要人、要设备……

他长长出一口气，紧张和烦躁刹那间消失了，心里敞亮，浑身轻松。

雪停了。太阳讨好地钻出来,透过林子的稀疏处，落在雪上，立刻又熠熠地反射回来，逼得他眯上眼睛。

他把枪重新挂到脖子上，看看天。他断定一会儿还要下。长白山只有两个季节，冬、夏。秋春极短，三阵风两场雨，树叶就黄了、红了，枯了、落了。然后就下雪，就大雪封山，就冷得缓不过来。

他颠了颠背囊，轻飘飘的。不过不必担心，虽然落了雪，冷了，但一百五十公里，走不上一个星期。压缩饼干、巧克力就足够了，何况还有满满一壶白干，两盒午餐肉罐头。

"还是晚了点儿，应该三天前动身，离开七号站。这场雪。"他对自己说。

他辨别一下方向，准备抓紧时间，再走十公里。突然后背有些发凉，颈上的头发唰地竖起来。他敏锐地摘下枪，转身的同时，枪栓跳了一下，一颗子弹钻进枪膛。

背后是静静的密林。太阳还在头顶，雪却又簌簌地落下来。

他坚信自己潜意识的准确性，四下里细细察看。果然在一丛稠李子后面发现一行痕迹，极杂乱，且不规则，好像是两只野兽撕打着或者是一只受伤的野兽刚从这里过去。老虎和黑瞎子？他想起那个古老的，关于熊和虎搏斗的传说，笑了。不会，长白山的东北虎已经绝种，还有多少多少只是一种猜测。偌大的山林，给虎们的爱情带来极大的不幸。寥寥几只，雄的遇不上雌的，那种崇高的活动无法进行。这结论是他钻了三年的老林子得出的。整整三年，别说老虎，连虎踪、虎粪都没碰上。

不是虎，不是熊，也不是野猪、狍子、鹿，他断定这踪迹什么也不是。

不去管它，既然什么也不是。

走出几步，他站住了。"什么也不是！"那就是人。他立刻激动起来：一个偷猎人！他已经猎到了大家伙，正奋力拖向自己的窝棚。长白山自然保护区是绝对保护区域，连一株草也不许动，你居然明火执仗进来打猎，又偏偏碰上了我，真是冤家路窄。

他振作起来。人，可不是黑瞎子、野猪，尤其是偷猎人。前年有个森警，抓了两个偷猎人，不小心让猎人给捆在树上，活活冻死了，第二年春天才发现。案子至今未破。

我可不愿当那个倒霉蛋！要是咱们俩之间有一个人得死，那就是你！他端着枪，急速地寻踪而去。

雪在空中大片大片地飘落下来。

## 二

他终于回到七号站。汗水在脸上变成了冰。

七号站，全称是长白山自然保护区第七号观察监测站，是季节性站。春夏秋，有人临时住住，入冬便封闭了。它只是个饺子。一块巨石斜搭在另一块巨石上，形成一个不大的洞。用圆木把洞口封上，再涂上和巨石相同的颜色。按顺序排列，十三个观测站，它第七，深入长白山腹地，接近苔藓地带，离基地最远。

洞前是一片白桦，像一群洁白如玉的少女立着。野兽绝不会到这里，因为无法隐蔽。猎人也不会来，因为没有野兽，因为容易被野兽发现。

白桦林也保护了七号站。偷猎人发现这类站，不砸得稀烂，再放上一把火，使它变成灰烬是不会罢手的。

他猫下腰，腾出双手，费了好大劲儿才把门开开。屋内漆黑，他将背上的东西放到原木搭的、铺着松枝和软软的乌拉草的床上。掏出火柴擦着，石壁凹处的一支蜡烛便放出黄黄的光。他用最快的速度把几块木柴塞进半个油桶扣成的大炉子，拽出角落里的煤油桶，毫不吝惜地泼上两股，炉子里立刻呼呼地响起来。

床上躺着一个人，一个年轻的女人。他扶起她的头，摸出酒壶，给她灌了几口，几乎全顺嘴角淌出来。她没反应，看不出是否还呼吸。

"没别的办法，只要我想救你。"他嘟囔了几句，站起身，做了舒展运动，好像一个跳水队员站在十米跳台上。然后他迅速地拉开那人的羽绒服拉链，脱下一只袖，侧翻过来，再脱另一只；接着是毛衣、衬衣，解开腰带，拉下套牛仔裤的羽绒裤。他犹豫了一下，屏住一口气，接二连三地从她身上拉下好几件花花绿绿的小东西。

一个苗条、苍白的女人摊手摊脚地躺在那儿，害羞似的闭着眼睛。他借着烛光，紧紧盯着她耸着两只结实的乳房的胸膛。半天，那乳房微微颤动了一下。他才将那口气吐出来，到外面接回一堆雪，飞快地摩挲着她前胸、后背、平滑的腹和隆起的臀。开始，他竭力控制着，不去看她最隐秘的部位。可眼睛不听话，自己往那儿溜。他甚至几次回头，看背后有没有人。然而慌乱很快就消失了，当搓到她的小腿时，他怔了，那纤巧的指头变成了黑色。再看手指，也一样。他不敢耽搁，使劲儿地搓揉，直累得他瘫软在地上。黑色依然如故。他只好放弃努力，开始咒骂那薄而软的仿鹿皮手套、红色高跟牛皮靴，还有它们的主人。

屋里的温度升上来了。他贴在她左胸听了听，心跳有力，她马上要醒了。他手忙脚乱地把衬衣裤什么的给她盖好，往炉上扔了几块大柴，闪身出了饻子。

雪又停了。黄昏降临。他急匆匆地走了，怕天黑下来。到了，就是这一带。他突然浑身一颤，头发竖起来，想也没想就趴在雪地上，慢慢爬到一棵红松后面。

前面，一个黑瞎子像一条汉子坐在倒木上，捧着他的背包，笨拙地把爪子探进去，抓出一把东西塞进嘴里，津津有味地品尝着。

枪！他本能地向背后摸去。

崭新的半自动挂在树枝上。树下靠着的那个黑瞎子吃到痛快处，它还得意地扭扭肥妇一样的屁股。那枪便悠然抖动几下，枪托戏弄地碰碰它的头。

黑瞎子把背包倒过来，抖了抖，拍几下，确信里面什么也没有了，才一下子扔出老远，心满意足地扭搭着，消失在夜色朦胧的林子里。

他几步冲上去，先摘下抢，再回头看，一股寒气从脚底漫上来。

三

"谁?"

他推开那扇吱吱呀呀的门，热气带着一声微弱、恐惧的询问扑出来。他看看蜷缩在床角的她，没回答。食品的损失使他恨透了她。他坐在炉旁，从背包里掏出两个瘪了的午餐肉罐头，颠了颠，又拽出一个被熊爪撕破了的鸭绒腰袋，还有一个可以当锅用的猪腰形饭盒。

"钻进去睡吧！"他把睡袋甩过去。羽毛乘机从破洞钻出来，得意扬扬地飞，偶然落到烧红的炉子上就发出焦煳的臭味儿。

"你是猎人？"

"就算是吧。"他累极了，实在不想回答这犹犹豫豫的问话。

"你呢，画家？"

"就算是吧。"

那声音在模仿他。听得出那轻松是硬做出来的。他决定让她放心，打起精神说："深山老林来干啥？"

"写生。"

写生？还是写死吧。没看见你那惨样，蜷着身子，满头满脸的雪，像一条冻僵的狗。一只手向前伸着……他想起了什么，又往炉里填了几块木柴，使火旺起来，然后擎着那蜡烛走过去。

她惊慌地望着他，眼睛里闪着亮亮的烛光，向墙角缩去。

他勉强笑笑，想缓和一下空气。他又很快收起笑容，因为"笑得不雅，残忍的笑，猛兽扑食前的表情"。

"伸出手来。"

"你……干什么？"她把手藏到身后，抖抖的。

"伸出手来！"一股莫名的烦躁充斥了全身，他吼叫了起来。

她伸出手。指尖发黑。

"疼吗？"

她啊地叫了一声，像摸到了一块烧红的铁，抽回手去，眼泪流了出来，颤声说："疼，像扎进了一百根针。"

他舒口气，说："脚。"

她顺从地把腿从睡袋里伸出来。

还是黑色。十个脚趾，无一例外。他轻轻捏一下，望望她。她摇头。

"好了。"他把两只脚送回睡袋，心里却说：完了，起码是十个指头。

他坐在炉旁的一个木墩上，仔细地想着明天和以后的事。

"能给我一支烟吗？"

"只有旱烟。"

她点点头。他就把卷好的那支递过去。她却不知所措。他又卷好一支："喏，这样。"先往纸角沾点儿唾沫，就势一拧，叼在嘴角，凑近烛火。

她学不上，手不听使唤。他把点燃的这支给她。她急急地吸了一口，立刻呛了。一连串的咳嗽使她像发怒的猫那样隆起背。

"你哪儿睡？"她抬起头，顺手把烟扔掉了。

他跳过去捡起来，弄灭，小心地抖开，将烟末送回烟荷包。纸没法用了，只剩下一个不规则的斜面。他心疼得直瞅。这里每一样东西都是必需的，都是精密计算过的，一点儿多余的也没有。今天那场洗劫已经使他窝火。他真想臭骂她一通。他看见那因咳嗽而浮上红晕的面孔，竟是那么年轻，至多二十岁，火气渐渐消了。

"你在睡袋睡吧。不然，我也睡不好。"

"那你呢？"

"我也在。"

"你，和我，在一个睡袋里？"

"怕什么，你都可以当我的父亲了。"

"可我不是你父亲。我是个男人，山里人，不像你想的那么古朴、纯洁。"

"你不是猎人，也不是山里人，他们是不这么说话的。"

"不是就不是吧。"

"你不睡，我也不睡。"

"好啦，睡吧！"他终于不耐烦了。

"您是北京人？"他无意中露出的乡音使她惊喜地坐起来。

"曾经是。"

"曾经？那……"

"睡吧，睡吧。"

他把蜡烛在石壁上戳灭，这样就没有那股讨厌的蜡油味儿。

屋里黑了。炉子炫耀般愈发红起来，清冷的石壁上衬出一个头伏着膝盖的巨大又虚幻的形象。

"睡了吗？"她怯怯地问。

没回答。

是突出重围，还是固守待援？一百五十公里，拖着一个人，快也得七天。全部食品只是两个罐头和一壶酒，这茫茫林海饿着肚子是走不出去的。待援的把握要大些，可以找到些松子、蘑菇、核桃什么的。十天以后，局里会估计到我出事。立即出发，最快速度是四天。十四天，这点儿东西，两个人，够吗？

还有十个发黑的脚趾头。

## 四

他整整忙活了一天，做了一个爬犁。他把最后一个榫砸死，前后端详了一阵，还算满意。一进屋，他嗅到一股很浓的香气，有些像胭脂。

她钻在睡袋里，半依着，将一张画从画夹上拿下来。

"什么？"

"速写。"

画面上是一个男人的侧影，高举一柄开山斧。斧把很粗糙，且不直，斧刃被夸张地涂得很宽。那男人背有些驼，隆着腰，因而显得特魁伟。大腿画出一只，旁边是一个初具规模的爬犁。

她一定画过男人的裸体，他想。

"画的谁？"

"你。"

他淡淡一笑："一只大猩猩。这辈子甭想说媳妇了。"

"媳妇？"她有点儿吃惊。

"还有别的吗？"他岔开话题。

"没。"

"一天，就画了这几条线？"

"一天，你也只做了这么个玩意儿！"

"玩意儿？这是爬犁。连爬犁都不懂，还敢在这季节进山？"

"爬犁是干什么的？"

"你坐在上面，我拉着你走。"

"走？"

"对。明天，天亮就走。"

"上哪儿？"

"下山。"

"可我要上长白山。"

"这就是长白山。"

"我要上天池！"

"不去。大雪封山，谁也上不去。"

"可我要去。"

"送死？"

"对！"

"还不如死在这儿，你省事儿，我也省事儿。"

"我没要你救我！"

"可我要救你。救人一命，胜造七级浮屠。"

"虚伪！你只是为了你的良心，而不是为我。"

"完全正确。假如当初你已经死了，我现在大概走出八十公里了，后天就可以到家，喝四两，睡一觉。假如你现在就死了，我会如释重负！"

"我不想死在这儿。"

"人，不能想死哪儿就死哪儿。如同不能想生哪儿就生哪儿一样。"

"我有权利……"

"你没有，谁也没有。"

他喝断她的话。他烦透了，强忍着说了这么多话，这么多废话。他不具备哄孩子的素质和实践经验。他卷一支烟，从炉子拿出一块火炭。

"给。"

一支带嘴的香烟打在他胸前。凤凰。他皱皱眉，娘们儿烟，香料味儿浓，刚才闻到的是它，他想扔回去，又一想，夹在耳边。

"还好，烟没丢。"

他这才发现满地都是黄色的烟屁股，每支都燃到了滤嘴处。

"一画画，我就得抽烟。可惜了那个打火机，真正的艺术品。"

他一怔，看见她嘴角叼着一支烟，拿着根火柴正要擦，忙蹿上去，夺下火柴盒。晃了晃，很零乱，很响，推开一看，斜斜歪歪地躺着几根。

"你！"他想一个耳光搂过去，看见那双眼睛像受惊的小鹿，只好狠狠地跺跺脚，掳过她捏在手里的那根火柴。"唉，她知道个屁！一个养尊处优的阔小姐，或者失恋了，或者被玩弄后遭抛弃了，或者只是跟爹妈赌气，跑到这儿来。你这天字号的大混蛋，怎么把命根子交到她手里！"他在心里骂了一遍，数数剩下的火柴，七根。再数一遍，没错。

如果明天启程，那么路上每天只能用一根火柴。

只要一颗"臭子"，或者没走完预先算计好的路，就可能永远留在这原始森林里了。零下四十摄氏度的夜晚，没有火……通红的炉火里伸出一只黑脚，一忽儿又变幻成两具僵尸。他不愿再往下想。

看来，那爬犁是用不上了。守着火，能熬上半个月。至于那双发黑的脚，就让它发黑去吧。坏疽、腐烂，顶多截肢，总比死了强。他不准备为一个疯疯癫癫的女人冒险。她想死，他可不想死。不论死在哪儿。

"你还想让睡袋闲着？"她一拐一拽地挪到他身旁。

他不吭声。

"你看，我的手，全好了。"她把手伸到他面前。

"我知道。"

"可还有点儿疼。"她固执地把手伸向他。

他接过她的手。

"别生气，我刚才说的是气话。"

她的手很软、很热。

## 五

"在我之前，你接触过女人吗？"

"嗯……"

"她是谁？"

"一个同学。为了她，我揍了辅导员。我为这件事落到这儿，她投入辅导员的怀抱，留在北京。"

"好，把一只破罐子扔给那个乌龟。"她快活地说，"来，抱紧我。手放到这儿。需要一张宽厚的手掌。"

他的掌下是她结实而富有弹性的乳房。她的手抚摸着他，汗水使他的肌肤光滑了。

"要是夏天，我一定要你给我当模特。学院里那些模特太乏味。若不看他的生殖器，就无法辨别他们是男是女。"

他很疲乏，不愿听她说那些过于赤裸的话。

"假如我是个山里的猎人呢？"

"你不是。"

"假如是。"

"或许，也这样。"

"为什么？"

"我需要一个男人，真正的男人。因为我是个女人。别动。"她按住他想抽回去的手，"你放心，我不是个荡妇，你也别害怕得到一个没有脚的妻子。"

他心里一动。她知道了，她明白她的脚……可她竟能那么平静。

"我会死的。我不想白白地死去，我要作为一个人，一个真正的女人去死。就这样。不要为此而受什么良心的谴责。昨天，你救了我，今天你又救了我。"她眼睛闪着两炉火，紧紧地搂住他，使两个身体贴在一起。

"不。"他说，他抚着她僵硬的身体，"休息。为了你和你的脚。"

"我不存在了，脚有什么用？"

"即使脚没了，你也还是你。画家不用脚作画。"

"好吧。"她叹一口气，让步了，"我们搂着睡吧。"

他睡不着。一个柔软的肉体热烘烘地依偎着他。他不是第一次做这种事，却第一次和女人睡觉。他想起她。也许，她也正在一个男人的怀抱里吧？他和她越过那条看不见的堑沟，是在分手之后。

她拿着那张红纸，说："你看，我在一瞬间成为他的合法妻子了。他有权在任何时候要求我履行妻子的义务。也许，一会儿。他熬得眼睛都红了，我奇怪他为什么没马上扑过来。"

他没听她说，只想着一件事，把那只细长的脖颈拧个劲儿，像前些年偷老乡的鸭子、鹅那样。

"同时，"她又拿出一张纸条，"我成了北京市的正式居民。"她赞叹道："真聪明，算计得丝丝入扣，想骗他是不可能的。"

他的口袋里也有一张纸，同样大，内容不同。

"给你吧，我最宝贵的。虽然和你不能结婚。"

不，一个女人最宝贵的不是那层膜。

她脱光了衣服。北京的一月。同学们都走了，寝室里只有十五度。

她真美。他只想狠狠打她一顿。可他还是照她说的做了，带着无法实现的报复。他知道，那个靠科尔沁草原上的羊肉留校的家伙，是头号的醋罐子。

第二天，她又来了，依然一脸得意，打开一张纸摊在他面前。

"瞧，闪电式的。结婚和离婚的世界之最！"

他看着她，像看一只从狼窝里大摇大摆走出来的羊羔。

"我把昨天的事和他说了。他不信，像一只发情的公狗那样，验了我的身。证实自己戴了绿头巾，便要跳楼，要卧轨，当然不是真的。号啕大哭，白费了那么多的心机。后来同意我的请求，离婚。可还有个条件，就是得真正地做一回夫妻。"

他攥紧了拳头。

"唉，真没办法……"

他猛地一抡胳膊，"啪"的一声脆响。她的左颊霎时没了血色，又渐渐红起来，一直红到发紫。

她笑了："没想到，你也是个醋罐子。"

又是一响。

她的嘴角渗出血。她抹了一把，看看，咬紧下唇，咕咚咽下一口。"好了，你终于打我了，我心里轻快多了。"她呜噜呜噜地说着，眼泪一串串地滚下来，脸变得如同一个馒头，却硬装出笑。"我，没答应。真的。我要揭发他，奸污了我们寝室两个女生。他害怕了，同意离了。可我还是要揭发……"

"你睡不着？"

"……"

"算了吧。"她搂紧他。

"……"

雪还在下。没有风，夜静得比喧闹更难忍。偶尔传来咔咔的脆响，那是松树因托了过多的雪而断了枝丫。

## 六

"看见了吗？"

"哦……看不见。"她扶着他的肩，努力地伸直腰。

"嘿！"他一下子把她托起，放在肩上，然后跨上爬犁。

"噢——"她欢愉地叫起来，"我差点儿晕过去了！"

他稳稳地站着，肩头很轻。于是他想起她瘦弱纤细的身体，想起她渐渐黑上去的脚。

太阳出来了。天蓝得极深远。她目光超越林梢，看见东方的天际横着一片云，岿然不动，亮得耀眼。

"那就是长白山吗？"

"对。"

"天池在那上面？"

"对。"

"这么近，伸手能摸到。"

"对。"

"你当然上去过？"

"对。"

他忽然觉得她剧烈地抖动起来，左手紧紧抱着他的头。他忙问："你怎么了？"

"没……事。你累了吧？"

许久，她从他肩上滑下来，眼皮有些红肿。"可惜，我不能到长白山顶去看看，看脚下的大千世界，芸芸众生。"

"你现在不能。"他纠正她。"明年七八月，我领你上去。一条我自己发现的路，属于我的。"

"那么不属于我吗？"

"你愿意，就属于我们。"

"太好了。"她眼睛里涌出泪水，"一言为定。明年的七八月，你带我上长白山，不论有什么事。"

"小事一桩。"

雪很暄，一脚踩下去，便没到膝盖。爬犁也陷得很深。为了钻过那些低矮的灌木丛，他要像一只熊寻找橡子和蚁窝那样，四肢着地，笨拙地爬。时时有树枝横扫他的脸，他的胸膛。山葡萄蔓子在雪下绊他的腿。汗水使羊皮背心发出沉重的膻味儿。口很渴，但他不敢喝水。水很快会变成汗，带走体内的热量。

"怎么，不说话？"他尽量平稳呼吸，做出轻松的样子。

"有什么话可说。一个阔太太看着洋车夫的背。"她侧躺在爬犁上。

好了，有了一点儿幽默，对她和她的脚，都有好处。

"看见那个山头了吗？"

她点点头。

"像不像一只老鹰？"

"像"。

"今天就在那儿宿营。"

"歇会儿吧。"

"我不累。"

"你累了！"

他沉默一会儿，说："我累了，可是今天必须赶到鹰嘴砬子。否则……"他把"我们就走不出去"咽了回去。

爬犁一顿一顿地前进，后面留下一行不规则的脚印和两道等距离的辙迹。

七

鹰嘴砬子是一块巨石。石下被雨水掏出一道沟，形成一个半人多高，三米多深的石缝。

他们来到砬子根儿时，太阳已经擦着林梢。他急忙拣回一大堆枯枝，堆在石缝里，然后抽出一根火柴，插进耳朵捂一会儿，才拿出来小心地划着。先点燃一块桦树皮，再把桦树皮塞到枯枝下。待火渐渐烧起来，他又用雪垛了一道墙，把石缝封成一个洞，上面留一点儿空隙，烟就贴着洞顶，慢慢弥漫出去。

他这才喘了口气，朝坐在那边惊讶地看他忙活的她笑笑，从背包里摸出一大堆核桃、松子、蘑菇什么的。"要是能打住个狍子，哪怕是野鸡呢。"他把核桃埋进火堆，心里想。

"你想知道我到这儿来干什么吗？"

他想知道，但是不想问。

"我要搞一幅传世之作。别笑，我爸爸是……"

她说了一个名字。他很熟。记不清名字的主人是中央首长，还是个统战对象，或者是先富起来的万元户。

"就这样，来了。今天见到了长白山，才知道以前看的那些松涛、林海、天池，都是胡扯，十分肤浅。我四岁就学画，直到现在。如果你搞美术，或者喜爱美术，那你不会对我的名字陌生。我画过许多的山，黄山、庐山、华山，对长白山却无能为力。它像一个关东汉子，默默地注视我，声色不动。它外在的东西少，内蕴却神秘莫测，无尽无穷。我感觉到了，却没有抓住，也说不清楚。不过我的确感觉到了。创作的欲望使我浑身发冷，我要整理一下印象、思想、感受。我一定要画出长白山内在的东西。所以我不想死了，要活下去。"

他笑了。他认为可笑。"你把死看得太简单。死，也是件不容易的事。一点点冻伤，对于一个生命……"

"对死的理解，我比你深刻得多。"她截住他的话，沉默下来。

枯枝在三根树枝搭成的锅架下发出滋滋的细响，火舌一蹿一蹿地舔着饭盒底。她全神贯注，用炭笔在画夹上涂抹着，脸被映得通红。

火堆里"啪啪"炸了几响，吓了她一跳。他拨出几个核桃。"吃吧，这么砸，是整个仁儿。"

"嘿，真香，香得腻人。"她吃得像个孩子那么高兴。

也许，她还觉得这生活挺浪漫呢，双双坐在篝火旁，野餐、山洞……要是没有火后面的黑暗、寒冷，没有山核桃、松子、雪水煮蘑菇提醒着危险，可也真浪漫。他想。

"好了，你要整整吃七天呢，别把自己提前腻倒。"

"我能一直吃到死！"

"别说死！"

他火了，吼了一嗓子，抽出锋利的匕首，削下薄薄的一片午餐肉，放进饭盒。山洞里立刻飘起一股菜肴的香味儿。

"杨司令要有午餐肉罐头就好了，没准儿现在是副总理，给长白山多投点儿资呢。"

"我们的处境不比杨靖宇好。"他又削下一片给她，然后盖好。

"你呢？"

他舔舔手指上的油："行了。"

她掰一半递过去。他想想，接过来填进嘴里。

"喝汤吧。"他掏出一个纸包，捏了一小撮盐放进饭盒。他把所有能吃的东西，包括那壶酒，都装进背包，拎到一旁。

"活像个守财奴。"她笑了。

"我可信不着你这个阔小姐。因为我只能活一回。"

她瞅了他一眼。他自知失言。

"睡吧。以后，就别想有这么舒服的地方了。除非……"

除非能走出去。

# 八

"不。"他捉住她的手。那手正沿着他的胸脯往下滑，滚烫、干燥得像一张晒干的羊皮。这是有病的征兆，健康女人的手应该潮湿、微凉。

"我睡不着。"

"那也要睡。睡觉消耗最少。"

她不再说话，不再动，紧紧地偎着他。她更瘦了，肘尖像一只木棍，肩胛骨高高地凸起。

这是离开七号站的第八天。走了预计的三分之二的路程，还有整整五十公里，全部食品是三两多白酒。最后一根火柴是昨天用的。今晚，他逼她吃了一些核桃、松子。可是不行，她刚嚼了嚼，便呕吐。没办法，他只好给她喝了一口酒，钻进这棵不知倒了多少年、心已枯空的松树。

"带着发报机吧。"小老头狡黠地眨着眼，"最新型的，不重。"

"我不会。"

"我让报务员教你，只学 SOS（紧急求救信号），快。"

"生死有命。我不会求别人救自己。"

小老头遗憾地啧啧嘴。

你太自信了。他对自己说。不过谁知道会碰上这事呢？五十公里，照现在的身体状况，一个人都走不出去。

"我有点儿怕。"

怕，怕什么？怕死，那你是真的不想死了。可死与不死与想与不想是毫不相干的两码事。

"说点儿什么吧！"

"留遗嘱，还是祷告忏悔？"

"你的希望，最大的希望。"

"我想杀了他。"

她有气无力地笑了："谁？"

"我们局长，真的。没有他，就不会有今天。"

她打了个冷战。

他走出车站，脸色和天气一样阴沉。天上飘着雪屑，他一眼就看见一块木牌：接我们的大学生，保护局。牌子在一个小老头的手里，旁边有一辆吉普车。他知道不会有别人会来，便走过去。

小老头手舞足蹈地把他让到前座，喋喋不休地问这问那。他很烦。到了局里，才知道小老头是局长。

晚上是盛大的宴会，山珍席，猴头、鹿脯、熊掌、飞龙……十几个人轮番敬酒。他来者不拒，干杯干得人们目瞪口呆。

小老头哈哈大笑："你们不知道，他在延边插队，也算山里人。论喝酒，我也得让三分。"

他放下酒碗,站起来清清嗓子,有些麻木,是酒烧的。"不错,我曾经是山里人,现在又是了。可我不想一辈子是! 各位领导都在,我把话说明。我在一天,就好好干一天,不给你们添麻烦。有朝一日我能离开这儿,也请你们不要阻拦。"

小老头又是大笑:"喝酒,喝酒。"

他成年累月地在山上转,寻找未被发现的植物,制作标本,编写长白山的各种资料,追缉偷猎人。小老头对他极好,每写出一篇论文,他都要细细阅读,然后小心地装进公文包,再背上一大口袋山货,上省城,上北京,去给论文找婆家。论文发表了,小老头就大摆酒宴庆祝。当然公家花钱,白条子,他签字。

"他对你挺好的。"

"他所做的一切,都是为了留住我。去年北京林科院来商调,我去问他。他说:'不错,你说过这话,可我从来没答应过你。'"

"那也不要杀人……"

"我知道。我要以一个胜利者的身份,货真价实的林学家回到北京,回到学校。我要证实他们当时做错了。不然,我早……"

## 九

他的心冷了。

黑溪没有冻,照旧急匆匆地淌。岸边的塔头草蒙着厚厚的雪,像一群与世无争的白发老妪,默默地注视他。那倒木依然横在溪上,也积满了雪。

他把最后一点儿酒喝光,将水壶扔掉,然后把她从睡袋里拖出来，掏出匕首，将那睡袋巧妙地割成一个带条带的背篓。

"晚上……怎么办？"

"晚上不会再露宿了。过了河，二十公里。或者走出去，或者……"

"对，破釜沉舟！"

还行，你还有心开玩笑。或许你对死亡的理解确实比我深刻。

"来，搂住我的脖子。"

"噢，我实在没劲儿，稍一动就喘。"

这是饿的。她的脸青青的，眼窝深陷下去，一眨眼，眸子就放出蓝幽幽的光。他坐在雪地上，左一道右一道地将她捆在背上，挂着枪，咬牙站起来。

"等等。"她在他背上蠕动几下，手伸到他嘴边。

手心里有核桃大的一团午餐肉。他嘴里立即涌出口水，喉咙不自主地响了一下。真难为你，留下了它。

"不，关键的时刻，一人一半。"

"你全吃。我死了，你还能活。可你死了，我就彻底完了。"她的声音极低，像在非常遥远的地方。

"女人脂肪多，能挨饿。书上说的。"

他想了想，把肉吞下去。"我真笨，本应该打点儿野物。可我不会，打不着。"

"那你……拿枪干……什么？"

"我这枪是打人的，不是打猎的。"

溪水哗哗响。他不时停下来，闭一闭眼，驱赶那团飘浮不定的黑雾。要是一脚踏空，滑下去，那就必死无疑。河水极清，一眼能看见河床那黝黑的石头，使你产生错觉，以为很浅，实际有三米多深，他试过。

来到中流，倒木竟缓缓向上游移动起来。他晃了一下，赶紧闭上眼。不，倒木没动，是你晕眩了。别睁眼，试探着过。你能过去，能。

突然，他一脚踩空。刹那间他还想保持平衡，然而晚了，一头栽下去。

许久，他睁开眼睛，发现自己躺在雪地里。过河了！眼前又浮起黑云。他咬了两口雪，然后挣扎起来。

二十公里，四十华里。每华里一千步，四十个一千步。他看看表，开始第一步，朝着正西。

太阳升到头顶。他走完第一个一千。二十分钟！

完了。二十分钟一华里，要走十三个小时……走不到了。他腿一软，险些跌倒。他赶紧靠住树干。现在倒下，永远也爬不起来了。

眼前出现了幻觉，那个小老头来到了。再轻松轻松吧。他取下枪，慢慢举起来。三点成一线：缺口、准星、目标。目标是那张熟悉的黑脸膛。

"你要干什么，你疯了！"

让子弹从两眼之间穿过。这是人道主义的做法。

目标惊愕地把眼角处的皱纹舒展开。

贴腮、屏息、要干净、利落地一枪结束。

然而瞄不准，总有一团云雾在眼前。目标跳华尔兹似的跳来跳去，向他靠近。好了，目标、准星、缺口重叠了，食指均匀用力……

在击发的瞬间，他觉得背上的东西动了一下，枪托突然下沉。撞针倒准确地打在引火帽上。

"砰！"他被这巨响吓了一跳，才想起自那天碰上她，这颗子弹就一直躺在枪膛里。树上的雪簌簌地落下来，黑雾消失了。

小老头却没消失，两只手在空中使劲儿摆动着，向他冲来。

他觉得雪地倏地翻了个身，自己便飘飘摇摇地升上天空……

十

一个月后，他出院了，可十个指头都没了。

她一直没醒来，有时说胡话，翻来覆去总那一句："我同意了，妈妈签字吧。"

护理员给她洗衬衣，发现一本病历。封面上钢笔写的名字被水渍成一片墨迹，根本无法辨别。只有二十一岁这几个字特别醒目，是用圆珠笔重重描过的。里面写满了各种化验的结果，最后诊断：子宫癌。

他答应过她，带她上长白山。

他太粗心了。当时就应该带她上长白山，那样，她的一生就完整了。但是他太糊涂了，却把她带下了山。不过他答应过她，明年无论如何要带她上长白山。尽管他没有了脚趾，灵魂却增加了一个。他们是能够上长白山的。她的灵魂驮在他肩上，就能够。

# 终极选择

一

故事是从一个比较惊险的场面开始的。长春的十月应该算深秋了，师大校园大而不空旷，众多的杨、柳、松、柏，还有做了"绝育"的樱桃树和杏树。叶子都落光了，被风摧残抽榨得干枯憔悴的树枝，在清冷的月光里发出幽怨窸窣，静谧中酷似庙宇檐下的风铃，令人联想起古寺青灯的超俗境界。

然而，就在这样的极美的夜色里，师大学生楼里却突然爆发了一场骚乱……

如果说，我选择这样一个开头是为了吸引读者，我并不反对。实际上，这确实是一个可读性很强的故事，并不在于故事的形式。至于我选择的两个主人公——李勇壮和佟盼春本身也都具有情节小说中的偶然。巧合在某种程度上是必要的。佟盼春是土生土长的农民的儿子，李勇壮则是纯而又纯的市民出身。可是他们却在某一天同时成了师大的学生。他们不仅同龄，同住一个寝室，而更大的巧合还在于他们的长相。他们俩长得太像了。

因此常有人把他俩搞错。就是我本人也经常把李勇壮当成佟盼春或者把佟盼春认成李勇壮。可奇怪的是，班里的女生就从来没有认错过。有一次，我偷偷地问过一个叫夏雨虹的女生，问她是怎样区别佟盼春和李勇壮的。夏雨虹很随便地说："凭女人的直觉。"

后来我知道这个直觉并不是什么神秘的东西。男人同样可以有直觉。只要你用心注意那些细微的东西，注意心灵，你就会抓住所有人。谁也不会从你的眼皮底下溜掉。

好啦，还是说那场骚乱。

## 二

夏雨虹与秦川雪同是师大的名女。一个天生丽质，一个相貌丑陋。男生私下里说："稍有自尊心的人，不愿看夏雨虹；稍有同情心的人，不忍看秦川雪。"上帝仁慈，夏雨虹多才多艺，秦川雪学识渊博。虽说女人的名字是嫉妒，但两个人春兰秋菊，各有所长，居一寝室，理应相安无事，却偏偏交恶如冰雪炭火，半分不肯相容。

当三舍的才子佳人几乎倾巢出逃时，555寝室却有两个人镇静如常。

秦川雪问："地震了？"

夏雨虹答："可能吧。"

两个人同时坐起来，伸了一个懒腰。秦川雪趿着鞋，拉开了日光灯。

走廊里重响起震动楼板的脚步声。门被哗啦撞开，几个女生蜂拥而入。

秦川雪笑道："怎么，回来抢救大姐来了？"

众女生不回答，飞快钻入各自被窝，蒙头盖身，不声不响。片刻，有人咻咻窃笑，又有人响应，接着是哈哈大笑，后来发展到打着滚儿喊着妈狂笑不止。足足三分，才渐渐平息。

又传来嘤嘤的哭声。细辨，是小S。小S是校楚风剧团的明星，曾饰演娜拉而风靡校园，平日里最注重衣着打扮举止言谈做派风度之类。

秦川雪劝道："其实大家都一样的乳罩三角裤，也就没什么了。"

小S抽泣："不一样，人家都系着扣子呢！"

原来偏偏不巧，小S今日适逢例假前夕，平时合适地将乳峰束托得十分现代的乳罩显得紧小多了。为了保护女性美的重要组成部分同时为了舒服，睡前她解开了乳罩的扣子。骚乱乍起，靠着门的小S本能地率先冲出寝室。仓皇间竟没有感到两只解放了的"小白兔"在胸前尽情跳跃。直到真相大白小S才发现乳罩欲盖弥彰地挂在肩上敷衍着。她下意识地用手臂遮住再去系扣，偏偏又是背后的扣子。

秦川雪说："乱哄哄的自顾不暇，谁也顾不上看别人。"

小S愈加悲痛："我在最后，有男生看见了，好几个呢！"

秦川雪缺少足够的理论和有力的证据，难以说服小S，只好连连地说："不要紧，没关系。都一样的，男生也分不清谁是谁……"

应该承认秦川雪分析得有道理。以我为例，就是回到寝室里才想到别人也如此。至于说到女生，更是三分回忆七分想象了。

四年以后，小 S 为一个将军的儿子生了一个儿子。同学们去看她，她当着男男女女毫不犹豫将丰硕白皙的乳房掏出来，充满爱意地把乳头塞进将门虎孙的樱桃小嘴里。她幸福而自然，别人也自然并分享幸福。夏雨虹突然忍不住说最高尚最无私的女人是为母亲的女人。大家都为她说出这种俗而又俗的话诧异，小 S 却大笑着把这件事从头到尾述说一遍。

小 S 严于律己的自尊心使另外几位女生看到了自己的不足，神色沮丧起来并且也准备用眼泪洗刷耻辱。

夏雨虹高声说："我来讲个故事！"

夏日里一个炎热的傍晚，月光朦胧地洒在草地上。一个姑娘身穿杏黄色连衣裙，苗条的背影娉娉婷婷似弱柳扶风，持一册《英语》漫步湖畔，天女下凡般吸引了一个色狼。他手持一柄利刃悄悄过去，将姑娘逼进树林中。姑娘沉着镇定，脱去了连衣裙，猛回头朝色狼嫣然一笑。色狼大叫一声抛下尖刀连呼救命鼠窜而去……

小 S 破涕。众女生大笑。

秦川雪微笑，接着说："那色狼没跑几步，就颓然倒下。姑娘从容穿上裙子，找到派出所领来警察。他们到现场一看，色狼已经死了。经法医解剖鉴定，色狼是极度恐怖致死。事后报纸还登了条消息——姑娘智勇双全，色狼命丧湖畔……"

她说毕，大笑。

众皆沉默。

秦川雪打破尴尬："怎么总是化学系的女生遇到这事？"

夏雨虹说："你没遇上，感到遗憾了？"

秦川雪大度为怀："我要遇上结局就不这样了。我是怀疑到底有没有这事，一惊一乍的。"

"不说化学系已经吓病了一个，正在校医院住院吗？"

"没准儿是临近毕业，想找个借口，分配时好占点儿便宜吧？"

当然可能。

## 三

这篇小说的主人公都是工农兵大学生——那时叫工农兵学员。还有一支歌，专门唱。

工农兵学员是无产阶级"文化大革命"的产物，应该否定。所以他们在小说中几乎全部十分可笑，或者十分无知或者十分卑鄙，是倍受嘲弄的小丑。令人费解的是知识青年也是"文化大革命"的产物，为何他们都光明磊落呢？工农兵学员的主要成分是知青，也名人济济，贾平凹、梁晓声，还有马原——先工农兵中专后高考进大学，更可以证明。我想，这大约和工农兵学员推荐入学有关，走后门的多，人们恨屋及乌。

这是事实。佟盼春的舅舅是大队支部书记，秦川雪的哥哥是省招生办公室的，夏雨虹的爸爸最大，省委书记，可惜"文化大革命"初期死了，据说是自杀。纪晓峰的家族中出名人物是他爷爷，土匪头子，杀人不眨眼，被镇压了。李勇壮则纯粹是市贫出身。他俩通过什么途径上大学，因与情节无大关联，我把它附在文末。

众所周知，最后一届工农兵学员是 1977 年初入学，1978年初，第一批高考入学的大学生昂首阔步开进校园。工农兵学员江河日下了。一九七九年初秋，毕业分配方案透露出来了，糟糕得史无前例，统统中学教师，县城都不要，去乡镇。很多人开始在去向上下功夫了。在这样的历史条件下，秦川雪的怀疑具有一定的合理性。

四

小 D 胆子大，虽然知道最近不太平，却还是一个人悄悄地去了。半夜三更，同学们都睡了，请谁陪也不好。

女便所开着灯，一个便间的门微敞。小 D 进了便所，便间里伸出一只手轻轻拉上了门。小 D 马上意识到这是男人的手，手臂粗壮而且有棱角，呈方形，缺少女人的细腻柔和。小 D 心细不慌，悄悄地回去，将同室的女生全部叫醒。有人建议去喊男生。小 D 认为没有必要，十个人足够了，再去叫男生，闹不好会惊动他。

于是，十个女生披挂上阵，潜步隐影，偷袭鬼子哨所般朝便所摸去。

这自信和勇气是令人钦佩的。

# 五

一般情况下，333寝室相安无事。这很大程度是因为佟盼春的缘故。忠厚诚实眼下不吃香，勤快还是受欢迎的。333寝室是佟盼春的家，其他都是客人。他每天早早起床，拖净地板、揩桌子、打热水……对门的334就不行，值日轮流表上那支箭头忽左忽右，从不按顺序，闹出许多矛盾。地经常不扫，检查卫生的黑板上常常出现中文334，寝室长换了九届，实在没办法，写了张阿Q的条子：不值日者，死丈母娘。这又惹得女生白眼如林。

但生活就是斗争，333也有天翻地覆的时候。

电铃安在333的门上方。入学第三天，纪晓峰干了一件人人称快的坏事：用拖布把铃盖儿捅下来了。那家伙大如一口锅，十公斤重。千真万确。两年以后纪晓峰把它从床底下翻出来，送到废品收购站，换了一个热水瓶胆，还有往返商店的一角六分钱车票。纪晓峰当时把铃盖儿拎回屋里，竟发现上面有500W的字样。铃声由此可以想见。第一次响起时，333全体从床上蹦起来，以为有人入侵、米格21的机关炮打在了天灵盖儿上。五楼顶的麻雀惊飞，地下室的耗子乱窜。

铃盖儿掉了，铃槌依然颤抖，发出些许声音，嗡嗡的居然十分悦耳。那一次同学聚会，由门铃而想起这件事，纪晓峰得意了三分钟。

铃声过后，是窗外惊天动地的《东方红》乐曲。北京时间5点30分。如果是冬季，天还很黑，人们就要爬起来，去做早操。如果你昨天睡得晚晨不想去，那么班干部就记下你的名字，及时汇报给辅导员。久而久之，辅导员对你的印象就不好，毕业分配就给你一双"小鞋"开路。班干部是十分认真的，他的成绩是由汇报次数的多寡决定的。纪晓峰曾经十分阴损地评价他们，说班干部都是密探、报告专家，他们的报酬在毕业时一次支付，不像妓女那样一回一利索。所以纪晓峰一百个不愿做操，可是还得起来。但这并不影响他把起来的原因归于佟盼春拖地吵醒了他，他迫不得已。尽管佟盼春拖地是在《东方红》之后而且很轻很轻。

纪晓峰骂骂咧咧从上铺爬下来，从佟盼春新灌满的水瓶中倒出半杯热水，骂骂咧咧地去洗漱。不料猛一摔门，过堂风把窗子吹开，窗子又把他顺手放在窗台上的热水瓶碰到地上，砰地爆起一团雾气。

佟盼春一怔，拽过拖布去拭水。

纪晓峰若无其事："大伙看见了吧？这可不怪我，是窗户打的。"

"站住！"李勇壮喝住转身欲走的纪晓峰，抓起冒着热气的竹瓶壳，稀里哗啦劈头打过去。

纪晓峰早有准备，伸手接住。水渍弄得他浑身湿漉漉的。

李勇壮不慌不忙："大家都看见了吧，这可不怪我，是瓶壳子打他的。"

"你少来这套，热水瓶又不是你的！"

"有我十分之一。"

"佟二把它放窗台上的！"

佟盼春见二人斗鸡般渐渐逼近，讷讷地说："对、对，我擦桌子，就放那儿了，真不是个地方。下午我上街去买一个。"

李勇壮不理睬："老佟放到窗台中间了，你倒完水放到这扇窗户上的！"

纪晓峰忍无可忍，破口大骂："你他妈怎么总狗咬耗子？"

# 六

纪晓峰是一条关东大汉，身材魁梧脾气暴躁。要对他做出道德评价，标准便很难确定。他最大的缺点是极端自私。用李勇壮评论他的唯一的一句话来形容：虮子那么大的便宜也要费骆驼大的力气去占。纪晓峰大学三年，没买过一支牙膏，牙却天天刷。其他九个人除李勇壮外都是本节目的"赞助单位"。自愿的在屋里有人时用，不自愿的在屋里没人时用。他解释说，这样省得面对主人不好意思。他把牙齿洁白、光亮、匀称、紧实归功于每天使用不同牌子的牙膏。消炎的、脱敏的、止血的、镇痛的、除结石的、褪色素的等。从佟盼春九分钱一支的勤俭牌，到曹书杰的高级豪华金橘香型中华牌。他曾为此写过一篇文章，从科学的角度来分析，以自身实践为例证，全面阐述轮换使用各种类牙膏的好处。文章写成后寄给了省报副刊《生活》栏，理所当然被退回来了。纪晓峰将文章送给除佟盼春之外的所有"赞助单位"征求意见。"赞助单位们"一本正经地提出许多诸如轮流使用各类牙膏的理论依据是杂交优势之类的意见。纪晓峰没想到自己的事业会得到如许的支持，欣喜若狂，建议一一采纳，写入文中，而且要把所有提意见者列为作者名字变成铅字。众人婉辞。纪晓峰大家风度，尊重别人的姓氏署名权。他挂号寄给省报，以自珍。赞助人皆窃笑，唯佟盼春怯怯地问："这是什么，能行吗？"

结果令众人愤懑，省报发表了，而且是"五四"那天，足足一块半豆腐大小，还圈了花边。署名不但纪晓峰而且师大中文系。事隔五天，与两元五角钱的润笔同时寄来一函，纪晓峰被正式接纳为全国牙膏协会会员，任常务理事职，负宣传责。

最为不能忍受的是校资料室发下一通知，请纪晓峰填一张表格。油印的，栏目分得细，年龄、性别自不必说，还有文章的性质、题目、字数、发表日期及何种报刊等。注意事项中请主人用钢笔或毛笔正楷填写，不要空栏。此表连同大作一道永久存入资料室，为师大教书育人的辉煌成就做铁证。

此后纪晓峰接连收到三位女士的情书，足以说明这件事将对他的毕业分配产生多么巨大的影响。

按照毛泽东同志一分为二的哲学观点，纪晓峰也应该有优点。经过同学们的讨论，认为他唯一的优点是自私但并不掩饰，而且会在不损失自利的前提下帮助别人。在二十世纪七十年代末期，要算美德。

纪晓峰有贼的本领和骗子的天才。师大的学生食堂分文、理两个，大如电影院。一九七九年以前没有椅子，也没有售饭口。师范院校公费，所以大锅饭，吃定食。几只大案子摆在一侧，除去国庆节、劳动节、元旦，菜便只一种，装进一只带轮子的大圆桶，由穿着极肮脏的衣服的炊事员轰隆隆从厨房推出来。那一年我去北京，看到摆在街头的新式垃圾箱，熟悉的形、味、色使我回忆起毕业时曾发誓永不怀念的母校。

学生们排成一队，依次到画票员那里，将饭票上当日当顿那格里挑一个颇具象征意义的"V"，然后发给网球大的两个馒头——更多时是高粱米或者玉米楂子，再由打菜的给你一勺子汤汤水水的菜。这是极有讲究的，尖勺平勺浅勺都是一勺，实际数量尖勺为一，平勺二分之一，浅勺就只有三分之一了。给你撇一勺和从中间挖一勺，则属于质量问题了。中文系与文科食堂系世仇，延续多年的打打闹闹，待遇因此不用提。十年以后，也就是写这篇小说前几天同学聚会时，经过长时间的回忆和认真地讨论，大家一致认定，当时中文系四个年级一千多名学生，纪晓峰是唯一的不受害者。为此，改行当了公安局预审科长的纪晓峰自豪地连干了三杯中华麦饭石啤酒。

纪晓峰不卑不亢递上饭票，画完，装好，左手将硕大的饭盆伸到炊事员的面前，右手则在左手的掩护下捏了两个馒头。有一次疏忽，被炊事员当场捉住，纪晓峰微微一笑，将盆里的两个馒头倒回筐箩，拿起手里的馒头咬一口，径自去打菜，倒把炊事员闹愣了。这样做危险系数大，用这种办法搞来的馒头，他从来不肯给别人，宁可剩下扔掉。

纪晓峰的另一个高招，是能将饭票上的"V"不留任何痕迹地去掉，轻轻松松地吃一个双份。在这件事上他有求必应，替班上几乎所有人做过贡献，技术却一直到前几天才公开。

构思极为精巧，过程却极为简单。数得完 1 到 10 的人，一分钟就学会。教育乃立国之本，为了教育战线的安定团结，同学们做出决议，要求我不要公开披露。

回忆是美好的。当时我们却都瞧不起纪晓峰，尽管有时忍不住饥饿厚起脸皮去求他。好在纪晓峰最不在乎的就是别人瞧不起。他本人就瞧不起任何人包括他自己。他的名言浸透了极为朴素的现代意识：人，最他妈不是东西！如果一个人明白了这个道理，那他就更不是个东西！

李勇壮则完全相反。在同学们的记忆中，他似乎从来也没有声明过不许别人轻视，也从来没为名誉之类的做过什么。当然这也许因为他的确是一个不容轻视的角色。他每天读足球、拳击、武术、健美之类的书，并且认真实践。他早晨跑步打拳，中午踢足球，晚间蹲杠铃、俯卧撑。从来看不见他复习功课，每次考试却总在前三名。全班同学都敬佩他，包括纪晓峰——聚会时喝到半酣，纪晓峰拍着胸膛说："我身上流着胡子的血，我这种人怕什么？让着李勇壮是敬他一条汉子。"其时，李勇壮已不在这个世界了。没有人认为纪晓峰是吹牛皮说大话打完架来把式。那场合很严肃。我就是从那次发现，一句话能不能让人信，场合适当比真实与否重要得多。

敬佩归敬佩，可是没有一个人把李勇壮当成朋友或者把自己当成李勇壮的朋友。他过于冷漠无情，并且拒绝与一切人交往。他太抑郁了，如暮冬的天空。

七

无论小D们怎样正义在手仇恨在胸，毕竟是一群柔弱的姑娘，不但不能以一当十，恐怕十以当一也难取胜。临近战场，一腔热血渐渐冷下来，心便发虚，叽叽喳喳研究对付各种可能发生的情况。最勇敢最自信的小D最先打起退堂鼓："还是去找男生吧。"又说，"要是我哥在这儿就好了。"

小D的哥哥是警察，绰号"黑皮三郎"。胆大艺高，令所有黑道上的朋友闻风丧胆，俯首称臣。

找小D的哥哥自然最好，铐子一亮猫捉老鼠般手到擒来。只是三更半夜情况又十分紧急不太现实。找男生？九个女生推来辞去谁也不敢一个人单独下楼。小D急眼了，指定两个人搭伴而行，剩余八人坚守阵地阻击敌人。

敌人发觉了。报信的人刚刚下楼，一条大汉就从便所里虎跳而出。八个人事先制订了作战方案，抱腿搂腰勒脖子抠眼睛各有分工。不料大敌当前勇气都跑到九霄云外去了，夹道欢送似的站立两旁，脊梁紧贴走廊的墙壁恨不能缩进去，眼睁睁看着他冲下楼去。

还是小D勇敢，率先尖叫起来。七个人如梦初醒，齐声响应。

这便是骚乱的开始。

历史系一个寝室有三位勇士，从三楼的窗子鱼跃而下。幸好，三舍的三楼只相当于二楼半，一个崴了脚脖子，一个扭了腰，第三个则最危险也最幸运——跳离窗台时在窗框绊了一下，大头朝下摔将下来。他命不该绝，竟鸵鸟避祸般一头插在冬储煤的煤堆里。煤是最劣质的，细碎如粉，且又是那天下午才卸下汽车，松软如跳远的沙坑刚刚翻过。他除去鼻子耳朵里进了点儿煤灰全身无损，还从此得了一个绰号。

　　三舍楼前布满了拴晒衣绳的桩子，清一色生铁铸就，顶端锋利如矛。"十一"那天校礼堂演一部罗马尼亚的历史片，叫什么"大公"或者别的，其中一个镜头就是把俘虏也可能是奴隶穿透在高高的木桩上处死。为了庆祝这个残忍的场面没有真实地再现于校园，哥儿仨第二天互相搀扶着去桂林路饭店要了半斤猪头肉八两白干，小酌几杯。

　　事情闹到这种地步，后果不能说不严重但也不能说很严重。大学生们的激素指数翻了几番。神经这东西用桃色故事刺激，极易兴奋，一鞭子抽在牤牛卵子上那么立竿见影，稳定它却需要时间。一场急雨五分钟能让道路泥泞，晒干却要整整一天。

　　小D们虽然被敌人冲破重围逃掉了，却不很懊丧，嘻嘻哈哈地你怨我，我怪你，同时嘲笑那家伙的狼狈相。最后又心有余悸：那家伙又高又壮，踢一脚打一拳，谁挨上也受不了。

　　灯几乎全熄了，人几乎全没睡，几乎同一个话题——当时都以为仅仅是个话题而已：流氓跑了，三舍恢复平静，事情结束了。

　　使故事继续下去的是中文系的辅导员：七三级留校的工农兵学员。家庭出身贫农，本人成分军人，据说当过侦察兵，复员后任大队治保主任。特长是捉拿偷苞米高粱的阶级敌人和苞米地高粱地里的道德败坏分子而且当场见赃见双。浓黑眉毛，大眼有神。倘若身材再高出20厘米达到一米七〇，就可以算英俊魁梧了。爱美之心人皆有之，他因此忌讳诸如"矮""小"等形容词。属下的班长、书记，身高均以他为上限标准。几个议论过他个头儿的同学在毕业分配时充分体会到"当矬子不说矮话"的真理性。其中包括我。我一点儿不冤。我确实说过他个儿小。我原谅他。损着别人的牙眼，是不能反对人家报复的。遗憾的是我不该把他的姓给忘了，好歹辅导了我三年。我停笔良久，只想起那姓写起来简单读起来别扭。

一九七九年，工农兵学员已经丧钟敲响，在校读书的挺不吃香天经地义，留校任教的也全部离开教学第一线，充实到图书馆、资料室、行政或者后勤甚至食堂。运气好的当辅导员。辅导员们轮流值宿，处理学生宿舍晚间发生的问题。

我们的辅导员敲开小D的寝室，开始询问当事人。这方面他有天才和经验，问得比较细，诸如小D上便所穿的什么衣服、身体裸露程度等。

于是引起小D们的反感。

拐弯抹角，辅导员暗示出自己的怀疑。

小D们大怒，细细思量了辅导员的意思，原来是怀疑我们报假案。

"那家伙的模样我们八个人都看见了，现在也认得出。肯定是三舍的，穿着线衣线裤嘛！不信，我们给你找出来！"

辅导员当然不信。

八个女生分成四伙，两个一组，火车验票般三楼二楼各寝室盘查辨认。

这是需要极大的勇气和信心的。我们寝室就是十个男子汉上身赤裸，下穿各色各式大大小小的短裤，面对面排成两列。待女生进屋，一声立正，挺胸腆肚迎接挑选。万一认不出流氓，日后如何做人？好在我们刚钻进被窝，对门就传来捷报：四个小组八个人云集 333。

八

酒至八分，桌上的菜肴依然丰盛。纪晓峰喷出一个深沉的嗝儿，说："人哪，真是个狗东西，百分之百好了伤疤忘了疼。"并且郑重声明，将写一篇关于忆苦思甜的现实意义的文章。

大家便想起了毕业分手时最后的晚餐只是一盆猪头肉，同时想起了牙膏。

我说："要不是辅导员愚蠢地提出怀疑，以后的一切就不会发生了。"

夏雨虹冷冷地说："他是愚蠢，但在这件事上达到了目的。"

我说："他一定没料到如此严重的后果。"

夏雨虹说："他预料不到是因为他愚蠢。因为他愚蠢所以预料到了他也会那么干。"

省委前书记的女儿依然那么美丽，那么机敏，那么冷若冰霜。虽然父母双双平反昭雪，补发了工资，恢复了名誉、住房并开了追悼会，可她还是孤身一人。我望着艳若桃花的夏雨虹，倏忽间回到了十年前。当初我也是她众多的崇拜者之一。癞蛤蟆吃天鹅肉不现实，癞蛤蟆想吃天鹅肉却谁也管不着。我曾经许多次让她在我的想象中担任角色。我认为道德之类只能对人们的语言和行为做出高尚、纯洁或者淫秽、下流等等似是而非的评价，对想象则起不到也不应该有任何约束作用。一位著名的女科学家在一本非常畅销的论女性问题的书中指出：任何一个男人都是潜在的强奸犯，只不过有人把想象付诸实施。

我同她说话还不自然。我说："该怎么称呼你呢？同学、同志、女士、小姐、天使……或者，嬷嬷？"

她嫣然一笑："随便。"

我说："那好。夏小姐，请允许我向您提出几个问题。"

"请。"

"您进餐前为什么不做祈祷？"

"这是因为您不懂基督教发展至今已和您理解的完全不一样了。中国不是有句话，'酒肉穿肠过，佛祖心中留'吗？"

"请问夏小姐担任基督教女青年会干事，是否为了响应中央关于知识分子利用业余时间谋求第二职业以解决脑体倒挂问题的号召？"

"您以为信仰是一种职业吗？"

"在特定的环境中呢？"

"您大约是从党务工作可以成为一种职业中推理出来的吧？"

"请原谅，我是在采访您。换一个话题：您认为我们现在最缺少什么？先进的生产力还是现代的人文科学？"

"我们从过去到现在始终极需要一种东西：爱与同情。"

"您最恨什么？"

"犹大。"

"您不觉得自相矛盾吗？据我所知，耶稣死后，犹大将所得三十块银币丢弃于圣殿，自缢身死，不是表明他已经忏悔了吗？"

"人世间的犹大正在用那三十块银币寻欢作乐呢。"

"您这么美丽，难道没有一个意中之人吗？"

"当然有。"

"谁？"

"上帝。"

"哦，他不在人世。"

"对，他不在人世了。"

## 九

我短短的一生中，第一个离开我到另一个世界去的朋友是我的小学同学张柱。他的死使我认识到死的不可抗拒和生的可贵。从一年级到五年级，我俩同桌。张柱性格懦弱，说话不很清楚，常常低着头，偷眼看人，成绩不好，总挨批评。上体育课就更倒霉了，他顺拐，即迈左腿左臂向前，迈右腿右臂向前，单独走时一侧一歪地令人觉得别扭，同学们排成一队时他就不能让体育老师容忍了。弄得每到体育课张柱先大哭一场。直到张柱妈来学校一次，他苦难的历程才算结束。后来我才知道，这与他的小脑不发达有关。要命的是他还有心脏病，先天性的什么缺损。怪的是他上有三个姐姐下有三个妹妹，个个壮实得如酸菜缸，唯独他这个独生儿子病病歪歪。张柱妈没办法只好用命来解释，禁止他玩儿任何孩子们认为有趣的游戏。他自始至终只有一个朋友，就是我。我之所以原谅他的无能和乏味，是因为他拥有整整五本大书：《林海雪原》《平原枪声》《敌后武工队》《烈火金刚》《红日》。这些书对我来说简直是当代文学的宝库，为了能无限循环轮流借阅，我忍受了和书的主人交往带来的耻辱。

一九六六年，小学五年级，"文革"爆发，张柱休学。一九六八年，我升入中学，张柱心脏病发作，猝死。少亡，火化了。

有一天我从张柱家门口过，张柱妈喊住我，将我拉进屋里，拽住我的手，直直地盯着我，突然说："昨天晚上柱子回来了！"

我顿时毛骨悚然。

张柱妈说："柱子说妈我挺好的，就是这屋烟大怎么这么呛啊？柱子说妈我挺好的，就是没人和我玩儿，你帮我找找小克呗，让他来玩儿……"

张柱妈眼睛里满是祈求。我大叫一声挣开她的手撞出门去，拼命逃回家中才发现一泡尿浸透了我的裤子。

这个故事很成功，结束后是一片沉默。纪晓峰抹一把脸，说："我们应祭奠一下，尽管他死得太平常但毕竟是死了。"

全票通过。

按规矩念完悼词，然后再把酒泼洒地上。但是老大家铺了地毯，尽管化纤的质量极低劣，也是不好泼洒的。老大住六楼，没有阳台，窗下是一条人群熙攘的商业街。引来一通臭骂倒无所谓，重要的是别扫了兴致。痰盂、水池、厕所又不是地方。纪晓峰长叹一声，把酒无处酹呀！

十

10 月 5 日，333 寝室全体没上课。校保卫处长和我们辅导员与大家一道座谈。前者不断和蔼地重复"组织上早已掌握，现在是给其人一个坦白从宽的机会"之类的话。后者则用鹰隼般明亮的目光搜寻每个人的表情。

人们无动于衷。

僵持到中午，处长和辅导员无可奈何地呈现出焦灼。

有人敲门。从胆怯和试探的声音中人们知道这是外来人。

辅导员拉开门。

一个姑娘扶着一个老妇人站在浓烟滚滚的门口："佟盼春住这儿吗？"

佟盼春的头狠狠撞在上铺的铺板上。

李勇壮缓缓站起来："走，到外面去，我有话对你们说。"处长和辅导员相视一眼，不约而同舒一口气。八名女战士的敏锐目光早认定了罪犯，为难的是两个孪生子般的人哪一个是漏网之鱼。

校长的伏尔加把李勇壮送到南关区公安分局。临开车，处长问他还有什么事。他把餐证交给为他送行的秦川雪："给佟二，他妈来了。"

这是李勇壮第一次也是最后一次叫佟盼春的绰号。

轰动省城各大专院校的师大"十〇四"案件，案发后十二小时，罪犯落网。师大保卫处在南关区分局年度治安表彰会上受到口头表扬，辅导员获先进工作者称号。那阵儿不兴发奖金，得一纸奖状。

# 十一

李勇壮面对审问他的警察没产生冤家路窄的绝望。他不知道这警察是化学系小 D 的亲哥哥。"黑皮三郎"虽然可以理解地格外义愤填膺，但没有让他吃法律之外的苦头。主要原因是三郎得到了可靠的内部消息，如果不出大的差错，他有望获得治安科副科长的位置。主管副局长同时也警告他：你小子他妈手脚老实点儿，上次脾破裂那个要不是我压着，你这身警服早脱了！三郎虽鲁莽但轻重还分得开，只把李勇壮爹娘祖宗地骂个狗血喷头捎带吐了一脸唾沫，显示了未来副科长的胸怀和法律的公正。

李勇壮选择了一切聪明人应该选择的态度：心悦诚服地接受辱骂和唾沫。

这态度令三郎惊讶。初犯到这里变成惊弓之鸟，累犯到这里要滑头推责任。这小子却是十分冷静、自然，一定不是个寻常人物。三郎认为自己忍耐得对。

在拘留所里李勇壮遇到了严峻的考验。

铁门哗啦锁上。有人向他走来："喂，哪条道上的朋友？"第一个感觉是黑暗。高高的屋顶有一盏灯，罩着一个灯笼架似的铁丝网罩。光极淡。第二个感觉是熟悉的气味。每天晨练回来，寝室就是这种香型，只不过没这么浓烈。第三个感觉是有人推他。

"问你哪，犯的什么案？"

李勇壮默不作声，看看周围，加上他，一共七个人。

"先给老子摸一条金鱼！"

李勇壮莫名其妙。

"在这里摸！"瘦子咚咚地踢一只桶，臭气一阵阵飘散起来。

李勇壮探头一看，是一只便桶。

瘦子乐不可支："你他妈得摸双尾的！"

"装×？同志们，帮助他学习学习规章制度！"络腮胡子发布命令。

李勇壮听到脑后有风声，迅疾弯腰抱肘向后撞去。随着一声惨叫，一件破衣裳从他头顶飞过。他脸上身上同时挨了拳脚。擒贼擒王，他忍住疼痛，箭步冲向络腮胡子，一套组合拳打得他瘫软在墙角。

全部过程五秒钟。李勇壮转过身，四个人可笑地拿着不伦不类的拳击姿势，另一个弯成炸熟的虾状。

"得了得了。"络腮胡子挣扎起来，晃着脑袋吐着气，"哥们儿，身手不凡哪！这么漂亮的活儿和胆量，不能扒便所看女人屁股。一定是雷子抓错了！"

"没错！"

"不、不……"络腮胡子头摇成拨浪鼓，"干那种事儿的人都胆小如鼠没脓水……"

"我是杀人犯！"

"嗯，这还差不离儿！"

李勇壮一记直拳，被络腮胡子躲过去了。

"别，哥们儿，不打不相识……"

铁门开了，三郎探进头。几个人慌忙立正，弯腰垂首，两手贴腿。三郎一指李勇壮："你，出来！"

走廊里，三郎恨恨推他一把："快点儿！有那么个漂亮对象还看别人，真他妈不是玩意儿！倒退三个月，我打你一裤子屎。"

李勇壮万没想到接待室里是夏雨虹。夏雨虹扑上来抱住他："他们打你了？他们打你了？"

李勇壮摇头。

夏雨虹抚摸他的颧骨："怎么没打？这儿都青了！"

李勇壮拨开她的手："我和犯人打架了。"

夏雨虹尖声叫道："那也是他们指使的！他是化学系小D的哥。"

三郎哪受过这个？先是愠怒，待要骂口怒开，心中又一凛，她怎么知道我是谁？想起这姑娘坐市局的轿车来，由局长的秘书陪着还拿着局长的一封信。他恍然大悟这凌人盛气从何而来，立即退了出去还把门带上了。他心中很高兴，通过这件事他发现自己成熟了，完全可以胜任副科长的工作。

夏雨虹平静下来，审视李勇壮："这件事不是你干的，不是。"李勇壮避开她："是我。"

"你不会干这种事。我了解你，了解你的一切。"

李勇壮推开夏雨虹，顾自走了。

## 十二

"也许我不该说我了解他，更不该说了解他的一切。"

夏雨虹举起酒杯缓缓转动，浓黑的长白山葡萄酒透过灯光闪烁出红宝石的色彩。

我汗毛渐渐直竖，这气氛过于低沉。我想显示幽默、学识，想岔开话题，说："喝下去吧，这是耶稣的血。为了众人免罪。""对，这是血。是他的血。"夏雨虹一口喝干，"可是我真的了解他，真的了解他的一切。"她给自己斟满酒，"我爱他，现在还爱他。"

# 十三

李勇壮从小没见过父亲，母亲是一家街道工厂的工人。每日里糊鞋盒，计件算钱，一个赚五分，以此维持生活，供儿子读书。母亲是南方人，说话软软的带着颤音，有文化，能读书看报，人也漂亮。

李勇壮十七岁时，"文革"爆发。母亲的历史被公布在大字报上，他才知道母亲是国民党一个少校的老婆。后来少校战死，她失去依靠，沦落到桃源路的妓院里。

根据年龄推算，李勇壮是一九四九年生的。那么他是国民党少校的遗腹子，还是哪个无名嫖客的后代？批斗会上，母亲交代说李勇壮不是她生的，是一个蹬三轮车的人送给她的。

李勇壮忍受不了这突然的打击，离家出走。一九六八年他插队到松花江边。一九七〇年母亲病逝，他没有回来奔丧。

随着时间的推移，这件事成了枷锁套住了李勇壮的灵魂。"我是谁生的"这个谜像狮身人面像坐在他人生的道路上，时时刻刻地注视着他。他曾经花费了整整一年时间来寻找生身父母，但毫无结果。

后来他意识到，证实自己是谁生的已经没有任何意义。只要是这个母亲生的，即使与国民党少校没有任何血缘关系，也难逃厄运。母亲是个妓女，父亲是一个连母亲也不知道的嫖客，在一九六七年也足以使一个少年失去活下去的勇气。母亲是为了保护儿子，才说他是别人送的。

结果使李勇壮陷入更深的痛苦。

## 十四

佟盼春从秦川雪的寝室出来，下了楼沿斯大林大街（编者注：今人民大街）向南走，一路上尽情欣赏都市的秋色，心绪天空那么晴朗。

南湖由于节气的缘故比夏日里清澈。佟盼春来到游泳区，发现师大的更衣室门上挂了把烧饼大的锁。他遗憾地摇摇头，换上新买的游泳裤，站在淡黄色的墙壁前认真地做了准备活动。

秋风很凉了，湖面上只有寥寥的游船载着双双对对的情侣。几个在游泳区钓鱼的老者赞叹着勇敢的年轻人那一身健壮的肌肉。

他颔首微笑表示谢意，小跑到跳台上，一个漂亮的鱼跃跳入水中……

## 十五

李勇壮与络腮胡子等人一一告别，拎着简单的行李走出拘留所。秋天的阳光因为久违了而分外明媚温暖。他使劲儿吸了几口甜甜的空气，眯起眼睛打了个响亮的喷嚏。拭去了眼泪，他才看见夏雨虹站在旁边，右手扶着一辆自行车。

进了校园，两个人坦然行进在同学们的目光中。将近三舍，李勇壮忽觉不对头，问正在支自行车的夏雨虹："怎么了？"

夏雨虹抬头注视他的眼睛："佟盼春死了。"

"咦？死了？怎么死的？"

"淹死的，在南湖里。"

李勇壮颓然坐到门前的台阶上。

钓鱼老头在喝了彩之后发现小伙子再也没浮出水面，便报告了南湖派出所。警察询问了所有在场的老头，检查了小伙子的衣物，从佟盼春的学生证上知道这个人是师大学生，就通知了学校。

佟盼春的尸体始终也没找到。公安部门依照法律把他列入失踪人员名单。在户口上他还可以活两年，尽管他确实死了。

333室乱糟糟，佟盼春那个从农村来省城治眼病的老娘听到凶讯当时就什么也看不见了。她坐在儿子的床上抚摸着儿子留下的衣物被褥，反反复复问着："春子会水呀怎么淹死了？春子水性好会踩水呢怎么淹死了？学校不是有澡堂吗？这么冷天他上那湖里洗什么澡呢？"

同学中最悲痛的是秦川雪，哭得死去活来，眼皮红肿面色苍白因而更加难看。许多人议论说秦川雪大约爱上佟盼春了，就像夏雨虹爱李勇壮。夏雨虹第一次用同情的语气说秦川雪，这件事可能与她有关。

# 十六

秦川雪一个人在寝室缝被子。佟盼春敲门进来了，坐在她对面，神情镇定眼睛放着奇异的光彩。

"我和你说件事。"佟盼春一反过去的木讷，开门见山，"十月四日那事，我干的。"

秦川雪微微一怔，她也认为这件事不大可能是李勇壮，但是没料到佟盼春会如此从容地说出来。

佟盼春从头道起，自然流畅，仿佛在讲述一个传奇故事。

仲夏时节，体育课是游泳。佟盼春和同学们一道来到南湖。游泳他不怕，水性好着呢。他换上游泳裤，和同学们嘻嘻哈哈走出更衣室，迎面碰上夏雨虹，穿着天蓝色的尼龙弹力游泳衣，衬着淡黄色的背景，弯腰踢腿做准备活动。修长的腿裸露着，浑圆结实的臀、纤细的腰、丰满的胸，被合身的泳衣勾勒得十分清晰。

活到二十多岁，他第一次来到浴场，第一次见到穿得这么少、裸露得这么多的女人。这女人又是他的同学又美得令人窒息。全身的血涌到了头顶，他心跳得喘不过气，小腹发胀。他跌跌撞撞冲回更衣室，坐在角落的长椅上竭力屏住呼吸，闭上眼睛。五彩的云雾在脑海里翻滚。云雾中夏雨虹一次一次地向他走来，最后一次竟穿着透明的游泳衣。迷蒙中他只觉得一股热流从体内喷出……许久，他平息下来，如同刚刚跑完三千米，十分疲乏又十分轻松。

更衣室里静无一人，他手忙脚乱换上衣裤，贼一样溜出更衣室。穿越树林时，他把脏了的游泳裤团成一团，扔进草丛。从此他再不敢正眼看着夏雨虹。鬼使神差，他几乎天天去南湖，去看穿游泳衣的女人。每次回来他都痛骂自己，看不起自己，过后却无法控制。立秋之后，南湖没有人游泳了。他整日惶惶，失魂落魄，整夜失眠，产生了那个念头。他说十月四日逃回333时，寝室里的人都知道……

秦川雪认真听着，为一个人竟能如此坦然地袒露灵魂而吃惊。突然，一个奇怪的想法跳了出来：为什么男生女生都愿向自己吐露心事呢？因为自己丑。丑给同性以安全感，给异性以勇气。她曾为拥有众多的朋友而骄傲，使心理得到一点儿平衡，却没想恰恰是因为丑。自己只不过是别人宣泄情绪的工具。

她走神了。她本来可以觉察到佟盼春的所作所为洋溢着万事皆休的味道。她错过了一次机会，使一个人死掉了。她想，佟盼春向自己讲述这一切，何尝没有寻求理解，以便决定活下去还是死的意思。自己毫无意义的恍惚会不会使他产生错觉以为自己对他不屑理睬？

秦川雪还没有听到佟盼春这句话：一个人活着而不能自主，可怕极了。

# 十七

"其实，你没有必要遁入空门。"纪晓峰没头没脑说了一句。

夏雨虹一笑："信仰上帝和出家当尼姑是两码事。"

纪晓峰嘟囔道："我可觉得是一回事。"

夏雨虹宽容地原谅他："这只能说明你对宗教的无知。"

"当然当然。共产党员，无神论者嘛。"纪晓峰不在意。和同学们一样，他也认为只有尖刻才是夏雨虹。"可是我知道李勇壮不爱秦川雪。"

夏雨虹没有反应。

纪晓峰很失望，接着说："汉中那个工厂在山沟里，苦得很。怕去的人留不住，所以要一对。李勇壮不够条件，秦川雪也想去，两个人便以未婚夫妇的名义提了申请。"

夏雨虹平静如常。

我说："一车人五十多，老的小的都逃出来了，偏偏烧死了他俩。这就是命！"

"我总觉得他们没有死。"夏雨虹喝干杯中酒，"真想去汉中看看。"接着，她吟诗般说了几句话。

我当时没听清当然也就没记住。纪晓峰正指着我的鼻子："听着，狗屁作家！"

我抗议："请你尊重人类灵魂工程师。"

"在它面前，"他指左臂的盾牌，"人人都可能是罪犯。你也别假正经，心里想的什么，我知道！"

我愤然："只有你这狗屁才有这狗屁理论。"

他满意："这就对了。高贵者最愚蠢嘛！我们大家都是狗屁。"随即又郑重起来，"我要向你这狗屁作家透露一个秘密。我的。"

琴声悠然。夏雨虹坐在漆黑的钢琴前，纤长的十指灵巧地抚着琴键。

我神不守舍。

纪晓峰提高声音："知道我为什么瞧不起佟盼春吗？"

我偷眼去瞟夏雨虹。

纪晓峰揪住我的衣领，咬牙切齿："我也干过那种事你知道吗？那种事就像抽大烟沾上就上瘾你知道吗？我瞧不起佟盼春是因为瞧不起我自己你知道吗？佟盼春有勇气去死可我没有我他妈还不如他呢你知道吗？"

我打了个寒战。一九七三年我还在县城里开汽车。有一次到长春拉货，车停在胜利公园旁边去吃饭，回来时天已经黑透了。我打开车灯，透过栅栏看见公园里有一男一女拥抱在一起，裤子堆在脚脖。这情景从此经常在我梦中出现。很多次干脆我就是那个人，女人却不同也就说不准是谁。我每次到长春都坚持到胜利公园旁边的饭店去吃饭。无论白天晚上，看见那棵树心便擂鼓般跳。有一次我钻过栅栏到那棵树下想寻找点儿什么，结果发现那棵树与别的树完全一样。我的紧张顿时消失殆尽，继之而来的是懊丧、茫然若失：那天看到的是真的还是幻觉？

纪晓峰眼珠红得像夜晚的耗子："这个秘密我告诉你了。你这个狗屁作家得起誓！"

我竭力想冲淡莫名的恐惧，故作轻松地指着沉浸在乐曲中的夏雨虹说："面对上帝的使者，我起誓世界上不会有第三个人知道……"纪晓峰咧开嘴笑了："你弄错了，我让你发誓把这一切都写出来。别人我不管。我、李勇壮，一定要用真名。"

我的声音在颤抖。我说："我起誓。"

琴声绵长，冥冥中似有人在呼唤，轻轻地。我第一次真实感受到了上帝的存在。

夏雨虹说的那句话，蓦地重复在耳畔，十分清晰：

> 你还是不自由的，你仍找寻着自由，你的找寻使你如梦游者似的清醒。

## 附　记

差点儿忘了，我曾经答应读者，把李勇壮和纪晓峰怎么上的大学附在后面。

李勇壮当时已下乡八年，一起插队的同学招工的招工，参军的参军，都已回城。集体户里陆续补充了一些新户员。那年冬天他赶车往县里送公粮，半路车带扎了，回到公社天就黑透了。他找到公社知青办公室想借个宿，却撞见公社书记搂着一个女人在热炕上滚。他骂了一声转身走了。三天以后，公社书记打发人送来一张招生表格。入学十五天，他得知那女知青投河自杀了。

纪晓峰上大学就比较简单了。"反击右倾翻案风"，抓住了他爸爸的一句话。于是上挂下联翻老账，去北京外调他爷爷的情况。殊不知中央早已给纪晓峰爷爷平了反，他老人家是抗联的一个支队长。县里的头头惶惶到家来，他爸爸倒也痛快，一不要钱二不要房子，要一个上大学的名额给儿子。头头大喜过望，欣然应承。

# 边色秋声

## 一

早年，这儿有趟柳条边，从东北斜向西南，枝枝丫丫的，很是茂盛。夏天，密匝匝的如一堵墙；冬天呢，西北风一溜，光秃秃的柳条就快活地尖叫起来，像淘气孩子吹柳哨儿。

人们把柳条边的东南叫边里，西北叫边外。

后来，柳条边日渐稀疏，记不得哪一天，终于没了踪影，空余下一道三尺多高、六尺多宽的坝塄。人们行车走马，于坝塄上印了两条无尽无休的辙迹。辙间满是马莲，清心寡欲，墩墩丛丛，一任轮碾蹄踏。

人们依了习惯，仍是边里边外地叫。

边里，赫然生着一簇林子，杨树、柳树、榆树，极高大。四周是饮马河淤积的平原，辽阔而平坦，树林便愈发显得伟岸，便招来许多的老鸹筑巢。每每黄昏，老鸹们无以打发这永恒的寂寞，只好飞起飞落地聒噪不休。

　　林前，一幢青砖瓦舍的四合院，墙高院深，很有些气派。对开的大门，探出两只衔着铜环的兽头。可惜那朱红太老了，剥落得斑斑驳驳。门楼更威势，两根一搂粗的石柱，顶着一匾横石，石上镌两个大字：静虚。很潇洒，很有几分仙风道骨。都说是道光皇帝的御笔。若果如此，这庵也必是圣旨修的。

　　静虚有许多的庙产，终日里晨钟暮鼓，香烟缭绕。烧香的、上供的、求神的、还愿的，问生问死问富贵问子孙……络绎不绝。好在菩萨慈悲，并不烦。

　　庵里有一位尼姑，法号慧宁，身世已无从考。大凡庙、庵对僧人的俗家是极谨慎的，互相间知道的不说，不知道的不问。静虚何时多了个小尼，俗人是不理会的。及至十七八，出落成一朵花现于人前，才都咂嘴咋舌，问我问你问他，打听是谁家把这么俊的闺女舍到庙上。

　　慧宁也怪，六根清净，斩断尘缘之人，本无忧无喜，无情无欲，偏又极聪敏，有一手好医道。她擅治妇人小病，什么经血不调、崩漏带下，只一根银针，几把草药，再辅之以扯痧拔罐子，手到病除。

　　尤让人惊奇的是接生。产妇怎样翻滚叫喊，慧宁也不慌。

　　先细细地净手，再焚三炷香，供上刀剪、脐绳之类。待香气充盈屋内，跪下，求菩萨赦动刀剪、玷血污之罪，方动手。

　　时辰或短或长，必有一婴儿呱呱坠地。男儿女儿，也不向人家道贺，更不受馈赠。再净手，再焚香，再跪下，默诵经文。站起，一长揖，一声"阿弥陀佛"，算是告辞。尔后，顾自出门，径回庵上。

经她手,大人孩子无一抽风而亡。于是,静虚门前便常有边里边外的车马来。于是,静虚的送子娘娘香火最盛。

一个自幼出家的尼姑怎的有这本领?就有了议论,说慧宁长得娇媚非常,无师而自通医术,来历必有说道。更有人说得准:慧宁乃是狐仙,化作人形,家就是庵后林中那棵古松上的洞。就有人亲眼见了,说远远的是慧宁,进了林子,噗的一股白烟,化成一只青狐,三蹿两跳,进了树洞。大家就一哄声叫那洞为"狐仙洞"。

边外有个炮手,不信邪,寻了上来。洋炮里装了火药铁砂,为避邪克妖,还掺了小媳妇骑马布烧的灰。果真见那青狐,修炼得嘴巴漆黑,目光如火。他端枪瞄准,待要打,青狐并不跑,直立起来,前爪合十,一揖,那洋炮便炸了膛,炮手登时满脸流血。

还是慧宁调药医了。炮手回去便砸了所有的夹子、套子,再也不肯杀生,春种秋收地过庄稼人的日子。

那林子从此无人敢进。树愈发壮,草也茂。狐狸、黄狼、野鸡、野兔得了依仗,怡然地钻来跳去。

越传越神,人们就推了德高望重之人去问住持,慧宁到底是什么。

住持淡淡一笑:阿弥陀佛。人亦仙,人亦佛,人亦妖,人亦魔。前世之因,今世之行,后世之果。皆可成仙,皆可成佛,皆可成妖,皆可成魔。顿悟之悟,是为悟。俗子凡夫,焉能悟?生死有命尔,慧宁何必多事?

说毕,闭目诵经,不理来人。

惶惶退出，与守在门外的众人学了，众人也惶惶然。散去，再无人提起。

不孝有三,无后为大。生儿育女之事是万万断不得的。于是，接请慧宁治病接生的，也依然不断。

慧宁依然不辞。

这年，边里边外闹瘟疫，说是哈尔滨的耗子带来的。人一家一屯地死。先生躲了起来，药铺也关了板。有人敲门，便隔门缝塞几包不疼不痒的药。也不收洋钱，只记上账，明说：若好了，秋后送一斗高粱来；若不好，权当奉送。

慧宁不怕，有求必应，去看，去治，走遍了边里边外的村屯。

饥荒瘟病重了，盗贼蜂起，闹开了胡子。背死狗、打杠子，胆大的干脆址旗进了边外的大青山。

一月黑夜，静虚遭了马贼的劫。自然用不着爆豆般的枪声和厮杀呐喊，十几个尼姑，除住持老尼坐化去了，余者皆不知下落。

人们猜测，大约都做了压寨夫人吧？那慧宁如金似玉之年，如花似月之貌，怎逃得这劫数？便叹息，一个美妙女子，落到匪巢，凶多吉少。或守身，或守命，两全是不能的。再有灾病，找谁？也有暗自庆幸的，这个来历不明不白的尼姑，终于不明不白地去了。

不料，七天过后，慧宁独自回到静虚。既无寻死觅活之心，也没含垢忍辱之相，照旧在那香火断了的庵里一心向佛。

渐渐有人传，说慧宁宁死不从，被劫时，带了一柄剃度用的刀子，极锋利，"边外青"若接近，便要割断喉咙自刎。胡子敬佩烈女，把她放了。

还有人说,慧宁虽不从,却身单力薄,被捆绑起来,强行成亲。亏得一个马夫偷偷放了她。"边外青"发现后，待要追赶，那马夫又引来八路，把胡子们包了圆。

也有人说，"边外青"是把慧宁请去给他老婆接孩子。七天之后，母子平安，一匹快马送回来，未动她一根毫毛。

这当然是很久以前的事了。

## 二

静虚由是败落。然而庵依然矗立，林子依然茂盛，老鸹们依然高居巢中，津津有味地繁衍子孙。

这年闹起了"红卫兵"，全国性的。先破"四旧"。庙庵乃迷信产物，自然首当其冲。于是便有人搭了云梯，奋勇攻到静虚门楼上，要铲除雕刻在上面的"御笔"。谁知这石坚硬如铁，一锤下去，只一个白点，连迷人眼睛大的渣渣都不掉：三下五下，錾子尖儿就秃了。封建迷信如此顽固，"红卫兵"们义愤填膺。大队书记坚决支持革命行动，亲自带来一台拖拉机，将门楼捆上钢丝绳，准备一举摧之毁之。

支书左手掐腰，右手好威武地一劈，拖拉机便嗡地蹿出去，却又像挣套的骡子，一顿，没了声息。

拖拉机手跳下来，一遍一遍地拽那发火绳。直拽得满头满脸的汗，那根直撅撅地竖在前面的烟囱扁屁不放。

众皆惨然。

原来，据说建那庵的木料均是长白山的千年古松，所以水淹不朽，火烧不燃；又据说烧那青砖青瓦的窑，点火时曾用了一双童男童女来祭，所以那砖棱角分明，极坚硬，迎风立起，便发出呜呜咽咽的哭声；还据说砌砖瓦的泥都是用江南的糯米蒸熟了，捣碎了，和了驴皮胶做成的，所以缝口极狭，连席篾也探不进，却坚似一体……

一时间人声鼎沸。

慧宁缓步走出庵来，双手合十，道："最高指示，'古为今用，洋为中用。'这门楼与院墙连着，拉倒门楼，院墙必塌。院墙又与厢房相交，墙塌屋必坍。墙塌屋坍，敬老院的老头老太太又何处存身？都是些受尽了苦难的人。"

人们一看，也是。一想，也是。清一色的贫下中农，眯着昏花的老眼，巴巴地望着自己。其中竟有七爷八奶九姥姥，心便软下来。

慧宁又说："要去这两个字，极容易，和点儿黄泥抹平，不费力的。"

人们没了主意，只好依计行事，拿泥暂且抹了，再回去请示。

支书不依，饶了庵，不能饶了尼，把慧宁拉到庵后的林子里，说她装神弄鬼，愚昧人民，要她低头认罪。

慧宁不慌："神鬼之事，行之于天上地下，传之于凡世人间，信其有则有，信其无则无。装弄岂能让人信？"

支书无言以对，便大怒，抽出一柄预先备好的板斧，杀向那棵古松。

哪知到得树前，双膝一软，竟直直地跪在那里，兵器也抛到一旁，险些伤了一个看热闹的孩子。

众人怔住。半晌，想起去拉他。不起。两个人架着胳膊，一使劲儿，身子悬空，那腿仍拳拳跪着。一慌，松了手。支书仆然倒地，牙关咬得咯咯，口吐沫，两眼翻出白，腿还是不肯直。

慧宁一叹，自语道："口是心非，意行失调。行不达意，意难守行矣。此症为痰迷心窍，惊厥而致。如今我是进退维谷，左右为难。救他有罪，不救他也有罪。只好受罪于人，而勿施恶于天了。"

说毕，从内襟取出一支三寸银针，准准地刺入他的人中穴。

支书哼了一声，翻回黑眼，浑身已被臭汗湿透。

有人发一声喊："好妖怪，毛泽东思想红旗光辉照耀之下，青天白日，还敢迷人，快将她斗倒斗臭。"

却无人上前。

有一老汉抄起板斧，喝道："谁个砍这树，伤慧宁师傅，我先劈了他！没良心的东西，回家问问，哪个不是慧宁师傅把你们从娘肚子掏出来的。要迷你们，早他娘迷翻了。"

"红卫兵"都是边里边外四十八屯的，年纪相仿，大都在慧宁手上哭出人间第一声。被老汉一语道破，顿觉惭愧，便悄悄撤了。

有人私下说：躲过初一，难逃十五，早早晚晚，慧宁得吃个大亏。

慧宁却无知无觉，照旧进进出出，看不见半点儿忧虑之色。没几日，京城里发出一声号炮，斗争的大方向是各级司令部，万不可转移了。

于是，前几日吵吵嚷嚷领导运动的支书，便被运动给运动得人仰马翻。

静虚从此消停。

三

静虚庵后，长十几株桃树，有几十年的岁数，饱经了风霜，树身老态龙钟，疤痕累累。结果却卖力气。阳春三月，粉红色的花便挂满枝头，给青砖青瓦的庙宇带来暖意。

这桃子奇大，酷似蜀中的水蜜桃，鲜甜无比。曾有人将桃核拿去种，极少出了，果又不一样味儿，瘦且小，与本地的桃子无异。

侍弄桃树的，自然是慧宁。八月中秋，桃尖上涂了一点儿红，慧宁将它们小心地卸下来，只留下一个最大最好的，其余尽数均分给老人们。牙口好的，当下用衣襟胡乱擦擦揩揩，孩子般啃咬起来。有的看得直咽口水，却只能捂到被窝里，待熟透得软如面团，一剥下皮来，再细细吸吮果汁，品咂滋味。

东北天冷，边外的寒风更加如刀如剑。桃树怕冻，每年霜降前一天，必有一精壮汉子赶来，捎着铁镐、绳索等一应家什，帮慧宁将桃树一一埋好。那小心细致，像小媳妇包娃娃。俩人不说话，只埋头顾自干活。配合极默契，你干哪样我干哪样，似乎早商量了多少回，绝没有一人干，一人看，也没有回头话。

埋毕，俩人都已汗湿。慧宁必捧出一硕大无比的鲜桃。汉子也不推辞，接过细细地啃，慧宁看着他极慢地啃完，再转回庵，仍是一句话也不说。仿佛这一天的劳累，只这一只桃，便报得干干净净。汉子脸色庄重，倒欠了慧宁似的，望着那背影拐过墙角，才又捎了家什，迈起极满意的步子，还要哼一段二人转。

春天，这汉子又要来一次，帮慧宁将土刨开，扶出桃树，棍支绳拉，将窝了一冬的枝条扯开。

这年，那汉子来到坝塄上，忽见那桃树已直直地立起，且吐了许多的苞芽，在暖暖的阳光下，裂开了粉红的嘴。汉子一屁股坐坝上，一锅搂一锅地抽烟。

不一会儿，慧宁跟在一条黄狗后面，不紧不慢地来了。

汉子见了，起身就走，捎着那锹镐绳索。

慧宁不召唤，待他走远，回了庵去。黄狗怅然地望望这个，瞅瞅那个，颠颠地跟她后面，不紧不慢。

这狗叫大黄，绝对地名副其实，大如牛犊，黄如伏麦，且凶猛异常，是这园中的卫士。猪羊一到这儿，必被驱逐，淘孩子也不敢靠近桃树。它本是个弃儿，被人扔在烂泥里，嗷嗷地叫。慧宁怜其一条命，收养了，每日把些米汤泔水喂它。所以，大黄极听她的话。

几天后，一场东北风，飘下了雪花。清晨起来，只见落英残红，铺了满满一园。

原来这地方侍弄桃树是很有些讲究的。起出土早了，开花早，一场倒春寒便将花苞扫荡尽净，一个果也坐不下。

慧宁不哀，合眼于树下，口中喃了几句，持一柄笤帚，将花小心收起，葬成一个小小的冢。

中秋时节，老人们破例没吃上桃，倒不埋怨。知青下了乡，说要扎根的，还像些样。谁知又有的抽走，有的留下，便乱了军心，如溃兵一般。偷鸡摸鸭，盗瓜窃果，明火执仗，无人敢挡，附近有侍弄果树的，都被偷个精光，还折了枝，毁了树。

人们说，幸亏静虚的桃树无果，不然如何看得住。来人偷，大黄必要出去吠咬。可狗再凶猛，又如何斗得过人，必要遭殃。

边外冬早，过了寒露就下霜。慧宁一个人忙活着把树埋了，又时时借直腰的工夫往坝上忧忧地望几眼，空荡荡的没踪影。

第二天一早，慧宁被"清队办"找去了，说要去做证人。慧宁不推辞，跟两个人走十几里。

对证在生产队的马棚里。那人手腕捆着缰绳，悬在棚杆上，脚尖刚能点地，头耷在胸前，赤裸的背上布着青紫的伤痕。

"他是不是'边外青'？"

"你们既认定他是'边外青'，为何还来问我？"

听得慧宁声音，那人猛地抬起头，面色黑黄，眼里却流出熠熠的光。

"认定了还问你？"

"既然没认定他是'边外青'，又为何将他吊起来？"

"别胡搅，他到底是不是？"

"你们不放下来，我是不说的。"慧宁闭上眼，任怎么吼，不言语。

众人无奈，只好将那汉子放下来。

慧宁细细察看一番他的伤，抬起头："他不是'边外青'。'边外青'早不在人世了。"

"真的？"

"出家人，不妄语。"

说毕，转身出了马棚。十几里路，走走歇歇，用去了大半天。直到黑透了，才挪回来，却又疲得打门的力气都没有。

## 四

慧宁从此蓄发。那新长出的头发竟雪一样。人们吃惊，怎么算，慧宁的岁数也在五十以里。这般年纪如何生得一头华发？

人前不再念经，斋依旧吃，连地五荤——葱、姜、蒜、韭、芥也不动。做菜时一两滴泪水大的素油，多了便嫌腻，吃不下。自然单勺单灶，碗筷不许别人摸。独居于西厢房间壁出的一小屋内，除去一铺炕，便没了放置家什的地方。每日做些洗菜、淘米的活计。

也不再看病，人们渐渐忘了她。

一日，乡邮员交给慧宁一大信封，内装一大红纸帖，抬头是"慧宁委员……"慧宁便不往下看，装回，说："错了，这信不是我的。"

乡邮员倒退几步，连说不敢。那大信封上印着中国人民政治协商会议呢，误了大事，罪该谁当？

慧宁不勉强，待他走远，顺手将信封扔进柴堆。

以后逢年过节，总要收到这样一封帖，慧宁拆也不拆。

院长则叫人搭了梯子，拎桶水，爬上去将"静虚"二字刷洗干净。还是不很醒目，想涂点儿颜色，又不知该涂红涂黑，问慧宁，慧宁不答。

日子一天接一天地过去，慧宁依然是慧宁，每日里洗菜淘米，烧火做饭。脚步有些蹒跚，水也只能端半盆。

这天，门口来了一位老汉，踌躇着向院里张望。她心一动，迎出去。

老汉不抬头："队房子，让人家包了，做油坊……"

慧宁侧身门旁。

老汉将肩上的行李卷儿颠颠，跨进大门。

那行李卷儿很小、很轻。

## 五

东方刚刚冒红，林子里就有鸟儿试探着叫几声，怯怯的。忽地便有百鸟齐鸣，婉转不止。

清晨里，吱呀一声门响，出来的必是慧宁先伫立门楼下，向东方凝神片刻，再慢步踱进林子，将蒲团置于一卧牛石上，稳稳坐下，闭目合十。

这时便会有一老汉持长柄笤帚出来，把庵前空地上的鸡毛鸟粪、柴屑草渍，尽皆扫光。然后沿那狭窄的小路向庵后扫去。动作极轻，神色极专，一帚一帚地，既怕扫起灰，又怕扫出响动。一直到青石旁，注视着慧宁驼得很深的背。

慧宁浑然若不知。

日复一日。这天，慧宁照例去庵后，含胸俯首，闭目屏息。忽觉得冥冥之中缺少了什么，略一思想，立时心猿意马，无法入定。原视万物为无物之眼，竟视万物皆为物；原容天地洪荒之心，竟草芥难存。几十年风风雨雨翻滚而来，联翩不绝，使得她瞻前顾后，寻左思右。她站起来，大骇，怎么许多年参禅修炼的淡泊之心、清净之境，刹那间便玷污充塞，莫非走火入魔了？

惶惶回转，脚下有些散。

那由她踏出的小路没有往日洁净，落着几片早秋的叶，无人洒扫。

院长在那里等，说有个老头病了，又不肯去卫生院，只说你能治得。

慧宁一怔，一阵凉意徐吹脑际，渐渐将那纷纷纭纭的东西化尽，神色安然如常了，说："我多年不曾切脉诊病，早已生疏，快些送乡里，切莫耽误了。"

院长知劝也无用，走了。

慧宁净了手，取出三炷香，点燃，闭了眼，往空中长长一揖。不料那袅袅的香气竟将盛时的静虚送到她眼前。她叹了一声，难道我就寻不到一席清静之地了？

## 六

几场风雨，肃杀了夏日的绿色，边里边外同是一片空寥的秋野。

大黄引路，慧宁踩着簌簌的枯叶，沿小路穿过林子，一眼便望见老汉站坝塄上，努力地伸直腰，手搭额上朝这里看。

"只一句话，你是要我走，还是要我留？"老汉不望她。

"走与留，皆天命。"

"四十多年了，这恩恩怨怨，就不能了结？"

"前事已逝，后事将来。了未了，何以结？"

一只蝈蝈躲在草丛里，沙沙地叫，凄凄的，很响，像呼唤什么。老汉叹一声："秋后的虫，没几天叫了，这是何苦？"

"生为生者，为生；死为生者，亦为生。芳花争一秋之萋萋，蝉蛙鸣一夏之绝唱，枯死而为泥土，则万世永存。所以，生亦勿乐，死亦勿哀……"

"我听不懂你的话，不明白你的心，四十多年了，不明白！"老汉烦躁起来，气呼呼坐在包袱上，"我听你的，说不说话，就四十多年不说，一句不说。可你！"

慧宁望着那弯得一张弓似的背，嘴唇抖了抖，没有说出话。

一阵风顺垄沟溜过来。被太阳榨干的豆叶松软暄轻，悠悠地飘起来，翩翩地舞着。高高的豆花摇响了农人遗下的豆荚。

老汉抱紧双腿，下巴支在膝上，仄耳细听。渐渐地，眼角嘴角堆起皱纹，望着极远的地方。

"真好听，啧，那晃腰骡子，会浪着呢，人越多，脖铃响得越脆，一声是一声。满街的人，没有不瞅的。"

"跟院长说了？"

"说啥？让不让来，他说了算。走不走，我说了算。熊地方，待够了，这一屋几十人的臭气，熏得我睡不着。"

"存七情，纵六欲，其气必浊。不比骡马，食草料，饮清水。"慧宁道，"小心身体，起早贪黑，够忙的。别看是亲戚，管你的吃喝，给你钱，喂不好，也是不愿意的。"

"不上李家窝堡了。头晌捎来信，老李家把车挑了，八匹马连两个骒驹子，换回一个带斗的小四轮子。"

"那你还上哪儿？"

"上边外，上蒙古地界。我不信全世界把马都卖了！"老汉愤愤地捋起一把草。

"秋高雁南，叶落归根。"

老汉苦笑一声："哪里有什么根，活了六十多岁，不知亲爹亲娘是谁。"

"前脚迈出这门槛，后脚再想迈进可就难了。"

"不回来了，这条心，死了。哪儿放倒哪儿埋吧。"

慧宁突然转过脸。

大黄静静地趴着，眯起眼，不看他俩。天蓝得幽幽的，匆匆飞着一群雁，一、人，一、人地变着队。太阳自由自在地往西沉。西北那一望无际的原野，秋声瑟瑟。天尽头，绵亘着大青山朦胧的轮廓。

老汉手拄双膝，吃力地站起来。

慧宁帮他将包袱背上，触到一个圆圆硬硬、核桃大小的东西，心一沉，住了手。

老汉觉察了，头也不回，说："都留着呢，一年一个，一年一个呀！"

慧宁脸色唰地变得苍白，像一片叶子似的抖个不停。

老汉猛地转回身："你再回我一句话，回一句。"

慧宁慌乱地摆手："不，不，许多年，我都这样过惯了。就让我这样变成一抔黄土吧。"

说完，逃也似的下了坝塄，摇摇摆摆地回去了。一头白发在夕阳下飘舞起来，遍野枯黄之中，如一团蒲公英。

老汉痴痴望着那背影，那小路，那默默的庵，那落了叶的林，直至暮色四野，黄昏浓了，才沿那两条白白净净的辙迹，一步步向太阳落下的地方走去，再也没回头。

大黄爬起来，夯着耳，送了他一程，踽踽地回来了。

# 七

慧宁身骨竟不行了，不思茶饭，极其瘦弱。早晨的功课还每日都做，却坐不稳，也坐不久。更多时是依了树，挂一根杖，由大黄陪了，朝西北望。

上冻时，来了一伙城里人，扛着三脚架，拿着大格尺，用一台千里眼又瞄又瞅，然后漫荒遍野打桩钉橛子。

紧接着传来消息，省城缺水，要引松花江，那设计图上，静虚正正当当落在水道中央。于是须扒了这庵，砍了庵后的林子。

慧宁不闻不问，挂着杖，绕静虚缓缓地转。时而立住，定定地望那高高翘起欲腾空而飞的檐角。或伸出干皱的手，颤颤地摇那干皱的树身。大黄也老了，没了前蹿后跃的兴致，久站累顿，便趴下，头伏在伸直的前腿上默默地思想。

无几日，头场雪落下来，正是夜半时分。大黄有一声无一声地叫，绝望、苍老。

一片银色铺满了边里边外，天气骤寒。慧宁闭户不出。到了早饭，院长去叫，不应。忽觉不好，忙搭了梯子，从高窗上爬进去。

慧宁盘双膝，脚叠股上，双手合十，闭目合眼，端坐于蒲团之上。一试，早没了气息。

院长拾起一张白纸，上面有极潇洒脱俗的毛笔行书，写道：

> 庙者庵者，说佛传经圣地也，佛者经者，劝人行善所为也。以一庙一庵之损毁，获万民万物之滋润，其功其德，如日月行于天而兴暖施于地，无边无量也。
>
> 吾，一比丘尼，无名无姓，来既无，去亦无。故葬于火，不留骨殖；葬于土，不起冢突。

院长知是遗嘱，却只知其言，不明其意。懵懂中，忽听得一声汽车喇叭，方醒来，忙开门冲出，却绊了一个跟头。低头看，是大黄僵卧门前，不知何时死的，蒙着一层雪。

来的是县政协的主席和引水工程的总工程师，专程拜访慧宁师父。

院长头上冒着腾腾汗气，结结巴巴地把事情说了，又将遗嘱战战兢兢递上。

总工看了，惊讶得眼镜险些滑下来，说："难道慧宁师父真有未卜先知的本领？看这遗言，不但知道我们今天来，还知道我们来干什么，怪，怪。"

主席忙去看，亦不懂，只点头。

院长一旁听了，冷得抖成一团。

# 八

众多的人马开到庵前，列了阵式。吸取十几年前的经验教训，准备了大马力推土机、钢丝绳，以防万一，还拉来了一箱炸药，几十雷管。

霎时红旗摇摆，哨响喔喔，附近村民，围了人山人海。

谁知只轻轻一碰，那楼便坍下来，石碑摔得七裂八瓣，成一堆碎石，险些砸了推土机。那墙，几个人一推轰然倒下，奇得人咂舌。过一阵儿，尘埃散去，村民们想捡点儿砖头瓦块，回去垒墙盖猪圈。谁知用砖竟酥如灶糖，拿不上手，只一碾，便粉碎如末。

砍那林子时，更奇了。先是几十只乌鸦悬在空中，呱呱地叫，引来几百上千，铺天盖地，飞上旋下。其鸣哀怒参半，令人毛骨悚然。有胆小的民工，曾听过这林子的种种传闻，竟抛了家什，悄悄溜回家去，跪在灶王爷前。

拖拉机、推土机的司机不听邪，叭叭甩了几响雷管。不料激怒了鸦群，兀自轮番冲下，乱扑乱咬，驱得人们抱头鼠窜。

总工忙将队伍带走，说："在古代乌鸦为神鸟，太阳就是一个三条腿的乌鸦呢。当然那是传说，科学的讲法呢，乌鸦是益鸟，要保护。所以要想办法才行，别伤害。"

正说间，只见鸦群盘旋几圈，呱呱叫着，如一团乌云逐风，向西北飞去了。

# 九

现在，这儿有一条渠，宽宽的，水清如许，静静地流。两岸是矮矮的堤,很宽,栽着杨柳,吐着绿绿的嫩叶。不过都还纤细,筑不得鸦窝。

边里边外，一片空旷。

# 四 户 屋

## 一

这里是饮马河淤出的一片平原，紧贴鹰窝山的脚跟。原本蛮荒世界。大清年间，一位不得意的王爷被封此地。既是八旗后裔，岂能不善骑射，不好兵戎？于是跑马占荒，修植一道柳条边。又沿着那边筑起许多的烽火台，来防范子虚乌有的敌人。

从西北往东南数，到这儿是第九个。依着三、六、九的吉数，住上十几户旗人，名曰九台。

这便是小镇的最开始。

在东北，这历史很可以算为久远了。

镇北，有一栋草房。年岁不小了，屋里的炕和窗后的车道一平。每逢冬日的清晨，送公粮的牛车马车辚辚驰过，如同碾在人们的头顶。房草早已发黑，伏日里生出青的绿的苔，帮着挡一些雨。墙是草辫子编就，把了泥，抗力极好。虽有的地方凸得如寿星老儿的前额，但绝无坍塌的危险，因此成了老鼠的乐园，将鼠洞筑得交错纵横，迷宫一般。鼠们常吃了西头刘家的绝命药，却横尸于东头李家的炕梢。

住户很密，每三间住四户，每户平均为七分五厘。分割的方法才叫绝：呈"⊞"样。四小格每家一个，为餐厅、客厅、居室。中间一条是四家共用的厨房——小镇人叫"外屋地"。这叫法较科学，因为不仅做饭，一时用不着的东西也堆在那儿。不过用不着的东西极少，所以倒还宽敞。

草房的西边，住了四户。本都是很平常的单姓，合到一起却有趣：伊、郭、朱、范。好事人说，这四姓是犯相的，"一锅煮饭，还会好！"

然而不然。


## 二


伊家的男人大号伊则天。东北人把"则"念做"za"。则天是条壮汉，身材极魁梧，可惜小时得过天花，落了一脸的坑。据此，人们又叫他"麻子天"。"麻子天"容貌欠佳，人缘还是不错的。每日绝早便起，一把大扫帚，将着那长长的柄，左挥右舞，一帚压一帚，很潇洒地将当街从头扫到尾，干干净净，草刺皆无。并填坑平洼，任顽童们翻跟头、打把式。"麻子天"原本有正当职业的，在木材公司里抬木头。谁知既无偷摸抢掠，也没奸淫赌博，竟糊涂涂将一只铁饭碗打掉了。现下只好整日守在煤炭商店的门口，遇到买煤的主，便讲明价钱，一推车送进人家，赚得三角五角。所以他又将几家的煤包下来，每月一次帮着买回，弄到家，还要运到外屋地各人的墙角堆好。他从不要脚钱，说是回来顺便捎，不然也是空回。久而久之，人们便不再把钱给他。

"麻子天"南屋，只一个孤老太太，山东人，独生儿子死在四平城下，是个烈属，姓郭，为人很有些梁山好汉的豪气。人们推选她为居民组长，尊称老组长。

老组长身体硬朗。只是一双小脚，走路吃力，时时挂一枣木棍，三只脚急急地倒动，也不见快。家里唯一的贵物是一架钟。钟盘的白漆已然斑驳，四周的铜饰却闪着黄灿灿的光。正午时分，便要与广播站的喇叭细细地对。所以走时极准，误差绝不超过五分，为前街后院左邻右舍的标准钟。谁家大人赶车、孩子上学，都到窗下喊声："老组长（或者郭大奶），几个点儿啦？"老组长必隔着窗亮亮地答："三点十七多点儿，十八不到。"那钟也绝，虽然老，点打得却豁亮。那钟是老人的珍物，每晚都要擦拭、上条。其实五天上一次便足够走的。

老组长还有一嗜好，便是做鞋。无论冬夏，手里总拿着鞋底鞋帮，针线锥子，边唠嗑边嗤嗤地拽麻绳，竟毫不相扰。鞋做得极好，底纳得板正，针脚勒得麻籽般匀溜。"麻子天"的鞋，朱家、范家的圆口鞋、结实的虎头鞋等，都出自她那双筋巴巴的手。穿上了，总要人前走后退几步，左端详右打量。她看着看着，起身便走，到无人处，再掏出一方洗薄的手帕，擦抹眼睛，擤一把鼻涕。回家怔怔地坐上半日，连饭都忘了做。

朱家、范家住南北屋，中间隔一道墙。这墙是秫秸骨，两边抹了泥，极薄，隔影不隔声。真正的睦邻，大事小情都要相互帮衬。

范家的男人原是镇上的文书，抗美援朝。一去几年没音信，镇上便每月三十元补贴他女人。人们私下说，范家的男人，怕是回不来了。那女人有一双儿女，大的叫结实，生下来心眼儿就不够用，一般大的孩子都叫他傻结实。女儿小芹，却是极精灵、极俊秀的。小芹没见过爹。爹走那天，是八月十五。妈肚子疼得紧，连站都没送。应着火车响响的一声，小芹呱呱地哭出来。没男人的日子自然难熬唷，却不很清苦。三十元，够过了。

朱家住北屋。男人不知为啥蹲了狱，留下个病恹恹的女人和一个男孩儿。那男孩儿叫小光，奇的是竟与小芹同月同日生，只比她大一岁。母子俩也是靠镇上补贴过日子，每人每月五元钱。日子勉勉强强，富不了，饿不着。只是月底时，范家的便要借块八角的给她，还不还的，从不提起。

小镇没有自来水，只一口洋井，几只大大小小的铁轮子由电滚带着，转来转去地将水搅出来，水很清甜。四家只"麻子天"一个汉子，他便义不容辞地挑起扁担。后来干脆说："都用老组长的大缸吧，装五挑水，够用两天呢。"于是大家便把自家的小缸腾出，渍白菜、腌萝卜。

四家就这样过。

老组长说："哼，一锅煮饭？就差一锅煮饭！"

## 三

小镇的晚上极静谧。玩儿乏的孩子早早睡熟，两个未到三十的女人便闭了灯，隔着那墙唠嗑，借以打发漫漫长夜。必是先天南地北，有一搭无一搭，再渐渐将话引到自己那个"鬼"上，恨恨地咒一通，然后不约而同地噤声。许久许久，方长长叹几口气。困意便弥上心头，慢慢地睡去。

"麻子天"第二天还要出力，早躺下了。三十左右的壮汉，又贪了几小盅馋酒，呼噜便一串串钻出来，震得窗纸嗡嗡，棚上撒欢的老鼠闻声也蹿到东头去了。

老组长觉少，一针一线地做鞋。及至那架老钟庄重地敲过最长一次，才摘下花镜，将钟的发条吱嘎嘎地拧满，躺下来，伸一伸已经不能很直的腰。

朱家的小光惛惛懂懂爬起来，跳着炕沿儿，将一股尿急急地射进瓦缸，哗哗的，盖过了呼噜。

忽然外屋有了动静，梆梆的。四家共用的外屋地，向来是不闩的，莫非来了歹人？老组长刚要喊"麻子天"，却听有人小声唤："结实妈！结实妈！"

范家"啪"地打了灯，扑棱棱下地、开门，然后一阵抽抽搭搭的哭泣。

小光缩进被窝，正赖唧唧将手伸向妈的胸前，呼地拱起来，问："范婶，你……"话没完，便被妈摁住了脖子。

"别吱声。"她悄悄叹口气，又说，"你范婶，熬出头了。"

小光觉得头顶有些湿，一伸手，吓一跳："妈，你咋了？别……"

她不说话，只把儿子搂得更紧，身子一抽一抽的。小光有些喘不过气，也紧紧搂着妈，迷糊糊地睡了。

老组长则爬起来，摸黑纳了一宿的鞋底。

范家当家的回来了。这消息第二天传开来,街坊邻居都来看。他却有些怪,盘腿坐在炕里,面对墙角,头深深地低着,任谁来也不吭声。范家的极尴尬地招呼着,说一些颠三倒四的应酬话。结实跑出去玩儿。小芹拽着妈的衣襟,怯怯地瞅着大叔大爷们。

一支拐靠在门旁。拐的横头包了皮子,已被腋窝磨得又黑又亮,看上去很光滑。人便不见怪,知趣地告辞了。老组长对范家的说:"人回来就好。既是残废了,定然立了大功,国家会照顾。你呢,伺候好他就是。唉,人回来,比啥都强啊!"说着,忽然哽住,摇摇头,走了。

范家的唯唯诺诺,连声道谢,脸上布着忧伤之色。

朱家的没过去。持续了几年的"南北对话"于这晚结束了。

后来,朱家和范家竟由此疏远了。

## 四

谁知范家的日子竟越过越难了。从前,范家的靠着三十元的补助,除去买米买菜,买油盐酱醋柴,是极少出门的。一个年轻的妇道,男人生死无音,抛头露面的,会起闲话。眼下,当家的回来了,她却要手刨脚蹬地过日子。夏天卖甜杆,一种外形极似高粱的秸秆,嚼起来有甜汁。孩子们很愿吃。早起,远远地从农村买来一捆,姗姗地捎到镇里,走街串巷地喊:"甜杆甜,甜杆甜!"冬天则卖瓜子。蹲在电影院门口,一只茶缸为秤,于寒冷中一边抖一边喊:"大瓜子,炒得香!"

三寒五暑，一个水灵灵的小媳妇成了半大老婆儿。脸皮贴
颧骨，青青的没有血色，而且没日没夜地咳，痰中见红。

当家的闭门不出。自打回来，街坊就没一个见过他。他是
识字的，整日趴在墙上，没完没了地看报纸。那报纸是几年前
糊上去的，黄得像裱纸，字也不清，可他还是看得极认真。倘
若缴电费，复查户口、粮证什么的到他家，他总是脸向墙角，
一言不发。

人们有些怪，这是怎么了？小镇上颇有几位荣军呢，都是
吃香喝辣，他怎会如此萎靡？

老烈属说漏了嘴：原来范家的补助打当家的回来就贴根
掐了。

于是大家愕然，面面相觑。

人们便再也不提这事了，即便有正事，也只打发孩子告诉
范家一声。

范家的自己也惊了，逢人脸上总要挂笑，笑得人酸酸的。
做饭舀瓢水，也要趁没人时，蹑手蹑脚，偷一般。碰上了，那
眼神竟惊惧得被人捉了似的。后来，涮了小缸，立在自家灶旁，
与结实三歇五歇地抬回一桶水。

以后挑水，最后一挑，"麻子天"总要留下一桶，而不知何时，
这桶便空了。

## 五

朱家当家的回来了，腋下夹着个行李卷儿。到得屋里，一

头扎到炕梢的一床麻花被上，呼哧呼哧喘。

朱家的摩挲着两手，屋里屋外跑了两趟，才想起关了门，变声变调地问："你，你吗？咋就回来了，咋就回来了，不是还有二年多吗！"

当家的翻身坐起："妈了个蛋，嫌老子回来早了？"

朱家、范家重好起来。朱家当家的还学了门手艺。木匠活不好找，便到粮库扛麻袋，钱是不少得的。朱家的不忘前些年范家的接济，也借钱给她。她竟不肯受："够用。借了，还不起的。"

朱家的说："他大婶，靠你一个，这家撑不住的。让街道给他大叔安排个轻巧工作，多少挣几个，贴补贴补。"

范家的说："人家能管吗？"

"咋不能，我们那鬼回来，那不就是街道安排的？"

"我们，哪能和你们比？"范家的摇摇头，强做出笑来感谢。

"也是。"朱家的表示同意，"若不，干脆掌个鞋、焊个洋铁壶什么的，一天也对付几角子。"

范家的呆了半晌，才怨怨地说："他那样的，出得去门吗！"

## 六

小光长高了。小芹更俊了。人前，俩人已不再说话。人们逗笑，小芹便会红起脸，狠狠啐一口，飞身跑走。

这天，小光正全力砍削一块木板，准备制成一支二把匣子，标尺却搞不好。忽听有人喊，抬头一看，是小芹爹，便怯怯地走过去。

"咋没上学？"

"老师学文件。"

"几天？"

"不知道。"

"哦……"

他不像以前那样呆呆的，刮了胡子，露出腮帮子的一条疤，亮锃锃的下巴上粘了一小纸片，血迹干巴巴渗出来。

"干啥呢？"

"刻一把枪。"

"枪？"

"二把匣子。标尺弄不好。范大叔，你帮我整整。"

"我不会。你整这玩意儿啥用？"

"打仗啊。"

"打仗？不好。打仗不好。"他低下头，抚着那条只剩了膝盖以上的腿。

"疼吗？"

"咋不疼。心都疼迷糊了。唉，不如一枪打脑袋上，那可就一点儿也不疼了，倒省事。"

"那就是烈士了吧？"

"啊？是，那是。烈士光荣啊！家属也光荣。像老组长，多好。"他眼睛定定地，仿佛穿过墙，望着极遥远的地方，"可真冷啊，鼻子耳朵都冻掉了，那个遭罪。"

"能冻死吗？"

"咋不能。咱东北人没有，抗冻。你十几了？"

"十四。"

"比小芹大一岁。"他掐着指头，子鼠丑牛地嘟囔一番，说，"不犯说道。"见小光莫名其妙，又说："你，和小芹，都是好孩子。好孩子……"

晚上，人们当街乘凉。

天阴得沉沉的。疙瘩云翻翻滚滚地东流西淌。远处在打闪。只西北还剩一抹紫红，艰难地维持着。

忽然从范家窗子幽幽吹出一阵笛儿，凄凄切切的。

"哼，还吹这个调，他也有脸。"有人愤愤地说。

"'麻子天'这话没你说的。当年你吓得尿裤子，往耳朵眼儿里倒二百二，忘了？"老组长从小凳上站起，拐棍挂得地响。

"麻子天"脸涨得发黑，瞅瞅那紫红的枣木棍，讪讪地走了。

那笛声依然如泣如诉，听得人浑身发冷，眼皮有些紧。老组长双手挂棍，仄着耳细细地听，竟晃着头，跟着吟唱起来，苍老而又悲凉。


转眼北风吹，

雁群汉关飞。

白发娘，

望儿归。

红妆守空帷。

三更同入梦，

两地谁梦谁？

…………

忽地又住了。拄着棍，哀哀的笛声中，老组长踽踽地走了。背驼得很深，步子挪得慢，像是负着一个极重的包袱。晚风凉凉，那一头白发便在浓浓的暮霭中飘散开来。

人们眼眶发酸，心沉甸甸的，惶惶地散了。

## 七

第二天，范家早早就乱起来。

老组长进进出出，小脚扭扭的，连棍都顾不上拄。

朱家的拽着当家的，急急低声说什么。当家的一甩袖子，说："我怕个屌！"就摘下墙上的锛刨斧锯，出去了。

范家当家的死了。穿一身灰不灰黄不黄的衣裳，挺洁净。顺炕洞躺着，脸上盖了块白布。唯一的一条腿挺挺地伸着，那条裤腿也放开了，扁扁地铺着。小芹跪在一旁，手掌来回地熨抹。然而那十几年挽就的褶子，是怎么也抻不平了。

范家的并不十分悲伤，呆坐在炕沿儿，扶着那拐，刚走完几百几千里的路程般劳累，一点儿精神也打不起来。

老组长将一条脏旧的白布面袋一撕两片，一片缠在小芹头上，一片给傻结实，又回屋取出一双鞋，递给范家的。范家的给他换上一只，另一只却不知如何是好。老组长说："想着给撂料子里。鬼是一样的，都两条腿。给他一只鞋，咋整？"

工夫不大，朱家男人便将一口白皮棺材攒起来。人们用一条破毯子遮了太阳，吆吆喝喝地将结实爹放进去。待要封棺，才发现结实没了，急忙去找。

后道响起一阵杂乱的锣声，一行人敲敲打打地过来。队伍不长，有人头上戴着纸糊的高帽，还有两个女的，脖上挂了一嘟噜鞋底鞋帮，头发披散下来，任人指指点点。傻结实顶着半片面袋，笑呵呵地站在人群里看热闹。

拽回来，摁在灵前，磕了几个头，交代了几句话，他便直直跪着，怔怔地喊："爹呀，躲钉！爹呀，躲钉！"

朱家男人闻声高高扬起斧子，砸向棺头左角那长长的寿钉。

傻结实突然趴在地上，爹呀爹呀号啕大哭起来。

# 八

范家的自己拉回五百斤煤，还没进屋，就瘫了。老组长将她扶到炕上。她说："没事，累的，歇歇就好了。"

夜里，老组长正做鞋，忽听有人擢落水缸，下地一看，竟是两只脚在缸沿儿上踢蹬。七十多岁的老太太连急带吓，浑身发软，使劲儿喊："'麻子天''麻子天'，朱铁桩！"

不知为了啥事，"麻子天"下晌被叫到街道办事处，谈了话，正躺在炕上来回折腾。听见喊，光着膀子窜到外屋。朱家男人已先他一步，提着两脚将那人拖出来。一看，是小芹，呛得脸漆青，说不出话。好在时间短，渐渐缓醒过来。她两眼直直的，不哭不叫，嘴里喃喃地叨咕什么。

老组长一颤，一把搂住小芹："孩子，你才十三，可不能……"

"唉，老组长，你听哪儿去了。她妈渴了，要喝水。""麻子天"舀出半瓢水。

"那水，能喝了吗？"朱家男人闷闷地说，并不瞅他。

"也是，这水没法喝。再说，有病，也不能喝。""麻子天"转了个磨磨儿，从菜筐里抓出两根黄瓜。水舀子里捋了捋，递给小芹。眼睛却怯怯地瞄着朱家男人，打了个唉声，自言自语地说："人哪，不能鬼迷心窍，不能鬼迷心窍啊！"然后找出两个大土篮，一趟一趟地将范家的煤挎进来。

老组长撩起衣襟，上上下下地揩擦着满身湿淋淋的小芹。她干瘪瘪的乳房垂在胸前，甩来甩去，像两只装了些许东西的袋子。

范家的趴在炕沿儿，一口接一口地喘，见小芹进来，才匀了气。老组长细细端详了范家的，来到朱家门口，低声嘱咐："朱家的，睡觉警醒点儿，听听南屋的动静。"

外面哇哇地下起来。

这年夏天多雨。老组长说光复那年就这样，连阴七七四十九天，可雨没这大。九台这地方洼，饮马河上梢有个大水库，一九五八年修的。老组长早就挨家挨户告诉了，一听见三声枪响，别管啥时候，就跑鹰窝山。

## 九

小镇的最北，是护城河。其实，它实在算不得河，一条壕沟而已。二十啷当岁的小伙子，不用助跑，一个箭步就蹿过去。于是人们叫它城壕。水自然是不消，绿的。夏日里鸭鹅们怡然地拨着绿波，发出阵阵恶臭。

　　城壕北三里余，有一道坎儿。不高，但挺宽。终年行车走马，将它的背印了两条白而洁净的辙迹，延伸至极远的地方。叫坎儿而不叫坝，因为它是柳条边的遗址。柳条当然早没了。坎儿的另侧，便是边外。旷野已经泛黄，夕阳酩酊地挂着。秋风一起，脚下便窸窸窣窣响，蝈蝈欢欢地叫。老组长手搭额前，朝西北望。那儿是一座很有些传说的庙宇，青砖青瓦，秋阳中肃然立着。

　　院里，一群老人蹲靠在东厢房的墙根晒太阳，闭目合眼，全然超脱。那灵魂已飘然逸出，在爽空中翩翩飞舞。老组长直直地进去，并不看他们。

　　一个人迎出来。"老组长，捎个信就结了，我们套车接你，早说妥的嘛！"

　　老组长似没听见，掏出一张盖了红圈圈的纸递过去。

　　"哦，一个孤儿？"

　　"还缺点儿心眼儿。"

　　"福利院吗？啥时来？"

　　"一两天。命挺苦，你照着点儿。"

　　"那是，那是。"那人随口应着，"你老啥时……"

　　老组长已转过身，直直地出去了，依旧不回过头。

　　谁知结实在此事上竟不傻了。一说要送他去福利院，便爹一声妈一声地号啕大哭，哭得人心酸酸的。没爹没妈的孩子，又缺心眼儿，怎忍心逼他？于是拖延下来。兄妹俩东家早、西家晚地吃百家饭。自然常是老组长满街喊。

　　这终归不是长久之计。

　　一天，老组长叫来"麻子天"，说："你就说领结实去打乌米，把他糊弄福利院去。"

"我说老组长，今个八月十五，哪还来的乌米？"

"那就说别的。"

"麻子天"便说去捞鱼。结实自然高兴，将腥乎乎烂了底的腰子筐顶在头上，跟着就走。小芹却哭起来。

老组长说："芹哪，不说好了吗，眼下大奶养活你，你大了，养活大奶。"

小芹只是哭，眼泪簌簌地落，却不出声。老组长叹一声，说："那就送送你哥吧。"

"麻子天"竟一个人回来了。一问，才知道小芹留在了福利院。老组长呆立半晌，自言自语道："这孩子，仁义呀！"

"麻子天"突然说："老组长，万一我有那么一天，那三个小崽子可就托……"

老组长喝断他的话："放屁！都他妈给我好好过日子。不为自个儿，也得为子孙。都这么着，中国人不绝了种？"

"麻子天"惶惶地应了。

小光过来问："大奶，巨济岛在哪儿？"

老组长一激灵："什么巨济岛？"

小光掏出一排弹夹，有七八个弹壳，高高低低地挖了些洞。"你看，上面刻着呢：一九五四·中秋·小芹——生日·巨济岛。"

"哪儿来的？"

"小芹走时给我的。"他说着，吹了一下，弹壳便发出呜咽的声音。

老组长转身走了。

　　傍晚，那架老钟竟叮叮当当敲了十几下。老组长慌得进进出出。"咋的了，才七点，敲了十二下。莫是跟我一样，老糊涂了？"

　　并没人搭腔。她想了想，将那摆放到正中，不让它走了。

　　十五的月亮爬上小镇的头顶。老组长家的一只母鸡却喔喔地啼起来。

　　"这是咋的了？这挨刀的咋还打上鸣了？"老组长拍手打掌，拿棍子去捅鸡笼，"'麻子天'，快拿刀把它剁了。"

　　"麻子天"不干，逼急了，就哭唧唧地说："老组长，这事咋老找我。"

　　又叫朱铁桩。朱家不吭声。那母鸡已打鸣完毕，老组长也只好作罢，喃喃地叨咕着"这年头儿，这年头儿"，回屋了。

　　这一夜，老组长的钟没响。"麻子天"的呼噜也没响。朱家偶尔叹一两声气。范家自然悄悄地。

　　明天，就要有一新住户来收拾范家的屋了。

# 白天的星

　　她太一般了，长得一般，装束打扮一般，连名字都平平常常，而且又是个新调来没几天的普通女工。

　　然而，一场意外——没法子，生活中总是不乏"意外"——却使她成了新闻人物。

## 一

　　"大鬼！"小酸摊开手里的牌，"哈，哥们儿，挖底，还有啥说的？"

　　大脚老三狡黠地说："我是可怜你呀，不忍心让你请客。"

　　"现代青年要有精神上的追求，咱班头说的。哪像你，典型的中国人！四肢发达，头脑简单，下了班就知道干木匠活赚钱，弯腰撅腚累个半死。"小酸爆豆似的说着，扑克牌洗得啪啪响。

　　"那也比你强，瘦得像条丧家犬，就差去饭馆捡骨头了。"

　　小酸感慨了："那是，要是在国外，这么省俭，甭说录音机，小汽车也……"

媳妇没到家，先算计上生儿养老了。我懒得听这些二五眼的话，顺口说："在国外，像你这样，连擦皮鞋都没人要。"

几个人都蔫了。

人倒霉，苍蝇也能蹬你个跟头。第二天早上一上班，钳工班长告诉我，小酸把粉碎机的轴给车废了，全车间都毛鸭子了。机修车间是个辅助车间，没有固定的奖金收入。前两年检修一台大设备，最少也要磨磨蹭蹭地干上两个月，明明一天能利索的活，非给你拖到下班后不可，好糊弄个加班费，多逗点儿钱。今年呢，厂里和车间签了合同，一台大设备，十五天内完成检修任务，每人发奖金五十元，并组织野游一次；一个月内完成，每人发奖金十元，不野游；超出一个月，一个子儿也没有，还要按超出天数递减工资。今天恰好是第十三天头上。

"怎么样？"见车间刘主任走过来，我忙凑上去问，"这轴……"

"先装上再说吧。"刘主任显得忧心忡忡。

"装上？新齿轮新轴承，用超标的轴会出事的。"不知啥时候，她来到跟前，并突然插了这么一句。

刘主任看都没看她："没事。我告诉粉碎车间空车运转，过几天再拆开换轴，就说例行检修。"

"万一出事呢？再说这也不好。"她焦急地说，"刘师傅，重干一根吧，给我十个工时，保证干完。不耽误明天装。"

"库里没这个规格的料了，报计划进货，得等到牛年马月去。"他叹口气，"那伙大爷，饭馆都定好了，没了奖金，不掘我祖坟？"

"可……"

"算了算了，为了大伙的利益，出了事故我负责……"他转身向大家宣布了这一决定，末了，说，"我是豁出乌纱帽来了，要是让厂长知道……算了算了，干活吧。"

车间里热闹了，鼓掌的，叫好的，小酸连连三呼万岁。

不想，好事多磨，没过一会儿，总工程师来了。他从口袋里掏出卡尺，量了量正往上装的粉碎机轴，又摊开图纸看看，二话没说，把刘主任叫走了。

凶多吉少！大伙都停了工，谁也不吭声。小酸哆嗦着的手指揭了一张扑克牌，是张黑老 A！

工夫不大，主任回来了，阴沉着脸："拆吧，等料来了重新车。"

"那，奖金呢？"半晌，小酸试探着问。

"没蹲拘留所算便宜了你，还奖金？！"刘主任火了。

"这边刚动手，那头就知道了，真他妈快！"

"唉，我真傻，哪有不透风的墙？光寻思让大伙多得几个，哪想到这么多的嘴……唉，算了算了。"刘主任实在委屈。

"他妈的，谁，谁干的？"小酸腾地从台案上蹦下来。

"我。"她站了起来，定睛望着小酸。

大伙愣住了，看着这个穿着一身洗得发白的工作服，满头黑发一丝不苟地抿在蓝色无檐儿帽里的姑娘，像看天外来客。

"你，你他妈的！"小酸恼羞成怒，骂骂咧咧地抡起拳头。

我一个箭步冲上去，把他拽了个趔趄："小酸，想吃九两粮了？"

她好像早就料到了，挺镇定，只是脸色有些苍白，瞪着一双大眼，勇敢地和我们这些小伙子默默对视着。

对了，她叫刘淑华，一个平常得让人难以记住的名字。

二

午饭时的食堂，热闹得赛过自由市场。敲打碗筷的声音和各种吵嚷声混杂在一起，能顶了房盖儿。

我蹲在凳子上，就着一盘肉炒芹菜吃馒头。小酸端着半碟酱油，捏着棵洋葱，坐在我身旁。瞧他那副寒酸样，真让人又可气又可怜。我不由挖苦道："你呀，可别刻薄出肝炎来……"

"没事，这体格……哟……"他正说着，忽然像硌了牙似的抽了口气。

我一抬头，看见刘淑华坐到了对面。小酸却趁这机会鸡啄米似的夹我菜盘里的肉。我把菜盘往他面前推推："何苦呢？戒了烟，戒了酒，洋葱头蘸酱油……"

"唉！有啥法？就那么一脚踢不倒的几个死钱，只好让肚子委屈点儿。不过，"他伸出手，对我一比画，"兄弟已经有这个数，不出一年，准干它一台四喇叭。"

"这么肥的肉，怎么吃？"坐在对面的小刘轻声叨咕着，又指指盘子，对小酸说："喏，我这儿还没动呢，你……"

"你少埋汰我！姓梅的吃不起肉往腮帮子上咬，不干那缺德损寿的事。吃黑心食花昧心钱，小心养了孩子没屁眼儿！"小酸忽然嗷嗷喊叫起来，端起酱油碟子，一副饿死不吃嗟来之食的架势，器宇轩昂地走了。

周围的人哂笑着，像躲避瘟疫似的离开了这张桌子。我没有动。说实话，我挺可怜小酸，五十元奖金哪，对谁都不是个小数。可这事怪谁呢？怪小刘？她并没有错，只是有点儿不识时务，不合时宜。我瞟了她一眼，她正大口大口地吞咽着馒头，眼睛微眯着，眼圈有些发红，她是把眼泪和着馒头一起吞进去了吧？

很快，她站起身，手里的大半个馒头攥成了个蛋蛋，目不斜视地走出饭厅。

"谢谢你。"她起身时，我好像听到了这句话，轻轻地。谢我，谢我什么？我有点儿纳闷。

三

我在写诗，纸上已经有了几行字：

一切都是虚幻、短暂的
对于人生
只有永恒才是永恒
…………

嘿，真棒。可往下却怎么也写不出来，外屋的谈话声惹得人心烦。

"我知道，你不是为了钱。可这是制度，不能破坏。今后出现这种事，还要这么办……"

钱，又是钱，这该死的钱。粉碎机轴事件后，大伙哄嚷了几天也就拉倒了，可厂里表扬了刘淑华，光表扬也就罢了，还发给她一百元奖金——全车间合同完成后应得奖金的百分之五。其余那百分之九十五自然不存在了，刘主任还挨了一顿剋，差点儿受处分。这下可惹乱子了，人们见了刘淑华，像见了麻风病人似的，谁也不理她。她捧着一百元钱给车间，刘主任说她这是应得的；交给财务科，财务科说是厂长批的。这不，现在她找爸爸来了。

"你有压力，可你是在分担厂子的压力。你是团员，要带头恢复我们工人阶级的好传统、好作风……"

老一套！分忧啊，带头啊，实际上还不是给她加压吗？

爸爸许兴武，人称许光朴。不过他并不满意这一称号。

"乔光朴是小说中的人物，我可是现实的。"其实，他俩都是异想天开的人物，什么革新啊，管理手段、经济效益啊，好像凭他自己就能扭转乾坤似的。

"晓新，晓新……小刘来了！"外面传来了召唤声，我不情愿地放下笔，来到外屋。

她见了我，拘谨地站起又坐下，双手合在一起，放在膝间。

"你总结一下小刘的事，写个材料给报社。别一天净整些不着边的东西。"

"别，厂长……许师傅，不行……"小刘满脸绯红，结结巴巴地阻拦着。

"我整不了。"我点上一支烟，急急地说，"再说，这办法根本行不通。合同啊，兑现啊，都是一个厂，能行？"

"行不通？你拿出一套办法我看看。"爸爸不高兴了。

"我哪来的办法，又不是厂长。"我小声嘟囔道。

"那你就听我的，写！你那套臭理论，什么'肝炎、糖尿病'的，你懂什么！"

爸爸太那个了，跟谁都和颜悦色，唯独对我，三句话不合就发火，尤其最近。哼，厂里的事不如意，拿我出气，还当着小刘面，真让我下不来台。不过，有她在，爸爸也不会把我怎样。

男子汉的尊严使我壮起胆子，不服地说："这可不是扛麻包，有劲儿就行，得有灵感。没灵感，手枪顶脑门儿上也写不出来。"

"你——"爸爸火了，腾地站起来。我马上做好战略转移的准备。虽然自参加工作就没再挨过打，可我还是有点儿惧怕。

小刘受不了了，认为我们父子间的争吵全因为她。她惶恐地瞪大眼睛，想劝解，又没话说，快哭出来了。我挤挤眼，叫她别怕。她误会了，嗫嚅地说："厂长，别生气，我得走了。"

"晓新，送送她，这段路路灯坏了。"

我如释重负，就等着这句话呢。

我俩出了门，身后，传来爸爸沉重的叹息声。

## 四

晚风习习，送来阵阵幽香。谁说姑娘的美无须借助打扮？

小刘今晚的这一身打扮，使我简直不敢仔细看她了，黑底白花的软缎短袖衫，配一条杏黄色的筒裙，衬托出她格外苗条的身材。真的，以前咋没注意到呢？对了，往常每天我到车间的时候，她已经在给车床注油了；而当我骑车钻出厂大门时，她却还在车间里擦那儿抹这儿的。我又看了一眼走在身边的她，刚才的不快消失了，代之以一股无名的舒畅，是不是就因为有一个姑娘跟自己并肩走在这静夜的街道上？我脸有些热。

"快看，流星！"她蓦地站下，叫了起来。

我下意识地抬起头，浩茫的天空幽蓝幽蓝，星星一个不少地挂在那儿。

"你看错了，秋天才有流星。"

"不，四季都有，秋天多。这时候，难得看到。"她依然凝视着夜空。

"你喜欢这一闪即逝的光吗？"我的口气里带着几分卖弄。

"是的。它以自己的粉身碎骨换来了瞬间的光芒，可你看，那更多的却是在冷眼看这世界。"

这是她说的？我吃了一惊。半晌，我说："那么，你这一壮举也是在这种精神驱使下进行的喽？"

"壮举？"她不解地望着我，"我是人，不是为了得到点儿食物就要个把戏的驯兽。"

像一根针刺进我的心……

"真没招，这钱给谁也不要，车间、财务科，还有你爸爸。"她接着又无可奈何地说。

"要不，把钱给我吧！"我说。

"给你？"

"对，当你的团费。你忘了？我是团支书。"我第一次为自己的职务感到高兴。

"也只好这样了。不过，有个条件，你可千万别和旁人说，更别写什么材料。"

"那你，谁知道……"

"不知道才好。"说着，她很快掏出那叠钞票，递给我，转身轻快地走了。

我愕然了，呆呆地立在那儿看着她渐渐远去的背影，心里别是一番滋味。

## 五

望月湖像一块巨大的翡翠，镶嵌在起伏的山峦中。湖水碧蓝，可溅起的水花却是白的。小酸这鬼东西，游得真好，他贴在水面上，脚蹬手划，十分和谐，在众人面前冲起一道六十度角的浪线。唉，要是他的车工技术像游泳这么样，该多好。

嘻嘻哈哈的吵嚷声和扑通扑通的击水声渐渐远去了，湖边恢复了平静。一只蝈蝈叫了两声，引出了周围一片肆无忌惮的虫鸣。太阳火辣辣的，连自由自在飘荡着的白云都绕开了它，好像怕给烤化了似的。

湖边，兀立着高高的望月石。石上，小刘手托腮，肘拄膝，一动不动，两眼望着前方。她是在望群山，还是在望湖水？一条隐隐约约的小路通向她那里，我踩着柔滑的茅草，登上望月石，远远看见一滴晶莹的泪珠挂在她长长的睫毛上，光闪闪的。

她听见脚步声，颤了颤，那泪珠抖落了下来。

"你在看什么？"坐在她身旁，我问。

"看星星。"

"白天？"

"奇怪吗？"

"白天没有。"

"有。"

"有也看不见。"

"看得见。"她执拗地坚持着，"你闭上眼睛看。"

我试着闭上眼睛。真的，眼前出现了阑干的星空，恍惚间有一颗流星倏地划过……眨眨眼，一切都消失了。

"看见了吗？"

"看见了，但那是幻觉。"过了一会儿，我又说："其实，那钱，你倒是应该要的，避免了损失就是做出了贡献嘛。再说，不这么办，厂子也真整不好。"不知怎的，我竟赞成起爸爸的做法来。

"你也这样想？"她高高地挑起眉毛，随后说，"要是我搞了一项发明、革新，或者超额完成任务，我当然要奖金。那我问心无愧。而这是一件平平常常的事，一个工人应该做的，这样也得给奖金，你不觉得可悲吗？一个人活在世上，你在得到不应该得到的东西时，也付出了不应付出的代价。"

"可是，你的代价呢？你没想到大家会……"

"我从机床厂调出来，也是为这事。在那儿，我每天超两个定额，厂长要我介绍经验，我说定额太低。厂里就提高了定额……我受不了人们的冷落、白眼，我真孤独……"

孤独的滋味可不好受，爸爸挨斗时我尝过。

"来到这里后，我想改一改，尽量和大伙处好关系，少说话，多干活。可是，不行，一遇到这样的事就忍不住，大概是本性难移。现在想来，干吗要忍呢，自己又没错。你说呢？"

"错是没错。"

"那为啥大伙还对我这样呢？"

为啥？因为……我想了想："可能认为你别有用心。比方说要往上爬，出风头……"

她惊愕地瞪大眼睛："你们……为啥把别人看得那么坏？"

"是这几年让假典型骗的……"我沉吟着，寻找合适的话。

"我讲个故事给你听吧！"她说。

给我讲故事？拿我当孩子了，我想笑。但看看她那严肃的神情，我忍住了，顺手拾起一段树枝，一节一节地折着。

"从前……别笑，真的。从前有个魔王，他有块魔镜，透过它，任何美丽的东西都会变得丑恶。有一天，魔王不小心把魔镜摔碎了，一粒碎屑迸进一个孩子纯洁的眼睛里。从此，一切东西在他的眼里都变得丑恶了……他变得孤僻、冷酷，眼里只有魔王是美丽的。于是，魔王把他带走了，将他关在一个冰冷的山洞里，要他拼出'永恒'两个字才放他回家。然而，他已经麻木了，心冷得像冰，什么都懒得做。后来，他的妹妹历尽艰辛找到了他，用眼泪融化了他心中的冰，使他拼出了'永恒'两个字。他激动得流泪，泪水冲出了那可恶的碎屑。世界在他眼里重又恢复了美好……"

这故事，我听过，妈妈讲的。我早就忘了。我想起了儿时……

眼泪，是不是那滴大大的、挂在睫毛上的眼泪呢？心里怎么着了火似的发烫，是它流进去了吗？我想哭，想用泪水冲出那碎屑吗？

"永恒，什么是永恒呢？对于一个人？"我低低的，像是问她，又像在问自己。

"追求，只有追求是永恒的！"她毫不犹豫，"没有追求，人就无法活下去。任何人都有追求。"

是啊，都有，我、她，还有小酸、老三，都有。不过，不一样。

她望着远方，湛蓝的湖水映得她明亮的眸子闪闪发光。

"哎，你看！"她一把抓住我的手臂，指着远方。

远方，水天相接处，翻腾着一群小白点儿。远征的英雄们回来了。她一下子蹦了起来，双手举过头顶，高呼着："哎——，加——油——"

顿时，前前后后的山村里，荡起一阵阵清脆的回声。

"他们回来了，香肠和面包还没切呢，咱俩去吧。"我说。

她的眼里顿时黯淡了，慢慢放下双手，从小提兜里摸出一个包包，递给我，转身自顾自走下望月石。她低着头，朝着那郁郁葱葱的松林走去。我打开那小包，是一把整整齐齐的柳条，巴掌长短，铅笔粗细，一头刮得溜光，露出雪白雪白的芯，一头留着青皮。数一数，正好一人一双。

湖面上，一条鱼儿唰地跃起，银色的鱼鳞闪着光，流星一样，眨眼就消失了。

# 六

不知什么时候，天下起雨来，开始，小酸还大喊大叫要趁着下雨跳个尽兴。然而，雨比他兴致大，草地很快就变成一片泥泞，舞迷们只好收拾东西，仓皇撤退到汽车里。我望着草地上那零乱地扔着的筷子，像丢了心爱的东西似的，真想把它们一双双捡起来。我把自己那双小心地藏进了衣袋。

我刚踏进车厢，小酸就喊开车。"都来了？"我问。

"没错。"小酸催促着，"一会儿雨下大了，车就出不去了。"

汽车徐徐开动了，离开了望月湖。多么美妙惬意的一个星期天啊，唱歌、游泳、跳舞、爬山、喝啤酒，无忧无虑，一下子跨越几十年……美中不足的是这雨。

"停车，停车！"少了一个人，绝对少了。我是从大家那异样开心的神色中发现的。

车停了。小刘上来了。她浑身湿透，衣服紧贴在身上。刚才，她在一棵松树下避雨，车开动后她才赶过来。她茫然地望着车厢里的人，谁也不看她，却都在竭力忍住笑。小酸那坏小子，刚才还在摇头晃脑、怪声怪气地唱歌，现在却把两只泥脚伸在身边的空座上，把太阳帽大模大样地盖在脸上。她明白了，自己是被故意甩下的。她嘴角抽动着，眯起双眼，靠到车门旁。

有人憋不住了，发出了哧哧的笑声；小酸干脆嘎嘎怪叫起来，那声音像两块锈铁板在一起摩擦。一股怒火直冲我的脑门儿，我一脚把小酸的泥脚从座位上踢开："你们这些傻瓜、笨蛋！今天野游的钱哪儿来的？这车，这啤酒、香肠……用的都是她那一百元钱！笑，笑你们自己吧！好好看看自己那张丑脸！"鸦雀无声，雨点儿扑打在车窗上，先是星星点点地分布着，随后汇成了一条条细流，缓缓而下。

哗啦，车门重又开了，小刘纵身跳入茫茫的雨中。我一把扯下小酸的上衣，咬着牙说道："等回来再和你算这笔账！"转身也冲出了车厢。

顶着雨，我追上她，给她披上小酸的衣服："我……对不起……那钱，没和你商量。"

"用不着。它不属于我。"她像什么事也没发生似的说。"我害怕孤独，渴望和大家在一起，亲亲热热地，说说笑笑。可是，我需要理解，不需要谅解，因为我没有错。你没告诉大家筷子是我削的，我挺高兴，以为你是理解我的。现在看……"她轻轻摇摇头，"我不想让大家以为我是用那钱在赎罪。我没错，今后遇到这样的事，我还这么做。"

"不管怎样，你总得坐车回去啊！"

"我坐公共汽车。即使走回去，我的心也是安的。"她把衣服还给我，冒着雨走了。

望着泥泞小路上一跳一滑地行进着的她，一股温热的细流爬过我的脸颊。那满天的星斗又显现出来，一颗流星划过天空，曳出一道亮亮的光……

# 荒原上的夕阳

"咣当"，列车像被抽了一鞭子的懒牛，不情愿地耸动一下身子，吭哧吭哧地加速，重又在广袤的荒原上奔驰起来。

"还有几站？"那询问又响起，盖过渐渐急重的轮声。

夕阳斜斜地挂着，天空深远了，单调的荒原轮廓清楚了。白花花的洼塘包围着孤零零的坨子。坨子上那稀疏的野草黄了、红了，非但没给人半点儿收获的喜悦，反倒增添了无限的惆怅。八百里瀚海哟，谁能相信你从前曾绿荫覆盖、水草肥美呢？

"大兄弟，再麻烦你，还得几站到四方坨子？"一只手怯怯地扒住我的胳膊。那手指很粗，已经不能伸得很直。指甲扁平，皮肤皲裂，纹络里夹着显眼的灰垢。我再不能装聋作哑，只好放下书，重重地说："下站就是！"

"下站就是吗？"她愈加兴奋，脸上放着光彩，不放心地又问一句，"就到了吗？"

我点点头，对这个临时的邻居，五十左右的农村大嫂的义勇之心已经消失殆尽。原以为她没出过门，需要帮助、指点，却不料从她坐到我对面到现在，每次停车她都问"这一站是哪儿？"，开车呢，就问"到四方坨子还有几站？"。

"喂，这儿有人吗？"

"没……"

不知什么时候，她把始终抱在怀里的猪腰子筐放到旁边的座位上了。

"把你这玩意儿搁到这上不行吗？"新上来的是个中年人，个头儿挺高，挺瘦。他用人造革包敲敲筐，又指指行李架。

"啊，不用，不用。"她慌忙把那筐拎起，依旧小心地捧在怀里。

中年人扑打扑打座位，才坐下来。"拿的啥，鸡蛋？抱着更爱打，不如塞这儿。"他弯起长腿，朝座席下踹踹。

"啊，不是，不用。"她连连说着，抱得更紧了，还往里凑凑。

她神色很惶然，不知是因无意中占了别人的位子，还是怕他把筐硬拽过去踹到椅子底下。

"这天儿，真他妈热，秋老虎！"他解开衣襟，骂骂咧咧地，"这车最他妈的完蛋，从头到脚不给送水喝！这叫他妈干'四化'？"

这是个饶舌而又牢骚满腹的"车油子"，他知道吹牛皮发牢骚是消磨时间的最好办法，他能和你说到终点，根本不管你愿不愿意听甚至听没听。谢天谢地，幸亏有了她。

果然，她接过去了，似乎为能说几句话高兴："可不，老话说，立了秋，把扇丢，可今个儿！"

"你说那是哪儿？这儿不行！没遮没拦的碱疤痢，太阳一晃就……他妈热得贼死。到下晚，又他妈冷得你穷哆嗦！"

我听明白了。原来他是个结巴，每逢遇到"坎儿"，便用"他妈"这个词过渡，所以总是"他妈他妈"。

结巴偏偏又好说。"我怕这招，喝的他妈啤酒，也不行，干得我舌头都不转个儿了。"

如果它转动如簧之舌又该怎样？我想象不出。

"哎，大兄弟，吃两个解解渴吧。"她揭开蒙在筐上的围巾。我眼前一亮，嗬，一筐海棠，红红的。仲秋时节，这水果已不多见，更何况是这么好。中年人的嗓葫芦响响地动了一下，引得我也咽下了一口唾沫。该死！

"吃吧。"她一把抓起三个，实实在在地往中年人手里塞。那海棠个儿真大，要是我，也许只能抓两个。

"这……真……不好意思。"中年人表情确实是不好意思，他接过海棠。

挺好。"这"的后面是犹豫，而"真"的后面是"他妈"，尽管他费了点儿劲，还是成功地把那两个字省略掉了。

"好吧，好吧，在家千日好，出门时时难。我也是亏了这位大兄弟的招呼呢。你说刚才我咋就忘了呢！"她内疚地说着，又抓起三个塞给我。

我忙推辞。然而不行，她的手很有力气。我推不回去，又不想让全车厢的人都看我，只好接过放在茶桌上。

斜对面传来一阵咔嚓咔嚓的咀嚼声，"滋滋"的吮吸声和吧唧吧唧的咂嘴声。

"这果……没比的，……这时候怕得五角钱……一斤吧？"

中年人评价着，话不很清楚，那语气是满意的。

"唉，自家出的。大兄弟，你倒是吃呀！"她发现我没吃，又劝道，"不埋汰，真的，我挨个挑的，一个虫眼儿也没有。这阵儿的果都起沙了，下来得搁井水过一下，才脆生呢。"

我含混地应着。海棠干净，在透过车窗的夕阳下一闪一闪地放光。

"你这是……到哪儿？"中年人的舌头一边翻动海棠，一边说。顺手把吃得很瘦的核擦着我的鼻子，准确地扔到窗外，长着长指甲的拇指又去抠另一只海棠的顶心。

"四方坨子。"

"串亲戚吗？"

"看儿子去。两年多了，也不知变成啥样了。"她眯起眼睛，回忆着儿子过去的模样，"做梦是常梦见的，可那是梦，咋也看不清。"

"你儿子……在哪儿呀？"中年人停止咀嚼，关切地问。

"前进农场。"

"噢——"中年人微一怔，随后马上说，"前进农场，我去过，下了车就看见了，照直走，就到了。那地方，他妈的不咋的！"他脱口骂了一句。

"我儿子在那儿干得不错，当班长哪，管十来个人哪，要不我也不能带那么多，大伙都尝尝。"

她喜滋滋地掏出一封信，递给中年人。不巧，他正准备向最后一个海棠发起总攻，顾不上，连看也不往这边看。她又递给我。

"你看看，看看吧。他干得不错。"似乎为了证实，她定要我看。

我打开信纸。字数不多，铅笔写的，个个有杏子那么大。

妈妈你好：

　　我听（挺）好，你不必电（惦）念。关（管）教对我也听（挺）好，不打不骂，还教我当班长，关（管）十多个人呢。干活就是种地我不怕，能吃包（饱）。还教我们念书。关（管）教说，我要立公（功）能捡（减）刑呢。妈，我针（真）想你。咱家沙果下来了吧？妈，不必电（惦）念，我听（挺）好。我争取立公（功）。捡（减）刑。

　　此致

　　　敬礼

我愕然了，继而茫然。

显然，这信她不止找一个人读过，连我读到哪儿她都知道。我看到"当班长，关十多个人"时，她说："我那儿子，从小就是孩子王，能管人。前后院十几个半大孩子，都听他的！"我看到"妈，我针想你"时，她就说："他想我呢，哪有儿子不想娘的。"眼圈便红了，声音也有些哽。接着她又说，儿子是困难年生的，她没有奶，饿急了，她就把沙果嚼成沫沫，抹在他嘴里，亏了那棵沙果呢。

望着那花白的头发，望着那苍老的脸庞和那双混浊然而又是一往情深的眼睛，我的心头掠过一阵难以遏止的惊悸。我把信折好，不想让这车上任何人再读到它，也不想让任何人知道她儿子的事。我怕有人出言不慎，伤害这位整个身心都伤疤累累的母亲，伤害她那纯真的、使人类延续至今的母爱。

我把信递给她，示意她放起来。她不，她指点着信："他在早没念过书，你说他咋还会写字了呢？他三叔说是求别人写的，那可不是。别看我是个睁眼瞎，可我一看就知道是我儿子写的。你看这字，一个是一个，多周正！"

她脸上的皱纹更深了，喜悦的神情溢于言表。

列车缓下来，我提醒她说："到了。"

"到了？"她愣了一下。

"你到站了。"

"到四方坨子了？"她朝窗外瞅瞅，慌忙站起来，竟忘了膝盖上的筐。我一把抓住筐沿儿。

"谢谢你了，大兄弟。"她急急地说，急急地走了。忽地又转回身，抓起一把海棠塞给我，又抓一把塞给中年人。

我靠在车窗上，看见她向小道走了。

"哼，还他妈的有脸说！"那中年人挪到我对面，愤愤地咬一大口海棠，响亮地吃起来，舌头灵活地一卷一卷，把顺嘴角淌下的汁水舔尽。"有能耐不他妈上那儿去使，你说对吧！宁肯在外面当他妈三孙子，也不上那里当官，那滋味好受的呀？哼，这样当妈的，好像儿子是他妈劳模，真是！她一说四方坨子，我就他妈猜着，那是关老犯的农场。"

我把双手紧紧地扭在一起，压低声音说："住口！算你便宜，要是当她的面说出这话，我就让你把吃下去的海棠全吐出来了。"

　　我的脸色一定很可怕。他惊愕地望着我，像草原上碰上了一只狼，果真住口了。他不但不说话，还停止了咀嚼，把剩下的半个海棠放到茶桌上，慢慢地低下了头。

　　车缓缓地开动了。车窗外的她也走远了，臂弯里挎着那只筐。那满满的一筐海棠怕也有几十斤重，她却那么毫不费力，那步伐轻快得与她的年龄极不相称。荒原上的风把坨子上的枯草吹得一起一伏，也把她那凌乱的头发吹得飘散起来。她兴冲冲地朝前走，向着那一群被大墙包围着的建筑……

　　夕阳把天空烧成澄净的青蓝色，自己也变得血红血红，犹如一炉烧到最后的火。

# 最后的金雕

一

她平伸双翅，一动不动地翱翔，上下细细地搜寻，希望灌木中跑出一只野兔或者一头獾，天上飞来一只雉或者一只斑鸠……然而没有。天空极旷，倦怠地浮着几团云。地上，一小张黑色在绿涛上漂荡，孤零零的。悲哀渐渐漫过她的心头：岁月如烟，唯有这影子跟随着自己，虽不言不语，却终生不渝。

极远处的天际终于现出一个黑点，草籽大小。她急忙收回杂念，定睛看去：好像是一只鸽，无忧无虑地朝这边飞来。她精神大振，侧过身子，盘旋着向上飞，抢占高度，然后借着俯冲的加速度，闪电般直扑过去。

果然是一只鸽，很肥胖，飞得也很笨拙。鸽发现了她，立时转身逃走。

距离慢慢缩小。她知道，一般的鸟儿遇到危险，只会蒙头蒙脑地一直飞，直到累得心脏爆裂，一头栽下去。鸽不会。鸽极善飞，短距离的速度不及自己，但能坚持很长时间。她必须速战速决。她开始冲刺，并且收回双腿，准备迅猛有力地弹向那个灰色的、浑圆的脊梁，将它击昏，等它坠落，再于着地前的刹那抓住它。这是她最拿手的一招，百发百中，不要说区区一只鸽。

就在她即将伸出这致命的一爪时，那鸽一头扎下，企图躲过灭顶之灾。

她早已料到，将头一缩，翼尖和尾同时上翘，衔尾追去。

然而她的心倏地凉了：翼下是一个村庄。

怪不得它这么肥笨，原来这家伙不是野鸽。它站在屋檐上，得意扬扬地抖着翅膀，和另一只灰鸽不知羞耻地调情呢。只要她再往下一点儿，它俩就会钻到檐下去。

她只好升起来，恋恋不舍地旋了一圈。老了，飞不快了，她有些感伤。

几个孩子在村里奔跑，一上一下地挥动着胳膊，像要飞起来似的。"老鹞鹰抓小鸡喽——，老鹞鹰抓小鸡喽——"

喊声如同一根针刺在她的肋下。她感到一阵屈辱。并不是所有的鹰都抓小鸡的，她就从来没干过这种事。她早就看见村头有一只母鸡，领着十几只绒团般的小鸡雏，东刨西找地觅食。她根本没有动它们的念头，一瞬间曾闪过一丝妒忌：笨拙得飞不起来，只能在地上刨食的禽类，居然一窝生出十几个甚至几十个孩子，而且一出壳就长满了羽毛，蹦蹦跳跳。这喊声却提醒了她：人，你这残酷的蠢货，自以为是这个世界的主宰就可以为所欲为，供养一些鸟兽，让它们生，让它们无限繁殖，捕杀另一些鸟兽，让它们死，让它们灭绝。等着瞧吧，别看我们斗不过你，可等我们不存在的时候，你们也将完蛋。光是那些老鼠和松鼠，就会使你们颗粒不收，会使长白山的红松断子绝孙。

她眼前现出两只张得大大的黄嘴丫。她唰地冲下去，直奔那母鸡。

母鸡竟没有惊慌失措，咯咯地将孩子收拢到翅膀下，背靠栅栏根儿，脑袋微微偏着，有些好奇似的定睛看她。

她只好减速，不然会一头撞在松树梢子夹成的栅栏上。谁想那母鸡腾地跃起，凶猛地扑过来。她毫无防备，脸上被狠狠抓了一把，险些抠出眼珠。她一闪身，翅膀将那鸡打出老远。她收不住脚，又旋飞起来，扇动的风扬起地上的干草、枯叶和鸡鸭们的羽毛。待要再去抓那鸡时，屋里冲出一人，高声叫骂着，举起枪。

她知道这根圆圆细细的铁筒的厉害，她曾亲眼看见一头身披铠甲的野猪在轰然巨响中仆然倒地。然而她没有离去。失败使她怒火中烧，尤其对手竟是一只她一向瞧不起的鸡。一定要得到它，即便要她去死。

人很狡猾，任她怎么挑逗，也只把枪平端起来，对准那只倒在地上的鸡。只要她往鸡身上一落，枪便响。

她改变方向，径直朝人飞去，喉咙里发出"咔——啦啦"的恐吓。那人掉转枪口，向她瞄准。她陡地一拐，掠地而飞，双爪迅疾伸出，抓起那鸡，奋力振翅，直拨起来。

"轰"地一响。她只觉得浑身一震，腿热乎乎的，一股焦煳味儿飘进鼻腔。她打了个旋，飞向鹰嘴砬子。

## 二

鹰嘴砬子不像鹰，是一块兀立在峭壁上的石头。峭壁四周是终年墨绿的林海，苍莽无际，没日没夜，海潮般喧嚣呼啸。

巨石上，斜长着一棵松，不高，但极壮，分出三个一股粗细的枝杈。杈上驮着一个巨大的鹰巢。这巢直径有五尺（约 1.67 米），高一丈（约 3.33 米）多，由粗细长短不一的枯枝筑成，足有上千斤重，压得那松只能往横里长。

这巢便是白脯的，已有几十岁了。白脯五岁做新娘时，便选中了这地方。背风、避雨，兽类们休想爬上这陡峭的石壁，至于鸟儿则完全不必担心，谁听说过老鼠袭击猫的家呢。当然，那时树没这么粗，巢也没这么大。树一年年长，巢一年年扩建，才有了现在这副模样，远远望去，像一只蘑菇。

白脯把鸡扔下来，那两只小脑袋便高高地仰起，喳喳地叫。她来不及休息，将鸡翻过来，刚想撕开它的胸膛，却怔住了：那鸡的前胸血糊糊的，没了一大块肉。再看看自己，左腿的毛被烧焦了。若是晚升起一点点，那伤口就在自己身上了。切不可再感情用事了，你不是一只无牵无挂的年轻的雕，你有一双嗷嗷待哺的儿女呢，她告诫自己。撕开鸡胸，将喙伸进去，勾出心脏、肝脾和肺，她小心地送给急不可耐的孩子。接着是肠子，最后她将整只鸡扔过去，让他俩撕扯、啄食。锋利的爪和尖硬的喙必须从睁开眼睛就练起。

看着兴奋地尖叫着的孩子，一阵疲劳使白脯头晕目眩。她太虚弱了，几乎整整两个月一动不动地伏在巢里，吃不香，睡不熟，及至孩子出了壳，她竟连飞起来都很吃力了。她应该守在巢里，以防不测。金雕一旦能搏击风云，便无所畏惧，而雏时的自卫能力不如一只鸡，光秃秃的几乎没一根毛，乱拱乱爬，靠着母亲的羽翼取暖。稍一疏忽，那些大嘴老鸹、蛇、獾什么的就会把未来的死对头吃掉。最可恨的是别的鹰隼家族，有时也趁火打劫，残害雏雕。

觅食本是雄雕的职责，然而金毛已经七天没回来了。

当初他就很勉强。他年轻、雄健、极漂亮。别的金雕只是头和颈部的羽毛是金色的，而他浑身上下都金光闪烁。他展开羽翼飞翔在蓝天时，就像一朵傍晚的云霞那么美。他体内的激情如同火一样炽热。他需要一个俊美而又极富青春活力的伴侣。他之所以留下来，是因为同类越来越少，要寻觅到一个称心如意的情人谈何容易。温暖的春天使他没有毅力忍受情欲的折磨。

白脯从来没指望他厮守着自己，只想与他生两个孩子，这是她余生中最大的事。她也曾是一只漂亮的雌雕。她与众不同，一片白色从下颌延伸至胸前。雕们都叫她白脯。每当她舒展地飞上天空，身边便会有追求者来炫耀身体、飞技。她不像放荡的女人那样水性杨花，见到异性就母狗一样掉过屁股。她选了健壮而又温柔的铁爪黄做丈夫，和他一起生活了二十多年。她尽力报答铁爪黄的抚爱，给他生许多的儿女。然而令她终生遗憾的是这些儿女竟没有一个飞上天空：有的死于饥寒，有的葬身其他禽兽之口，有的在羽翼已经丰满时被人捉去……去年秋天，铁爪黄受了伤，她为他捉了一只胖胖的、专吃松毛虫的灰喜鹊。谁知这是一只中毒将死的，铁爪黄吃了，腹疼难忍，在巨石上扑腾了半晌，咽了气。他没怨她，只求她一件事：一定要再生孩子，并且把他们送上天。

她老了，对异性的需求几乎完全是感情上的。在和金毛做爱时，她十分厌倦，甚至感到痛苦。实在难以忍受时，她便使自己想铁爪黄临死的情景，强打起精神，做出欢愉的样子与他亲昵，挑逗他的情欲。她感觉到自己怀孕时，还怕是错觉，没马上停止与他做夫妻之事。直到确认无疑，她才坚决不许他再靠过来。

她如愿以偿了，竟生了两只蛋。为能孵出这双儿女，她耗尽了最后的精力。她没有尽到妻子的义务，也不要求金毛履行丈夫的职责。但她希望他尽到父亲的责任，帮自己将儿女养大放飞再离去。她几次对他说："他们多像你啊，金黄的眼睛又大又圆。"金毛却不喜欢他们，说他们又小又弱，到现在还站不起来，怕是瘫子。还说，像她这样的年纪，是不应该再生孩子的。她受不了这刻薄，反唇相讥："你若不是飞遍长白山也没找到一只雌雕，也决不会落到我的巢里。"金毛恼羞成怒，唰地扫了孩子一翅。为这，他俩打得头破血流，直到吓得孩子哭起来才住手。平常他总怨气冲天，就像娘几个欠了他许多。自己老了，丑陋，配不上你，孩子总是你的骨血吧？

他极自私，她孵卵时，他总是先吃得很饱，再带回一点儿残剩的食物扔给她。晚上睡觉，他决不肯在迎风处，虽然他的羽毛比她丰厚得多。他珍惜自己，哪怕支出一根细小的绒毛，都要极小心地用坚实的喙理顺。白脯看不惯，这哪是雄雕，纯牌的花花公子。倒退几十年，雕族兴旺时，这家伙准是个"第三者"，不守雕的一夫一妻的婚姻法则，去卑鄙地引诱所有的雌雕，破坏那些美满家庭。

终于有一天，他们又争吵起来，原因很简单：他带回半只鸡，人养的鸡。她埋怨他，不该去动人的东西，狼和野猪总去偷人的东西，结果呢？都是横死。他在岩石上小心地将粘在喙上的毛抹下去。他吃东西很文雅，慢条斯理，不像别的雕那样大口吞咽，弄得浑身满是血迹肉屑。所以他身上没有那股血腥的臭味儿，使得白脯总怀疑他不是一只金雕。

他又放厥词了："谁也不能保证不横死，包括那些自以为是的人。世界就是这样，你是强者，便要别人死；别人是强者，你便死。否则你就投降，你注定打不过人。你又不肯。天空和自由有什么可留恋的，能比生命更宝贵吗？一切的一切不都是以活着为前提吗？一文不值的自尊心。"

她没吱声。他的观点就像砬子上的风，一会儿往东刮，一会儿往西吹。你反驳他，他就和你犟个没完没了。

果然，他又说他研究了历史，一切都是人搞乱的，它们从树上下来直立走路，却不管别的动物。谁伤害它们一点儿，它们就不管你做了多少有益的事，成百上千地滥杀无辜,血腥报复。一群失去理智的疯子，早晚得毁掉它们自己。

她等他说完，告诉他："今后不要得罪人，否则你就永远离开这儿。你招来的灾难会毁了孩子。"

他不以为然,少有地亲昵了两个孩子,又勉强蹭蹭她的脖子,替她梳梳稀疏的羽毛，便一去不回了。

她感到哀伤，为自己，也为整个同类。夫妻之间，一定要等一方不在世间，另一方才能重新择偶，还要负担起养育儿女的责任，这是雕类最起码的道德标准。只因为这标准的存在，雕们才一辈辈地繁衍至今。她认为他年轻，不懂，曾把这道理暗示给他。他却不屑地摇摇头，抖抖翅膀，做了个无可奈何的姿势。

孩子们睡去了。她抓过剩下的一只鸡翅和烂糊糊的鸡头，吞了下去。饥渴立时醒过来，这一点儿食物对她那饿了几天的胃来说，太微不足道了。

突然，她歪过头，凝神谛听，一种悄悄迫近的危险感使她颈上的毛直竖起来。她曾多次凭这种本能逃离险境，便毫不犹豫地飞离巨石。恐惧像暴雨一样兜头泼下来。

一个人身背着枪，艰难地在砬子上攀爬着。一条狗在下面跳来跳去，舌头伸得长长的，垂涎地看着空中。

最凶猛的野兽白脯也不怕，老虎、黑瞎子，这块凸起的巨石会使它们望而却步。她怕人，人是兽类里最凶残的。她不停地盘旋，"啊——，啊——"地向人发出警告。

人根本不理她，继续爬，嘴里咬着一柄匕首。看来，这场恶斗是躲不开了。她抖擞精神，箭一般朝那人射去。那人极快地转过身，背贴绝壁，高举起匕首。她知道那闪闪发亮的东西比自己的爪锋利几倍。要是前些年，她会不顾一切地冲上去，宁肯和人一起滚落深渊。现在不能了，岁月消磨了她的意志，也使她老练了。只有保住自己，才能保住孩子。得选择一个最佳方案，她返回来。

趁这机会，那人又攀上几步。她有些急了，贴着峭壁向上，想偷袭敌人。

那狗叫了几声。人便蹲下身，刀锋又寒光闪闪地对准她。这条可恨的狗，在发信号给主子。白脯愤怒了。她最看不起狗，为人把鹰和犬连在一起而不平。鹰也有败类，帮人捕杀兽类，可那都是中了猎人的圈套，不得已而为之。狗呢，哪一条不是心甘情愿？她趄过身，扑向那条自鸣得意的家伙。

那狗很机敏，侧着脸，一动不动地盯着她，及至临近，突地横里一滚，闪到一旁，张嘴就咬。

她早有准备，不失时机地在那张丑脸上狠狠抓了一把。

那狗惨叫起来，夹起尾巴朝山下窜。

"嗷，嗷嗷！"人在砬子上发出焦急的呼唤。

白脯一下子明白了，缠住这条狗，那人就会下来。她双翅一展，高声唉叫着追去。

果然，那人一纵一纵地跳着，呼喊着追来。

三

每年六月初，春天才姗姗而来。七月盛夏。到了八月末，刮几阵风，下几场雨，长白山就五颜六色了。

虽然早在怀孕之前，白脯就把巢精心修了一次，但为了抵御高山的严寒，她又早早地衔回许多枯枝，密匝匝插进巢里，将原有的细枝、枯草和羽毛尽数掀出。那些东西不但不暖了，还藏了无穷无尽的螨，吸食雕的血。她将预先留下的鸟羽、兽皮细细铺好巢底，等待着第一场雪的飘落。

两个孩子也丰满起来，翅上长出了翎，金光闪闪的。最奇的是那雌雏，胸脯下的绒毛竟也渐渐白起来。饿了，孩子们就张大嘴巴发出稚嫩的叫声，饱了，互相扑打嬉戏。

一天清晨，白脯突然发现两个孩子的腿上都生出绒毛，虽然纤细，却很密实。几个月的疲劳顿时烟消云散。她情不自禁地拍着双翅，沿着巢边舞蹈起来。

可以放飞了。领他们到巢边，让他们纵身跃下。要是不敢，就把他们掀下去。本能会使他们扇动翅膀，借着惯性滑翔一段。如此几回，雕雏就变成一只幼雕了。

她张开翅膀，将儿女搂在怀里。她发现自己翅膀蓬松而凌乱，没有光泽，胸脯那块曾引起雕们瞩目的白色已然变得焦黄。腋下稀疏得露出了肉，毛粘成了团，不能将孩子遮掩得严实了。这一春一夏竟是如此漫长，再熬过严酷的冬天，他们就会飞上天空，一去不返了。自己却老了，将要孤单单地死去。她怕孤独。人说，鹰从来都是独往独来。它们哪里知道雕的苦楚？空寥的天际，只有自己飞去飞还。她羡慕人类，须发如霜的老人领着咿呀学语的孩子捡蘑菇、打松子儿，将死之时，儿孙们守在一旁。

你怎么了，你该高兴，你是雕啊，你不是日夜盼着两个孩子长大，还给他们起了名字，一个叫白脯，一个叫金毛吗？

她振作精神，掩饰起心中的凄苦，叫了两声。她改变主意，决定马上找点儿东西，让孩子们吃饱，然后放飞。

村子边不能去了，捉鸡太危险。她在空中盘旋，一圈比一圈大，全神贯注，不放过任何可疑之处。

啊，山兔！两只。一只小的一蹦老高地朝灌木丛里逃，另一只特肥大，像是受了伤，竟蹒跚地奔上一片山脊。她稍一抬右翅，改变方向，扑向那只大兔。

山兔很狡猾，比捉一只鸟难多了。它跑得快，而且会耍花招，能在奔跑中纵身跃起，抓住一棵小树的梢，凭自己的体重将它压成一张弓，待到雕尾随而来，即将扑下的一刹那，突然撒手，柔韧的树干便鞭子般呼啸着抽过去。雕扑食是极用力、极迅猛的，这迎头一击往往将之打蒙甚至打伤。

可惜这只山兔昏了头，山脊上光秃秃的，别说树，连一根有弹性的榛棵也没有。湍急的山水将草都冲走了，山皮裸露出来，疤疤癞癞的满是沙砾碎石。躲无处躲，藏无处藏，它必死无疑。她开始俯冲。那兔无力蹦跳了，蜷曲成一团，回头无望地瞅着她，两只眼睛红红的。

白脯看得清楚，心头掠过一丝怜悯：它大概想起了自己的孩子，就是刚才那只小兔吧？也许，它正是为了救孩子，才舍出……

近了！她收回杂念，伸出利爪。突然，眼前爆起一团烟尘，她下意识地闭上眼睛。紧接着几块尖硬的东西打在脸上、胸前和翅膀根，疼得她叫了一声，腾空飞起。待到盘旋回来，那兔正蹿向山的背坡，短短的尾巴翘着，后腿蹬得老高，全没了刚才的可怜。狡猾的家伙，搂了一堆碎石放在身下，趁她不备，猛地弹出来，自己却掉过头往回跑，使她扑了个空。

白脯知道遇上了一个经验丰富的对手，好勇斗狠的本性使她极度兴奋了。她强制自己冷静下来，迅速计算了一下速度和兔与灌木的距离。很危险，她要全力扑过去，才能在兔钻入林中之前捕获它。

实际她已经不冷静了，不要说有万一取胜的可能，就是明知失败甚至死亡等待着她，她也会冲上去。她是一只雕，不能忍受兔子的嘲弄。

应该升到足够的高度，再利用大角度和加速度俯冲。但是没有时间了，她采取了非常措施，全力振着翅，两眼盯着那一蹦一蹦的猎物，紧追不舍。好了，时机已到。她猛地伸出双爪。

谁知那兔竟一下跃出去，她只抓到几团腿下的毛。她用尽最后力气，又是一扑，却觉得无数钢针刺入体内，她眼前一黑，昏了过去。

四

长白山到处生长着一种灌木，枝条满是棘刺，分布得极均匀，也极坚硬。剥了皮，削去硬刺，刺根处便留下一个疤，圆圆的，中间一点红，酷似乌鸦的眼睛，所以，俗名叫老鸹眼。老年人最愿意削一根，剥皮抽芯，做烟袋杆，浑身上下圆溜溜的圈，既好看又结实。

白脯渐渐醒来，忍着剧痛抬起头，发现身底是一簇老鸹眼。几根雕腿粗的枝条穿过翅膀的大翎，一根稍细些的则干脆插进左膀根的肉里，胸脯也扎了许多刺，钻心地疼。她屏住呼吸，尽力挣扎几下。不行，若是冬天的枝条，被严寒冻得发脆，或许能折断，秋天的枝条十分尖利又十分柔韧，富有弹性，越扑腾，刺得越深。

　　完了。白脯顿时万念俱灰。她明白，这是走上了绝路。她的同胞兄弟就是这样架在老鸹眼上、活活饿死的。

　　身旁落下一只蓝靛颏儿，见了她，又惊恐地飞起。她羡慕地看着它消失，真想问问怎么能一纵身便飞起来，不用展开双翅边奔跑边使劲扇动，借助风力升离地面。

　　天依然空荡荡的，白脯不指望有同类飞来。因为从铁爪黄死到现在，她只见过一只金雕，那就是金毛。而金毛也是飞遍了长白山，只见到了她。就算金毛来了，他能救吗？当然不能，他还怕把自己也架在这儿呢。只有等死了。她不怕死，想到能见到铁爪黄，甚至有些高兴。可铁爪黄若是问起自己生了孩子没有呢，该怎么回答？

　　没法回答。就是今天早晨把他们掀出巢去，他们也只能扑棱着翅膀不被摔死，连回巢都得她帮助，根本谈不上飞、捕食。没有她的照顾，他俩注定会活活饿死。她又万分希望金毛赶来，告诉他不要悲伤——不，他不会悲伤，告诉他一定要让小白脯和小金毛飞起来。

　　那只兔不紧不慢地踱过，颠着肥大的屁股，耸着鼻子，这里嗅嗅，那里闻闻。走过她面前，还停下来，得意地眨眨眼。

　　它知道架在灌木上的雕就是死雕，一只老鼠也敢戏弄她。一阵屈辱涌上白脯的心头。就是这么个浑浑噩噩竖着耳朵、靠逃跑活命的家伙，将自己引入了陷阱。任何一只雕都不能永远飞在天空，当那个永恒的时刻到来，他们便盘旋着向高空飞去，直到猝然停止呼吸，才直直地跌落下来。她想像祖先那样去死，像一只真正的雕那样无愧于天空去死。然而死不像生，有各种各样的死。因为这个而死在这里，实在是巨大的耻辱。

她想象自己架在上面，耗尽了最后一口气。雪很快将她埋起来。到明年春暖花开，羽毛便全脱落了。身体腐烂，发出一股臭气。会有乌鸦和鹫循味儿而来，啄得她只剩下一副白骨。那兔已走到一道坎上，回过头来对着她弓起腰，抬起后腿，做作地掸了掸大耳朵。

白脯颈后的毛突然直竖起来。有危险！她下意识地想喊一声，要这个矫揉造作、搔首弄姿的家伙小心。

晚了！它兀地蹦起老高，怪模怪样地摔了出去。

"轰"，一股焦煳味儿顺声飘来。白脯立时想起那鸡，那鸡胸上的伤口。

# 五

一条狗冲出来，低声吠着，前爪按住那具微微抽动的兔尸。

人从树后走出，提起猎物掂量着。那狗便前蹿后跳地献媚。白脯一动不动地伏在那儿，愤恨已经随山兔一起死去，继之而来是一股懊悔和悲凉。现在，唯一能将自己从死地救出的就是人，而人又是自己的仇敌。

这是活下去的最后机会，虽然成功的希望不及千分之一。她若是一只幼雕，也许会给捉去，驯化她，让她帮人狩猎，那么她就有机会逃出去。可她是一只老雕，金毛说过，现在人都拿雕翎换钱，能换许多钱，所以，人见了雕就要打……

可留在这儿更是死路一条，只不过能多活几天。

不，或者立刻就死，或者重新飞回巢。她想起了白脯和金毛，心倏地收紧了。她拿定了主意，斜眼瞟着人。

人没有发现她，狗也没有。她只好在它们走过身边时，稍稍动了动。灌木发出一阵轻微的嚓嚓声。声音不大，但对于一个猎人和一条猎狗，足够了。

那人蓦地停住，迅急端起枪，对准她。她的心一凉，竟奇怪地平静下来，她等待着那一声巨响。她宁愿这样死。

人又将枪放下了，笑了。笑得白脯毛骨悚然。他从腰后抽一柄斧子，砍下一根粗粗的桦木棒子，慢慢地靠过来。

白脯松了一口气，垂下头。那木棒狠狠捅捅她的肚子和胸，她忍着剧痛和羞辱，有气无力地睁一下眼，再缓缓闭上。眼缝中，她看见人从怀里掏出一团绳子，理了理，然后钻进老鸹眼里，轻轻碰碰她的爪子。

她依然不动。绳索扣住了她的左爪，接着是右爪。她屏住呼吸。

猛然，一阵疼痛像把刀子一样割遍全身，她强忍住没有叫。她被拖下来了，左翅着地，侧卧在柔软的乌拉草上。快意、兴奋、希望同时充斥她的胸腔。她平稳一下情绪，纹丝不动。待那猎人小心翼翼地走近来，她猛地弹起，以左翅尖为轴，用了全部力量，将右翅对准猎人的额头横扫过去。

猎人咕咚栽出老远。她迅速奔跑几步，振翅飞上天空。然而还没容她在内心欢呼自己的胜利，身体一顿，被击中般跌落下来。

拴在腿上的绳索延缓了她奔跑的速度。就在她双爪离地的瞬间，猎人已一轱辘爬起来，抓住绳头，一下子缠绕在一棵柞树上。

老了，力量不够了。要是几年前，这一翅不将人的脑袋打裂，也会打晕过去，自己则从容地飞到天空。她不甘心，站立着，鼓足力气，准备再给敌手致命一击。

猎人走来了，上身有些晃，一手捂着头。她瞅准时机，唰地又将翅膀扫过去。

猎人没有躲避，却突然晃起背在身后的手。白光一闪，她失去了平衡，摔倒在地。右膀根一阵钻心的麻木，使林子、山都消失了。

天空蓝得浑不见底，飞来了两只幼雕。一只白胸脯，一只翎羽闪闪发光。白脯和金毛，可千万别过来，别靠近人，远走高飞吧！

## 六

太阳落山了。一辆架子车咿咿呀呀地进了村。车上装了满满的枝柴，枝柴上躺着一只金雕。那雕的右翅贴根断了，只连着一层皮，翅膀耷拉在车旁，像一把巨大的折扇。人们围上来，指指点点地说："比前几天那个大！"

"毛可不好，没有金光。"

"嗯，怕是卖不到上回那个价！"

那雕突然挣扎着站起来，直直地立着，两眼冒出凶光，缓缓地巡视着。人们哄的一声退出老远。

那雕侧过身，向着鹰嘴砬子长唳一声，气绝了。

# 关东汉子

一

　　鼬巴是个天生的耍钱鬼，名气极大，方圆百十里，没有不知道的。炕桌前一坐，精神立时就抖擞起来，好比抽了大烟打了吗啡，三天三夜不眨眼。输得净手，他还能看上两天两宿的热闹，蹲在一旁给朋友"照管"。

　　一年春天，鼬巴半夜从局上回来，路遇一人，非拉他掷骰子。他正手痒，一拍即合。两个人找了截树桩，吆五喝六地玩儿起来。鼬巴手气好，将那人赢得落花流水。直赌到东方发白，远处传来雄鸡长长的啼鸣，那人才起身告辞。鼬巴兴犹未尽，挽留再三。无奈那人执意不肯，急匆匆几步没了踪影。他喜气洋洋回到家中，一掏兜一把纸灰，再掏一把，还是纸灰——和鬼耍了半宿的钱。人们悚然色变。老娘连气带吓，当时就抽了。

　　鼬巴却不怕，说："那鬼是极和气极讲理的，赌艺也高。哪天再碰上，定要玩儿个痛快！"又感叹世上的人若都像这鬼，可要好多了。

勼巴人正派，赌风也正，输不皱眉，赢不得意，大将风度，绝不肯做手脚。那年江东过来两个老客，输得脸酸，按住勼巴的手脖子，说他手里藏了一张牌。

勼巴大怒，让局东取一只大洋钉，当当两锤，白手背直透手心钉在桌上，防备让人诬为手动时将牌运走。众目睽睽，他顺洋钉缓缓抬起手掌，下面空空，只有血水淌成一片暗红。

两个老客顿时跪地求饶。然而规矩是坏不得的，即使勼巴看着可怜求情也不管用。老客的钱全归勼巴，再四马攒蹄捆得结结实实，被塞进冰窟窿一了百了。

也怪不得局东心狠。这赌局里每日进出七长八短汉，三山五岳人，若是由着他们闹，一百个赌局也黄了。

自此，勼巴名声大振。他一年四季推牌九地各种玩儿，没黑没白，生生累成个气管炎。东北这地方，一年冻七个月，最怕这病，沾上就别指望好。一喘气，喉咙先打勼，所以又叫勼巴病。勼巴才三十来岁，胸腔便圆得像只桶，双肩耸上耳根子，着点儿凉风冷气就又咳又喘。

大雪封山的季节，小鬼子紧着折腾起来。讨伐队一拨接一拨，码住几行脚踪便穷追不舍。这条沟响几排枪，那道梁子炸几个钢炮，天天不消停。

也难怪，正打算进关里，屁股后总有人捅刀子：初一栗子沟铁矿的炸药库放了响墩，一小队鬼子在梦里上了望乡台，连块囫囵肉都没找着，只几块破布和一只马靴挂在五里开外的树枝上。十五半夜，明晃晃的月亮地儿，帽儿山贮木场又点了火烛，十几万方上等红松收拾妥当。只等桃花水下来，便顺江放到丹东上船，漂洋过海去日本国，这一把火烧得溜光。黑田大佐军法行事，当场就把看木场的伍长给崩了。没几天，来了几火车关东军，歪把子机枪六〇炮，搜山并屯。

屯里人便不敢上山。万一不走运，讨伐队可是不问青红皂白，见人就是一枪，打倒再问话。关东军是小鬼子的精锐，枪打得准，十有八九削脑袋瓜儿上，还能爬起来说明白吗？

躺巴却不怕，清早起来，窝着枕头喘一阵子，拉着小爬犁悄悄上了山。阴间的鬼都见过，还怕你小日本这阳间的鬼不成？生死有命，富贵在天，真碰上一个炮子，痛痛快快，是修来的福气。

但他心里还是怯怯。这套子是别人下的，若让人瞄着，今后就无脸见人。

翻过三道梁子，来到小鬼脸碴子，躺巴看见一棵倒木下卧着个黑瞎子。他先是本能地往回跑，见那黑家伙一动不动，又稳了神，知道八成是财来了。他慢慢蹭到跟前，拿斧把儿捅捅，硬了。他憋足了劲儿翻过它，却又吓了个腚墩儿。

倒木与黑瞎子之间，躺着一个人，满脸血。

恍惚间，那人动了一动。他搂起一捧浮雪，战战兢兢送到那人鼻子底下，半天，才见那雪出了浅浅两个坑。

躺巴犯难了。本想拣个野猪狍子什么的悄没声拉回去，混上个十天半月，谁想到碰上个半死不活的人。拉回去吧，人们必得知道自己上山蹓人家的套子；扔下吧，他还有口气。躺巴想来想去，还得救人命。他砍了几根松树枝子，铺上爬犁，喘一阵走一阵，往回捞扯。

　　齁巴有个媳妇，虽说不很漂亮，倒也水灵灵的，是秋天打临江领回来的。人们惊奇，便问。齁巴说一个关里老客输红眼，把老婆押上了。他摸了一对大天带三钻六套，就这么领回来了。半道一问，才知道哪里是什么夫妻，这女人闯关东过来，和家里人走散了，碰上个不认不识的老乡，求他给找个吃饭的地方，竟被他输了。人们便替齁巴高兴，说家里有了恋性，不会再像个起群子狗似的到处去耍。也为那娘们儿庆幸，让那么个人领到临江，准是要卖到窑子去。

　　谁知齁巴依旧嗜赌如命，赢时大酒大肉，输了就萝卜汤也喝不上。媳妇是关里人，初来乍到，受不了冰天雪地，入冬便出不得门，手脚满是冻疮，呆呆偎在炕上，腰间围着唯一的破被，等男人带回填肚子的嚼物。

　　齁巴一头撞进来，呼哧呼哧地说不出话，指指外头。

　　她以为抬回来大牲口，让去帮抬。她推门一看，竟是摊手摊脚的一个人。

　　齁巴找来了季三牤子，两个人把他抬头抬脚搬进屋里。三牤子掏出一只酒瓶，内里的人参、鹿茸、枸杞子已泡得酒色黑红。撬开他的牙关，硬灌进少半下。然后掏出匕首挑折他的靴带，割断靴子，轻轻拿下，褪下棉袄、皮裤。再砸开水缸上的冰，舀出一盆水，将那发黑的脚塞进去。

　　这是个极健壮的汉子，肩头又宽又厚，左臂缠了一圈布，有些肿，打开一看，是透眼伤。三牤子没吭声，又包好。

　　齁巴撮来一筐雪，招呼媳妇过来，浑身上下地搓。媳妇抓起一把雪，手凉得发麻，脸却烫，胡乱抹，不敢看。

鮈巴见了，便喊："装什么臊！黄花闺女哪？没见过老爷们儿那家伙咋的？快搓，使劲儿，这么着！"

媳妇不敢回嘴，脸上的热被骂了下去，学男人的样子，忙活着。手触那凸凹坚实的肌肉，身上还是酥酥的。

直搓得三个大汗淋漓，那人浑身泛起血色，三牤子才叫住手。他的双脚缓出两砣冰，靴子般套着。三牤子不叫动，只换了凉水。

鮈巴媳妇抿抿沾在额上的刘海儿，身上暖了许多。一眼瞥见个土布的包袱，拎过来，问："这是啥玩意儿？"

鮈巴一把夺过来，放到炕角，用那人的破皮袄蒙上。

这是规矩。闯关东过来放山、打猎、淘金、伐木、放排的人，钱是不能动的。但凡这样人，家里必有七老八少，张嘴等着呢。若是受了伤残，或出不去林子了，便将钱或山货包上桦树皮，烧块木炭，写上地址、姓名，夹在树丫巴上，日后有人遇见，定会把货卖了，寄钱给关里家，捎带报个丧信。

三天后，那人省了事。他睁开眼，不说话，四处撒目。

鮈巴明白了，不由生出几分鄙夷，打炕角拽出包袱，重重扔过去。

那人挣不起，只好伸出胳膊，将那包袱揽在怀里，捏摸一遍，才放心。

鮈巴媳妇忙喂了他点儿粥。那人渐渐有了气力，自报家门，说姓徐，打猎的，遇上鬼子的讨伐队，给打伤了。

山里人管打猎的叫炮手。称呼起来又要省略。猎人姓李，便李炮。若兄弟几个都打猎，便某大炮、某二炮。徐炮在贡珠场无亲无故，自然省了排行。人们只知道他姓徐。叫什么，哪儿的人，多大岁数，自己不说，别人也不问。孤身一人钻进深山老林，混一口吃，必是一腔的难言之苦。多少人默默来到这里，搭一处马架子，一把火燎出几苗荒地，春天种点儿苞米，冬秋放山，至死未曾和人说一句话。

久而久之，就成了规矩。若有人走进山民家，赶上饭便吃，赶上酒便喝。有钱扔下几个，没钱叫声老哥道声谢。自己不说，主人绝不问客人从何来，姓啥名谁。

徐炮身虚体弱，带着伤，无处可去，只好猫在鸲巴家里养。鸲巴整日泡在局上，汤汤水水，自然都是媳妇伺候。三犴子常来换药，他的伤口很快就封了。

没事，徐炮与鸲巴媳妇唠嗑。

"大嫂，哪儿的人哪？"

鸲巴媳妇不吭声。

"听口音，是山东？"

鸲巴媳妇咬着麻绳、细针。

"羽山？文登？海阳？牟平？"

摇头。

"贵姓？"

突然眼泪就下来了。

徐炮讨了没趣，不敢再问。

鸲巴却瞧他不起，嫌他财迷，整天不离那包袱，一有动静，先搂在怀里，晚上睡觉枕着，谁也休想碰。山里有收留人猫冬的规矩。放山、打围的无处去，找个地方住下，主人是不能拒绝的。若没开春人走了，屯邻乡亲会怀疑你家的人品。

# 二

正月初五，軥巴脸色青灰，缩头缩脑回来了，后面跟俩人。进了屋，他咧咧嘴，对满脸痂疤的徐炮说："兄弟，咱俩，今晚……另找个宿吧。"说完，转身出去了。

徐炮追出去问。

軥巴抹把鼻涕，惭愧地说："妈了个巴子，手气不好，输了。"

"那他俩……"

軥巴无所谓，摆摆手："我好好歇歇，明个去捞！"

徐炮揪住他脖领子："把媳妇都输了，还拿啥去捞！"

"没……事！"軥巴挣挣，嗓子眼儿勒出一句话，"就这一宿。"

徐炮一搡，軥巴四仰八叉砸进大门旁的雪堆里。"要不是你救了我的命，我就把你脑袋拧下来。"

徐炮返身进屋。两个赌棍已脱了乌拉，嬉皮笑脸往炕上爬。炕角，缩着軥巴媳妇，筛糠一样地抖。

徐炮双拳一抱："二位大哥！"

赌棍不摸头脑，按江湖上的规矩，只好抱拳还礼。

"山不转水转，天不转地转。两座山到不了一块儿，两个人早晚能见面。出门在外，碰上了是前世修来的缘分，不知二位，肯不肯给兄弟个面子。"徐炮朗朗说毕，双拳过顶，深深一躬。

两人一怔！说："兄弟并非好色之徒。不过喜欢掷掷骰子，抠抠大点。俗话说'赌场之上无父子'。输啥给啥，赢啥拿啥。""那好。"徐炮见封了门，伸手拽出那个包袱，沉甸甸往炕沿儿一墩，"兄弟是放山挖棒槌的，愿陪二位。"

两人眼睛直了，忙下地。

"别急，好饭不怕晚。这儿不是地方。咱们先小人后君子，二位大哥想必不是空手套白狼的人吧？"

两人叫一声好，急急地绑好乌拉，跟徐炮出了门。

齁巴正听动静，见出来了，颠颠跟在后面，盯盯瞅那包袱，秃噜秃噜吸着鼻涕，十分担心。"兄弟，你能行？可别卖一个搭一个。若不，我上，你照管。"

徐炮不吭声，也不回话，闷头走。二十里山路，便到了露水镇。

赌场一溜五间房，南北大炕，摆了六局。掷骰子、推牌九，应有尽有。一个铜子儿能玩儿，五千大头眨眼也能输净。徐炮回头喝："你在外头待着。"

齁巴伸伸脖，见徐炮一抹脸变了模样，小眼睛闪着腾腾杀气，射得他浑身发凉，哪里还敢争辩，委屈地点头。

徐炮进屋，挑了最大的局。那两人忙介绍："齁巴家的老客，大手把。"

这局的庄家是赌场的东家，和小鬼子、警察都有过码，他拿眼皮翻翻徐炮，两手玩儿得骰子滴溜溜转。

徐炮放过包袱："这二位说了，局上的规矩是输啥给啥，赢啥拿啥？"

庄家这才细打量一番，说："单耳立、吴大眼，来客了。"

立刻过来两个人。一个只有右耳，左耳贴根儿没了。另一个眼大如铃，又鼓得要掉下来。一左一右站在徐炮身旁，活像两扇门板。

徐炮抹抹脸，笑了，掸掸包袱皮，慢慢解开，竟是四个酒瓶子似的东西，用荆条子捆成一捆。

背后一声惊呼："啊，手雷子，四个手雷子！"

屋里哄地乱了。庄家掏出一把大镜面，当当两响打在门框上。

徐炮拧开手雷子盖儿，掏出环，说："你赢了，环归你，手雷子归我。我赢了，环归我，手雷子你拿去。"

"兄弟，没称二两棉花纺一纺，我是谁吗？"庄家声色不动。

徐炮不答，只催促："掷呀！"

人们怔怔地看。庄家将骰子扔进碗里，扣上盖儿，哗哗地摇。

人们再顾不上大镜面，呼喊着挤出门去。大洋、铜板、票子满地满炕。

"开！"庄家一声喝。

"爆子！"单耳立、吴大眼欢呼起来

徐炮吐口唾沫，把四个手雷子抱在胸前："喏，拿去吧。"

窗外一阵狂喊，噼里啪啦的脚步声渐渐远去。

尽管这弦一拉输家赢家全都完，庄家还是赢得高兴，拎四个环，问："朋友，哪个山头的？报个字号，三十年之后，没准咱哥俩还能玩儿一把。"

徐炮漫不经心，说："没听说红杆子二炮吗？"

庄家一怔。

"咋，不要？"徐炮转身要走。

四个环还在庄家手里。庄家忙跟过去，抹一把额头，问："当家的可好？"

"老样。"

庄家颤颤塞回铁环，双手一抱："兄弟，失敬，失敬。单耳立，沏茶。"他又说："手头不宽裕，直说，自家人。"

"我兄弟欠了二位一笔账，麻烦大哥帮忙。"

"小事一桩，小事一桩。"

"兄弟告辞。"徐炮包好手雷子甩上肩，走了。

他出了门，正迎上三牤子提一柄开山斧赶来，狗皮帽子呼呼冒气。齁巴媳妇跟在后头，刘海儿上缀着冰溜子。

三牤子一捅徐炮："行。"

徐炮一笑。

三牤子奇怪，局东死都不怕，怎么一听红杆子二炮就熊了呢？便问："红杆子二炮是谁？"

徐炮瞄他一眼。三牤子自知失言，也笑笑，不再问。

星夜赶回去。三牤子拿出一大肚瓶，几个人大碗喝高粱烧。三牤子一个劲儿劝，齁巴媳妇一个劲儿哭。徐炮一声不吭。齁巴抱着脑袋。

东方泛白，三牤子回家拎来一只刚叫头遍的公鸡，开山斧抹了脖子，血滴进三只海碗。三人各报生辰，竟是齁巴最长，插三炷香，灶王爷前依次跪下，磕了头，再互相见礼，最后各端酒碗，一饮而尽。

徐炮第二天便上了山，不知从哪儿弄来一杆快枪，小鬼子骑兵的马大盖儿。野猪、黑瞎子、大爪子，让他瞄上，命就算绝了。兽踪看得准，套子夹子下得巧，獐狍狐鹿，趟趟不空。人们这才知道他真是个头排的炮手。胆子也忒大，小鬼子越是篦子梳头似的搜山讨伐，他却越是往林子里钻。

人是极仁义的，每回卖了兽皮虎骨，都少不了从破皮袄里掏几样洋药，让齁巴喘咳厉害时吃上。人们都说："齁巴家缺个搂钱的耙子，徐炮缺个装钱的匣子。这回耙子遇上了匣子。"

日子就这么一天天过去。山里，这事不稀奇，谁也不说三道四。

三

自打徐炮闹了局，齁巴便不赌了。没人和他凑手。耍钱不是要命，赢了他，没准再找个压手雷子的。这就算坏了他的赌德。他一去赌场，东家便极恭敬地上茶——茶碗与托盘之间压一块钢洋，是打发无赖的办法。一次两次，一家两家，齁巴总是如此遭遇，心凉透了，再没脸上前。

虽算戒了赌，身体并没见好。春秋时，蹲墙根儿晒晒老阳，和娘们儿逗逗牙花子，连手上沾点儿便宜的事都没力气去做，更别说上山下地的活计。一天到晚，掂着三个骰子掷来掷去。

白天无事，晚上睡不着，躺在条炕上，摸黑与假想的对手摊牌儿。因为总是赢，又无人观敌瞭阵、呐喊助威，全没有赌场上的你死我活的气氛，兴趣渐渐索然。睡梦中，迷迷糊糊出了门，攒足劲儿，两耳生风，一会儿便到了局上。狗皮帽子半遮住脸，悄悄隐进去，不抬头，码好钱，等着庄家打骰……

每每这时，又有一阵动静将他从梦里惊回。过来人自然知道这声音的缘由，辨得清男人的喘息和女人的呻吟。他十分纳闷和不解。前几年，赌完回来早已筋疲力尽，炕头一躺，佝成个两头弯弯的大虾，睡个天昏地暗。有时得胜归来，兴奋与喜悦尚未完全逝去，他偶尔也做做夫妻间的事，女人却睡死了一般，任凭摆布。他对此事看得极淡，高兴了才做，且是为她，女人嘛。既然她不喜欢，他也乐得今后省心省力。这种事怎比得摊牌九。他鄙夷徐炮，堂堂五尺汉，竟为男女之事伤身耗神。

他屏息静气，想尽快回到牌桌上。声响却越来越大。他烦了，闭紧眼睛咬住牙根儿，用被子堵住耳朵。不知不觉一口痰返上来，憋得浑身燥热，眼睛发热，关节锈巴巴的。他再按不住，呼啦撩开被，重重咳一口痰喷到墙角，"啪"地砸个响亮。屋里立时静了。

他心里陡然升起一丝快意，翻身起来，趿着鞋，劈劈啪啪走到外屋，隔门槛使劲儿射出一泡尿。可惜尿不多，不急，也不很响。他有些失望，回来躺下，干脆点一袋烟，有滋有味地抽，不时将痰响响地吐出。

南炕一声长长的叹息。

一只蛐蛐叫起来。炕沿儿缝里发出一串嚯嚯嚯的声音。

躺巴听人说，男人做那事，最怕惊吓。后屯张小平上他兄弟媳妇炕，被人当场捉双，没几天就咽了气。回马毒，十个九个活不成，剩下的也像骟了的儿马，那玩意儿成了摆设，不起性。

他想象徐炮将死的痛苦，心里惬意。不，不让他死，让他活着，让他也尝尝想干什么而又干不了是什么滋味儿。

他似睡非睡，觉得有个温热的东西在胸前背后爬，睁开黏糊糊的眼皮，看见的竟是一双鼓溜溜的奶子。媳妇一丝不挂，站在条炕边摩挲他。天色尚早，屋里很暗，南炕空空的。他将媳妇的手撩去："昨晚骨头没酥透？还要补上？早知你有这口瘾，不如卖窑子去！"

"人家好心好意……"

"留着你那好心好意吧。你是我老婆，老子愿啥时干，就啥时干，用不着你可怜我！"躺巴咒着，下了地，要找只帚把、烧火棍，趁她脱光，狠狠揍一顿，却不料凉风袭来，嗓子眼儿钻进一条毛毛虫，痒痒地蠕动。他弓起腰，吭吭咳个不停。媳妇挨过来，把脊梁敲得咚咚如空心倒木，才敲出一口黑痰。

喘过气，躺巴散了架子，瘫坐炕上，撩起袖头抹脸上的鼻涕泪水。听身后女人窸窸窣窣穿衣服，心里平静下来。女人算个啥？生不带来，死不带去，手气好赢个仨俩的。为这，值吗？他摸出骰子，合在手里哗哗摇，心里便暖了。

一连几天，徐炮都没回来。他睡得稳。虽蒙眬中听见媳妇来到身边站一会儿，又回去，也一点儿不动心。

这天晚上，媳妇拿来一瓶酒，泡支棒槌和一截拃多长、指头粗细的肉干，递给他，吞吞吐吐地说："吃几口，兴许，能管点儿用。"

躺巴忽悠一下，眼前迸出无数金星。他夺酒瓶，抛出窗外。

"好你个骚货，今个儿就让你看看老子行不行。"

他扑过去，将媳妇摁倒，几把扯去衣服，却见媳妇又是闭着眼，睡过去一样，顿时，心灰血冷。他气又上来，顺手抓起根绳头，没头没脑地抽。

媳妇不叫不躲，蜷着身，抱住头，挨打老牛似的挺着。

躺巴想：落到如今的地步，根由全在女人身上。没有她，便不能输她；不输她，徐炮便不会去闹局。鸲巴火攻七窍，回身抄起菜刀，咒骂一声："我毁了你！"

"大哥！"待要下手，徐炮蹿进屋里，握住他的手腕。

"躲开，这事不用你管！"鸲巴两眼泛光，脸色青黑如铁。"大哥，这酒，是我给你泡的。要怪，怪我。杀、砍，随你，我半点不怨。我这条命，是大哥给的。你毁了嫂子，就毁了两条命。"

鸲巴怔了。

徐炮抹抹脸，转过去，干干地说："嫂子有身子了。大哥，你，有后了。"

鸲巴细看媳妇身体，小肚子鼓得圆溜溜，举刀的手蔫蔫奄拉下来。

年顶年，光开谎花不结果的鸲巴媳妇生了个十斤十两的小子。

村里人都去下奶，拎点儿鸡子儿、山货，出来便说："果然点下葫芦不得瓜，那脸相，活脱脱模子扣出来的一般。"

鸲巴是个鬼，心里早就明白，倒也不烦恶，高兴了，捅捅，抱抱，嗯嗯啊啊地哄逗。

## 四

这年夏天，淫雨绵绵三个月不见日头。进了八月，天才见晴。风一吹，山、林子就干了，树叶就黄了、红了。

这天，徐炮出了门，见屯子东头围了一群人，挤进去一看，怔了：买卖搭在几根松木杆上，都是东洋货，大多是小鬼子的马靴、马裤、黄呢子大衣、牛皮腰带，都崭新。少数几件娘们儿的和服，花花绿绿，阳光下十分扎眼。几个老客吆吆喝喝，换山货，卖钱。

这是军用物资，卖这玩意儿，谁敢穿？让小鬼子抓住，当场枪崩。徐炮细端详几个老客，贼眉鼠眼，油嘴滑舌，话说得不在行。他心里犯疑，拨开众人，问："几位，打哪儿滑过来的？"

"临江。"

"这货，不怕卖响了？"

"嘿嘿，新媳妇放屁——不能响。兄弟，小鬼子坍台子了。"

"当真？"

"咱有几个脑袋，敢打这个哈哈？小鬼子见咱中国人，就像避猫鼠，直打立正。"老客抖抖衣服，哈哈笑着，"这都是打营里抢出来的。洋货，结实呢！最好的是日本娘们儿，又白又嫩，真得劲儿！"

徐炮两只眼睛直了，张着嘴，半天醒过腔，转身出了人群。他回到家中，摘下马大盖儿，拎着四个手雷子，要走。

齁巴媳妇一听，登时傻了，盘腿炕梢，一把一把地抹脸。

孩子守一堆嘎啦哈，猪的、牛的、羊的、鹿的，哗啦哗啦玩儿得起劲儿，已是四岁了。爹、娘、叔，一口一个，脆生生的。没她的话，徐炮出不得屋，只把山榆皮似的手搓得嚓嚓响。

"要走，等明个吧。天黑了，不差这一宿。"她干巴巴地说。齁巴蹲在炕角，呼噜呼噜地喘，头夹在膝盖间，不睁眼。

徐炮瞅瞅孩子，瞅瞅娘们儿和佝成一团的齁巴，一屁股坐在炕沿儿。

　　駒巴媳妇拾掇点儿干菜，杀了只鸡，做四个菜。三牤子揣大肚瓶子，为徐炮送行。这事，劝走不是，劝留也不是，只凭徐炮自己拿主意。酒桌上，二人一碗碗地喝，竟无话。

　　大肚瓶子底朝天，再也空不出一滴。徐炮拎起包袱出了门。

　　半夜时分，后岭的林子里，闷闷地炸了四响，如伏天的雷。

　　徐炮不走了。鬼子已经打跑，他还去干什么？手雷子当然也没用了。

<h2 style="text-align:center">五</h2>

　　季三牤子是贡珠场第一大秀才，念过三年私塾，认许多字，写得也好，横平竖直，一笔连一笔。山前岭后数十里，逢年过节写对子，婚丧嫁娶的文墨之事，全靠他。他最拿手的是说书讲台，《西游记》《三国演义》等，一套一套的。所以徐炮最佩服他，对他言听计从。打点儿野味，便要请他来，细斟慢饮，聊上半宿。

　　一次，讲到关公夜走麦城被擒，英勇就义，两人正慨叹英雄命蹇，忽听灯影里有抽泣之声。细看，竟是元子鼻涕眼泪抹了一脸，问缘由，说："关老爷死了，关老爷死了。"

　　三牤子放下酒碗，说："这孩子，日后有出息，让他念书吧。"

　　徐炮听了，脸上顿时庄重，和駒巴说："大哥，三兄弟说，元子有出息，让他念书吧。"

　　"念书干啥？"

　　"三兄弟说，元子有出息。"

"那就去吧。只怕供不起。"

"三兄弟说，去露水的新学校，用不了几个钱。"

"露水？扯淡，来回四十里，他个十来岁的孩子，咋走？"徐炮说："三兄弟说有出息，必是有出息。下雨阴天，我接接送送。露水跟前，小鬼脸碴子那一溜，山牲口不少。他上学，我就在那儿溜转。"

第二天，躺巴媳妇把徐炮包手雷子那块包袱皮找出来，裹了两个长长的饼子，斜系在元子的肩头。

徐炮揣着去年得的两棵六品叶，领着元子，顺前岭的山道奔露水去了。


# 六


古人依山傍水而居，村镇的名字都顺山水叫。露水镇则不然。这里原为一个驿站，大清年间康熙帝圣旨设的。从这儿渡江，翻老爷岭，取道敦化，直奔东边道，驿站较小，只一幢房，住一户人，养几匹马。传递文书的也少，偶尔有晚上歇脚打尖换马的，天亮启程，露水不干就过江了。

据此，起名露水。

露水旁有条河，细流涓涓，入松花江。无名，便叫露水河。

这不是传说，上了县志的。学校里的老师就给学生们讲过。

学校是后开的，设在原来的赌场里。五间筒房，东头隔出一间，给校长和老师住。好在校长和老师是一个人，倒也不挤。西头依旧南北大炕，依旧放了四方炕桌，只数量上多了一倍，每边坐一个学生。

学堂虽是老式，先生却叫老师，洋的。先生高等中学毕业，打吉林过来，不着长衫，一身洋服，很文雅。他手里并无戒尺、笤条一类，讲课也不摇头晃脑，不吟唱"人之初"和"赵钱孙李"。这使得露水的有识之士大大地担心和看不惯：如此文弱的先生，又不打手板、抽屁股，怎能调教得了三四十人狗嫌的顽童？下课又和学生厮混一处，全没了师道尊严。师如父，生如子，哪有爹和儿子一起跳绳的。

老师我行我素，每日里"人手口"讲下去，闲暇时仍蹦蹦跳跳。

九点钟上课，三节，晌午便放学。无人敲钟摇铃，老师掏出怀表看看，说："下课。"孩子们一窝蜂涌出去，又跑又叫。

学生大都是镇里人，附近村屯的极少。贡珠场只刘元山一个。镇里的孩子欺生，且自以为大地方人，见过世面的，颇有些瞧他不起。他就显得有些孤。他书读得认真，脑子聪明，老师很看重，常护着他。为了报考，他更用心读。二十里山路，绝早赶来，从不肯迟到。放了学，人家的孩子都回家，他则坐在桌旁，嚼着饼子，温一遍课，等叔来接他。

徐炮几乎风雨不误，到得校门，或返身回去打猎，或卖点儿山货药材，进小馆，四两酒，一碟花生豆，小口咂品，等元子放学。

后来，就不到镇里，只在露水河边半枯的松树下等。

下了课，元子就溜边，蹲在地上用树枝写写，算式子。

同学却偏来惹他。

"刘元山，你几个爹？"

元子不想惹事，头也不抬，说："你几个，我就几个。"

"你两个爹。"

"你四个爹！"

几个孩子一拥而上，撕打起来。这学校的孩子年龄不一，大的十三四，小的八九岁。元子不大不小，身子却壮，脾气上来，摸什么打什么。

老师忙过来拉开，将他领进自己屋，回头把其他人统统赶进教室。

元子怕老师讲课落下自己，悄悄扒板缝子听。

"……欺负他不对的。这不怪他，要怪愚昧。愚昧是贫穷带来的，所以要怪贫穷。别忘了你们也是穷人的孩子。共产党、毛主席让你们读书，就是为了消灭愚昧，消灭贫穷。谁再欺负他，我就开除谁……"

元子不太明白，心里却暖暖的。

<h1 style="text-align:center">七</h1>

江水从天池流下来，盘盘绕绕钻了好久的老林子。经陈年的腐叶与河床的碎沙滤过，水是极清的，一眼见底。原来一股不大的细流，一路集了众多的泉水、小溪，渐渐气势磅礴。山陡沟深，十分湍急，哗哗响着，拐弯处就甩下一片滩，冲刷出一个深深的淀子。

闯过小鬼脸碰子，水势立刻舒缓了，江面展得极宽。

徐炮坐在砬子上。脚下是露水河，河另岸，是小镇，搭眼便看得清楚。或许，当初不该听三牤子的话，送元子上学。

昨天，元子和三牤子练字，用毛笔。学校用铅笔、石笔，他觉得不正宗。练着练着，元子突然问："人家的叔和爹一个姓，我叔和我爹咋不一个姓？"他眼前一黑。亏得三牤子说："一个姓，未必是亲兄弟，不一个姓，未必不是。桃园三结义的刘关张呢，一个姓吗？"

林子脱光了叶，草被秋阳榨干，唰唰响。小鬼脸砬子上的风很硬。他抹抹脸，心忧忧地，悬在半空放不下。

砬子的阴影遮住了河对岸的古松。那松早年间遭过一次雷，身子分了两半：一半死了，只剩下几根秃秃的枝；另一半却依然树叶繁茂。

一条小路曲曲从镇子伸到树下。路上急急走着一个孩子，到河边，张望一阵儿，脱了鞋，砰砰砸河沿的冰。

他腾地站起来，滑下砬子，奔到河边。孩子已经下水，趔趔歪歪试探着朝前走。他两脚一蹭，脱了鞋，喊："元子，别下，等我。"

他顾不得脚下溅起水花，一蹦一蹦蹚过河，抱起孩子。

"我寻思你不来了呢。"

"哪能呢，哪能呢。"他见孩子冻得发白的脸上有几块青，忙问，"咋了，谁欺负你了？"

"他们骂我两个爹，我和他们打架了。"

徐炮觉得河水针一样刺进肉里，凉冰冰顺着腿往胸口钻，慢慢凝成一个冰坨子，凉得他头发梢都麻了。

"叔，你不冷？"

"冷。"

"那，咋不唱了？"

孩子搂住他脖子，手里拎着的鞋正冲他的鼻子。鞋壳发出酸烘烘的汗泥味儿。他使劲儿嗅着，那味儿便热热地进到心肺，渐渐化了冰坨子。他觉得敞亮多了，扯扯嗓子，跑腔走调唱起地方戏：

> 秋天里风无情如刀如枪，
> 柞树红青草黄满眼荒凉，
> 留下了草木籽来年再长，
> 就好比松花江，
> 开了封，封了开，
> 无尽无休无休无尽万年淌……

边唱边扭，没留神踩跐了一块圆石头。徐炮一个趔趄扑跪水里。他赶忙高举双手，将孩子擎到头顶。

# 八

元子做了个梦。像别的那么大的孩子一样，开始，他不知道是梦。

元子费力地爬上江心的龙眼石，仰面躺下。石头暖暖的，烙尽了最后一分力气。水并不深，可以蹚着走。秀花跟在后面。

他便撑着劲儿，一路狗刨搂到这里。

秀花说："真热乎。"

他说："像刚吃完饭的炕头。"

秀花说："像我娘被窝。"

太阳晒他们光光的身子，却不热。江风在伏天也是凉爽的。

"元子，你看我这儿咋的了？"秀花犯愁地挺起胸脯。

"哪儿？"

秀花的右胸比左胸高，挺挺立着黄豆粒儿大的肉瘤瘤。

"疼吗？"

"胀乎乎的。"

他尖起手指触触，硬硬的。他觉得一股滚烫的东西流进身体，烧得眼珠子发胀。那肉乎乎的肩，平滑的腹衬着微凸的胸。无法抗拒的力量迫使他低下头，去看那赤着的双脚，看那光溜溜的腿。目光移到那两腿间时，他突然弯下腰，咚地跳下水，没命扒上岸，一气跑回家。

爹蹲在窗台下，见他回来，说："咋了，水长虫咬鸡子了？"

他躲到墙角，想穿上衣服，可又找不着，只好紧紧蜷起身子。

爹恶狠狠走过来，掰他的手，喉咙里呼噜呼噜地响。

他醒了。窗纸灰秃秃的，月亮一定很圆。他松一口气，觉得腿间很胀，不舒服，可又没有尿。

他翻了个身，见爹蜷曲在条炕，脸朝墙。叔却和娘搂抱着，粗壮的手臂搭在娘的身上。

元子一骨碌爬起来，光着脚冲出门去。

天亮，徐炮发现元子不见了，书包也不在，忙揣了两个饼子，一气追到露水河边。

元子正脱鞋裤，看也不看他，顾自蹚河去了。

徐炮捧着饼子，一直等到元子放学。

元子依旧不理他，不接那饼子。过河、上路，彳亍地走。

徐炮不远不近地跟在后面，步子很吃力，两个饼子沉甸甸的像石头，压在心头，冰冷冰冷的，让人气短。

# 九

这年冬天冷得早，刚过八月十五，一场大雪连着下了三天三夜，把长白山封得严严实实。太阳一露头，寒气就跟着逼上来。进了冬月，愈发冷，人竟难以出门。老娘们儿去外面抱回几块桦子，手就冻得通红，插在大襟里焐半天才能缓过来。

軥巴熬不住了，几天水米不沾牙，腮帮子塌下去，脸皮贴在颧骨上，蜡黄蜡黄。徐炮顶风雪走十九里，凭老面子接来了磨盘山的胡半仙。六十多岁的人，坐徐炮拉的爬犁，冻得下不来。胡半仙抖抖地把完脉，方子也不肯开，说："预备后事吧。多说三天，少说眼前，腊月是挺不到的。"

軥巴却不咽气。三天、五天、七天，两眼亮亮的，似有话说，又不愿说。媳妇寻思他惦念身后事，就问："有什么不放心的？"軥巴嚅嚅半晌，大家终于听明白了，是说："死了，把那副骰子带上，使着顺手呢。"

徐炮叹一声，找来两个軥巴旧日的赌友。軥巴见了，精神大振，挣扎着坐起来。两个人战战兢兢陪他掷骰子。本想让他赢，临走闹个乐呵，骰子不知人意，怎么掷齁巴怎么点儿低。没一会儿，几个钱便光了。齁巴不在乎，脸上现出红晕，两眼炯炯。赌友惴惴想把钱白留下。齁巴声音洪亮："怎么，瞧不起我？"

二个只好揣上钱，唯唯退出门，回身又塞给送客的徐炮，说啥时过去，买几刀烧纸吧，朋友一场。

齁巴累了，斜躺下，气就急了，一口接一口地倒。徐炮看看，赶紧把元子抱起来，胡乱穿上衣裳，扶到院里一只板凳上，手举一支扁担，懵懵懂懂指向东南。

## 十

天干冷。一口热气呵出去，立时扑回来，黏糊糊贴在脸上。老少爷们儿胡子眉毛挂着霜，腋下夹一刀纸，乌拉头踩着积雪，嘎吱嘎吱的。

徐炮直直跪在大门口，就磕头，不论来者何人、辈分高低，然后接过烧纸，并不起来，等候下拨人。

料子是齁巴自己预备的，四六的红松板，上秋时求人攒上的，还涂了色。棺材头上贴三牤子写的一行字：故先考刘讳福之灵柩。

出殡的时辰到了，一大早就出去的元子还没回来。领魂幡无人打。三牤子要打发人去找。徐炮说："没处找，太阳快要偏了，出吧。"

"可这领魂幡……"

"我打。"

"你……"

"没啥。长兄如父。再说，我这条命亏了大哥，有再生之恩。"徐炮搓搓手，就要往灵前跪。

"别。"三牤子眼睛红了一红，鼻子堵了。三牤子说："磕头弟兄，你……够份儿了。"他拉过自己的儿子，掐脖摁倒，给躺在棺材里的駒巴磕了三个头，又喊駒巴媳妇一声妈，算认了干亲。然后孩子头缠孝布，腰系麻绳，扛起领魂幡，引着遭了半辈子罪的駒巴，吹吹打打上了后岭。

天傍黑，送殡的队伍下山来，吃点儿蘑菇木耳、野猪狍子肉，喝几口高粱烧，心安地告辞了。实在没啥，駒巴这样的人，死了是享福。一家人家不会散，少了个药篓子，只会更好，从此也名正言顺。

徐炮一口接一口地抽烟。条炕空空，破麻花被和狍皮还在。

駒巴媳妇揉揉通红的眼睛，劝道："死了也好，这多年的罪，够他受了。"

徐炮小眼睛睁圆，回手一个耳光，咬牙切齿地骂："你个狼心狗肺的娘们儿，赶明儿我死了，保准也是这心情。"

駒巴媳妇一头扎在那团破被上，两手抽筋似的抓勾着，挠得炕席唰唰响，呜呜咽咽哭起来，那哭声极悲。

徐炮后悔，在地上转圈圈。"拉倒吧，多寻思寻思活人吧。"

駒巴媳妇呼地爬起来："元子呢？"

徐炮一拍大腿，撞出门去，直奔那个悬空的、四面透风的苞米篓子，把躲在里面的元子拎出来。

元子脸色漆青，除了眼睛，哪儿也不会动。

## 十一

操办完駒巴的丧事，家里欠下一些债。过了年，徐炮便背着那杆枪钻进老林子，一转悠就是三天五天，弄到些熊胆、鹿茸、虎骨，径直奔露水镇，换回钱来。酒也舍不得喝，还债，积攒元子过年的学费。

一天头响，徐炮胡子拉撒地回来了。上炕暖暖脚，笑嘻嘻去拽元子娘。

元子娘推开他，说："元子，出去玩玩吧。"

徐炮这才看见元子，忙从袄里摸出几块灶糖。

元子抓过来扔进灶坑。元子娘一惊："咋了，元子？"

徐炮火了，连推带搡把他拥出去，回手关上门。

元子气得心直抖，趴住窗户。

"这小犊子，总和我别劲！"

"还不是随你那脾气。"

"脾气随我当屁！姓人家姓。现在就这样，到老还不踢出我去？"

"不能。像咱这样人家的孩子，到这岁数，都得别扭一阵子。大了，就好了。来吧，跟孩子哪门子气。"元子娘柔声劝，扳住徐炮的胳膊。徐炮顺势将手伸进她的衣襟。

元子脑袋大得像个柳罐，抄起斧子冲进去，劈向徐炮的后脑。

元子娘脸朝外，看得清楚，惊叫一声，推开徐炮。锋利的斧子已落在徐炮的肩头，棉袄立刻翻露出棉絮。

"元子，你干啥？"

"我劈了他！"

"他……他是你爹。"

"他不是，我爹死了。"

"那你先劈了我吧！"元子娘护住徐炮，把脖子伸过去。

元子扔下斧子走了。

徐炮捂住肩，血顺手缝渗出来。他拧着眉毛说："好小子，好小子！"

徐炮伤了肩，不能干活，便每日东走西串，吹打猎的经，听三牤子聊。

一天傍晚，元子偷出"滚地雷"，使出全身力气支在门口。这种夹子专打牲口，背上带齿。翻了，一蹦老高，能打碎黑瞎子的腿骨，夹背深深啃进熊皮，使它挣不断、甩不掉。

元子心神不宁，不时扒门朝外瞅。元子娘问他干啥，他不吭声。娘起了疑，想出去看看，他又死活拖住不放。直到外面传来徐炮哼哼呀呀的"二人转"，娘才发现房梁上挂着的"滚地雷"没了。她立时明白了，要下地，却被儿子抱住了。她破着嗓子喊了声"别进来"，屋外已经"啪"地响了一声。

元子娘甩开儿子，推开门。

徐炮站在门口，哈哈大笑，手里拎一根满把攥的桦树枝子。元子娘呻吟顺门框瘫坐地上。徐炮提着棍子进屋。元子娘挣扎起来去护儿子。徐炮却凑到灯下，细细看桦树枝子那齐齐的断花。

"哈哈，好哇！掰得开这家伙，就算长大了，能在山上刨食了。"

一阵屈辱漫上来，元子恨恨地说："我长大了，非宰了你！"

徐炮瞅瞅他，愣愣地，抹一把脸，出去了。

第二天，季三牤子把元子领到镇上一个朋友家住，上学不用来回跑了。吃穿用项，俱是应了三牤子的名，交到朋友那里。

徐炮依旧在小鬼脸碴子一带转悠，打猎、放山。隔三五日，便要去露水的学校。他自然远远躲起来，看下课后元子孤独地或坐或立于操场边上，心头酸酸的。

好在学校的校长是极通情理的。他已是真正的校长，手下有了五个老师。他一直看重元子，几次告诉徐炮，元子的书读得精，上百个学生里报头子。

元子考进临江的中学那天，徐炮打了几斤好酒，请三牤子过来对饮。

酒至半酣，徐炮潸然泪下，说："这都是命啊，前世注定的。"

三牤子停箸，想许久，知道徐炮还为土匪的事犯愁。前一阵子，政府放出风来，说徐炮是土匪，徐炮有口难辩，闷在肚里。三牤子不便挑明，便说："人生在世，就是为下辈。盼一辈比一辈高。孩子出息了，你这命就是好。难道你想让元子跟你腚后，当个钻老林的炮手不成！"

"那是，那是。"徐炮豁然开朗，叫元子娘，"哎，你也来喝几口。"

元子娘把眼泪滴进酒里，一口饮尽，回身又拿起针线。元子也写信，给三牤子，说学校，说学习，只字不问家里事。三牤子念给徐炮和元子娘听。回信，说屯子里事，末尾写一句：你母安康无恙。

日子一天天过去。

# 十二

讨饭的突然多起来。

紧接着来了公文，说这些人盲流，不可以随便收留，但也没人认真管。搭一处马架子，刨二亩荒地，养三五口家，谁刚过来时都这样。

山里人不怕灾。荒地不荒山。粮食虽然紧，只要手脚勤快，饿不着。

山货就值钱了，一对山鸡七八十元，过去根本没人吃的松蘑也上市，一筐山丁子卖十几二十元。

徐炮要出门了，背着一大一小两个口袋。大的是山货，山鸡、山兔、狍子腿、冻蘑、木耳，值钱的玩意儿。小袋装刮煎饼，叠得方方正正，路上吃，外面吃喝贵。

走二十里，到露水镇，搭拉原条的汽车，一百五十公里到仙人桥，再坐二百里的火车，叽里咣当地晃到半夜，就到了。

票房子里蹲到放亮，他开始找。

小镇不大，是个出产煤的地方。先有矿后有镇，住房便很规整。没费多大劲儿，找到了要找的地方。扒门看看，院里静静的。

隔壁出来个女人，披着头发，将一只瓦罐拎到阴沟旁，小心地蹬倒，散放出一股打鼻子的臊气。

"大嫂，这院可是姓刘？"

"对，"女人抿抿大襟，打量他，"你们是亲戚？"

他干干地笑两声。

行人渐渐多起来。忽听院里有响动，出来一个魁梧的年轻人。

他忙压低狗皮帽子,侧过脸。待那人走过,又倏地转回身,盯盯瞅,脚步不觉跟过去。直到那人拐上大路,才仃地回来。

终于出来个女人,二十上下的年纪,脸色有些暗,眼睛挺大,耐看。他迎上去:"哦……同志,要点儿山货不?"

女人站下,那样子很怪。细一端详:条绒的袄罩,前襟翘翘着,原来是有了身孕。

"多少钱?"。

他顺口说了个价。

"这么便宜?"她看了看山鸡,又看他脸,眼睛里透着不解。

他忙说:"给一个亲戚过年用的。不想亲戚被精减了。又不能带回去,仨瓜俩枣钱卖了算了。"

女人看了又看,信了,说:"你等着,我去取钱。"

他说:"给你送屋去吧。"

女人答应了,一扭一扭地领着他。

屋子不大,很暖,收拾得也利索,墙上挂一面大镜子,角上贴一个"喜",挺新鲜呢。趁她找钱,他问:"日子好过吗?"

她说:"还中,我们那口子没爹没娘,少了牵扯。技术员,工资不少挣。"

他心一下子冷了,冷得身上哆嗦,眼皮也紧,后脑海木木的。

"过了年,再添一口,怕就不行了,眼下东西……咦,大叔,你咋了?"

他接过钱,说:"给我舀碗水喝。"趁那女人出去,使劲儿搓几把脸,出一口长气,心里松快多了。他颤着手指把钱夹在镜后。

# 十三

躺巴媳妇患了绝症。徐炮试遍大夫们开的方子，便再也不出门，只守在她身边。

去年，他回来说："孩子会走了呢，扽撑着小胳膊，一颠一拐的，和元子小时一样。"

她惊喜得呆了半晌，忙手忙脚地收拾东西，要去看。

他说："天渐凉了，孩子小，不会出来玩儿的。不出来，又怎么看。"

她说："顾不得那许多，我要看。儿不嫌母丑、狗不嫌家贫，终是我身上掉下的肉，还能恨我一辈子！"

他说："见了孩子，心里高兴，多住了几日，回来的票都没打到头。一百多里地，一步步走的，你还咋去！"

她打柜里掏出个包包，大大小小的票子也总有几十元。

他将票子数了又数，递给她，侧过脸，说："元子跟媳妇说，他爹娘都不在了。咱们去，怕……"

眼见着她脸就白了。

他又急忙说："元子是不会计较的，只是外头闹腾得正紧，咱们去了，可别再给他添病。"

她点点头，脸上泛出血色。

他接着说："攒点儿钱，过年天头暖了，像往回那样，悄没声地去，悄没声地看，悄没声地就回来。等日子消停了，让季三哥先去招呼一声，元子也有个准备，去了，也不显莽撞。"

她便慌慌地盼着春来，每日里催他准备盘缠。穷家富路，且还是两人。

他当然同意。

于是过年连肉也不砍。

谁知到了临走，变卦了。她不肯去，说怕见了元子，见了孩子，把不住，做出不该的事来。

哭了一天半宿，心里渐渐敞亮了，说："过日子，过日子，过的是孩子。元子挺好，媳妇挺好。当老人的，还有啥不好？还难啥受？土埋半截的人。"

不想病就来了。脸儿黄，胁下疼得紧。到露水医院去看，说她是癌，想吃啥就吃啥吧。

偏偏她啥也不想吃，几天便脱了相，直直地躺在炕上，眼睛盯着房顶，转也不转。

徐炮问："想元子？"

那目光缓缓转过来。

"要不，去个信？"

目光又转回去。

徐炮抹一把脸。当初去了，见了元子、孩子，许没这事了。眼下，啥都晚了。

三牤子见这情景，牤劲儿上来了："把地址拿来，我去找这个兔崽子，若敢说'不'，一把火燎了他的窝！"

徐炮已无主意，看她，她微微地眨了下眼。他心里明白，说："算了！"

她舒一口气，慢慢闭上眼，眼角挤出一滴泪，顺那深深的纹络迟疑地滚落，大而晶莹，"噗"地落到枕上。

一试，没了气脉，手也凉下去。徐炮将她摆放端正，眯着眼，吸溜几下鼻子，头便低低地沉下去。

三牤子说："咋操办？"

徐炮说："操办啥，这年月。"

三牤子说："也是。"片刻，又说："还是单葬吧。"

徐炮摇头："葬后山。"

"可你……"

"三哥，别说了。我早寻思好了。她这辈子，罪受得够了。到了阴间，享享福。我不能再分她半把骨头。来世，让她托生个男人吧。"

徐炮不抬头，说着，声就变了。

三牤子紧眨着眼睛，盯着那房梁。

## 十四

从村里到这儿，气竟有些短。坐在坟旁的青石板上，好一会儿才喘匀。他抱着膝盖，一袋接一袋地抽烟。

山梁子不大，像黑瞎子的鼻子，凸起道棱。太阳出来，先照这儿，无遮无挡，一直到落。

軥巴临死那年，相中了这儿，说风水好，后辈人能发势。于是便把他埋到这儿。

后来軥巴媳妇来了，坟大了许多。

山下蠕蠕地爬上几个人。待近了，他看出打头的是村主任，后面两个，不认识。他知道是来找他，想躲开，又一想，既是专程来找我，是躲不开的。

"我知道你准在这儿。"村主任一指那两人，"县委的，张同志和王同志。"

徐炮觉得面熟，却想不起在哪儿见过。

"老人家，我们代表县委，给你落实政策，平反来了。"

张同志的话很亲切，听着也熟。他抓了抓那伸过来的手。

"平啥反？"

"那年，整你，错了。"

他心里忽悠一下，细看看，不像是那年那俩人。"错了？错就错吧。过去的事了。"

"现在，给你恢复名誉。"

"嘿，咱，有个啥名誉。"

"根据调查，你说那个红杆子，是抗联的一个支队呢。"

"抗联？"

"他们二位同志，收集抗联的事，要写一本书呢。"

"对，对，你老给讲讲。"

"讲啥，都过去了。"

"就是要过去的事。"

徐炮抬起头，把目光放得极远，望那重重的青山，望那厚厚的林子，望那缓缓的江。满是皱纹的眼睑微微抖着，含着烟袋，久久不吸一口，任烟从锅锅里袅袅地升。

王同志忍不住了，将一支烟递过来："大爷，尝尝这个，云烟呢。"

徐炮慢慢收回目光，似有惋惜地说："都忘了。"

"跟你一起的，一个也想不起来？"

徐炮摇摇头。

"那，你是怎么参加的？"

这话极熟，他一愣神，顺嘴说："不早都跟你们说过吗？"俩人互相瞅瞅，一脸惶惑。

许久，徐炮说："有个八指刘，是他拉我入伙的。"

"八指刘，是谁？"

"我去临江卖山货，小鬼子愣说我是探子，抢了不说，还打了我两耳刮子，鼻子都震出了血。酒馆里碰上八指刘，他说小鬼子骑脖颈拉屎，太欺负人，干脆，跟他入伙，揍他狗日的。我那时年轻，气盛，多咱没受过这个气，就去了。"

"后来呢？"

"后来，叫鬼子打哗啦了。"

"八指刘叫啥名？"

"没名，那阵儿，都叫外号。八指刘一共八个指头。那次走水，八指刘给我俩手雷子，说，别让小鬼子弄到活口，那个罪，不是人遭的。"

"八指刘现在在哪儿？"

"死了。"

"咋死的？"

"一个炮子打脑袋上，声也没哼咽气了。"徐炮淡淡地说。

"那你呢？"

"摘下他那俩手雷子，背着他的枪，跑了。"

张同志瞅瞅王同志。王同志点点头。张同志说："麻烦你了大爷。我们还有事，先走了。"

村主任很遗憾："要不是碰上鞠巴一家，你可就抖起来了。"

"骨头渣子都烂成泥了。"

"那……也是，也是。"村主任讪讪地笑，跟那俩人走了。

徐炮又放开目光。春天是荒凉的，积雪融去，山、林子，去冬的枯草和落叶都露出来，茫茫一片青灰。

太阳偏得照眼睛了，才磕了烟袋，一顿一顿地下山。

七十岁的老人是熟透的瓜。徐炮回到家中，边和三牤子喝酒，边讲今天的事。酒劲儿上来，说了声"好困"，就睡了。谁知竟不再醒来。

## 十五

山里人对生与死是极不公平的。一条好狗下窝崽，能惊动整个屯子，纷纷前来看毛色、辨公母，津津乐道。老娘们儿生个孩子，就像母鸡下个蛋。白露时还扭扭搭搭打叶烟呢，秋分便抱出个破布包。没准过几天又没了，寒热病、七天风，扔了。要不了几天，那肚子又鼓起。天老爷能发瘟，老娘们儿能养。从十五六直到四十八九，平平常常十多个。虽然只极少活到延续后代的年龄，也足够了。

死则不然，那是极隆重的。

人活七十古来稀。徐炮是喜丧，所以葬礼肃穆，不很哀伤。雪白的灵棚罩住棺木，案上供了香。

三牤子颤颤端一碗清水，揭去盖头布，慢慢擦徐炮眼窝。

口里念念有词，不响，很低沉，拖长长的尾音，忧伤地吟唱：

> 开眼光啊……噢
>
> 看八方。
>
> 开口光啊……噢
>
> 吃牛羊。
>
> 开耳光啊……噢
>
> …………

唱毕，三牤子老泪纵横……

"刹——扣！"

棺材合上。一把斧头高高扬起。三牤子匍倒在地，连连呼喊："二哥呀，你躲钉，二哥呀，你躲钉……"

"起灵！"

十六条汉子杠子上，一声喝："起！"漆了红的棺材倏地离了地。

太阳像女人的手，柔情地抚着行进山谷路上的人们。柳条子抽出一串的毛毛狗，放着绒绒的花，粉的、红的。小溪仍覆着一半的冰。冰下，水淙淙淌。沟虾成双成对地拥抱着，顺流而下。

小鬼脸砬子不很高大，立在露水河与松花江的汇合处。东侧滔滔的江水将砬子立陡地削去一块，裸出五颜六色的石壁。十六条壮汉变了队形，排成一字长蛇阵，哼着号子，沿一条小路艰难向上攀去。山里人对死者的要求从来不打折扣。死后上这里来，徐炮老早就托付给三牤子了。

碰子上的风暖暖的。一块土压住坟头纸。汉子们用烧酒洗洗手，擦擦脸，大口地喝。

他为啥要上这孤零零的石头碰子呢？三虻子踏坟一周，四下里张望。

脚下，是江，如一条洁白的玉带，蜿蜒向山的深处。夕阳蹒跚，小鬼脸碰子的阴影遮住了露水河对岸的古松。那松完全地死了，没一点儿枝叶。

一条山路若隐若现，从松下牵向暮色初上的小镇。路上，急急走着一个孩子……